陶三春传奇

长篇历史小说

远山 著

中国社会出版社
国家一级出版社·全国百佳图书出版单位

图书在版编目（CIP）数据

陶三春传奇/远山著. —北京：中国社会出版社，2015.9

ISBN 978-7-5087-5152-8

Ⅰ.①陶… Ⅱ.①远… Ⅲ.①长篇小说—中国—当代 Ⅳ.①I247.5

中国版本图书馆 CIP 数据核字（2015）第 214576 号

书　　名：陶三春传奇

著　　者：远　山

出 版 人：浦善新

终 审 人：王　前

责任编辑：杨建萍

策划编辑：浦晓晶　　　　**责任校对：**张爱华

出版发行：中国社会出版社　邮政编码：100032

通联方法：北京市西城区二龙路甲 33 号

电　　话：编辑部：（010）58124838

邮购部：（010）58124848

销售部：（010）58124848

传　真：（010）58124870

网　　址：www.shcbs.com.cn

经　　销：各地新华书店

中国社会出版社天猫旗舰店

印　　刷：中国电影出版社印刷厂

开　　本：150mm×225mm　1/16

印　　张：16.5

字　　数：200 千字

版　　次：2015 年 10 月第 1 版

印　　次：2015 年 10 月第 1 次印刷

定　　价：28.00 元

中国社会出版社微信公众号

一

旌旗猎猎，战马萧萧。

洛阳城外，后唐河东、河西两地叛军勾结在一起，从四面八方将后唐军队围得铁桶一般，孤立无援的后唐皇帝李存勖率部在与两地叛军展开殊死搏斗。

旷野里，两军兵马对垒，成千上万的军队进行着疯狂的厮杀。

群马追击，乱蹄踏地，战鼓雷鸣，人喊马嘶，杀声震天，如同山崩地裂，天塌地陷。

士兵们不是被对方的大刀削下头颅，就是被长枪刺穿咽喉，大片大片地倒在地上，狂奔的战马成群结队地从尸体上踏过。

村头浓烟滚滚，火光冲天。

如狼似虎的叛军士兵疯狂地烧杀抢掠。

村子里响起一片哭喊声："快跑哇，叛军来了！"

一群群逃难的老百姓，拖儿带女，扶老携幼，纷纷四下狂奔。

穷凶极恶的叛军士兵在逃难人群中横冲直撞。

一匹匹战马驮着抢来的年轻妇女和各类财物在瓦砾上奔跑、嘶叫。

一群士兵在一个大院里烧、杀、抢、掠、奸，满院子横尸遍地，鲜血淋漓。

洛阳城外，越来越多的叛军兵马掩杀过来，李存勖的军队已渐渐抵挡不住，形势十分危急。突然大道上尘土飞扬，一队兵马亡很大，最近扩充了一大批新兵，当务之急是抓紧对他们进行军事训练，咱们后唐四面八方都是敌人，随时都要准备打仗。老夫准备将训练新兵的任务教给你来完成，将军意下如何?”

陶洪道：“大人军令如山，末将从命！只不过末将乃一个小小军校，名不正言不顺，怕众人不服。”

赵弘殷正色道：“老夫委你为总教头，再把本帅所佩宝剑交予你，明天在训练场上当众宣布，敢不听令者，无论职务高低，一律格杀勿论。同时老夫在明日早上升帐的时候，当着三军大小将领的面，与你兄弟之称，以后谁也不敢小视你。待将军日后立了大功，老夫一定禀报新皇上，为你请功，重新受到重用。”

陶洪感激不尽地道：“多谢赵大人厚爱，末将将竭力在帐下效力。”

赵弘殷又道：“夹马营里有二百多号随军家眷，我的夫人孩子也在那里，我会吩咐夫人好好照顾弟妹和侄女，有什么困难可随时找我。”

陶洪施礼道：“多谢赵大人关照!”

赵弘殷道：“陶将军现在就随我去教场演练兵马，把你的手段尽情施展，让老夫开开眼界。”

赵弘殷不由分说起身走出大帐，陶洪也只好尾随而去。

教练场上，烈日当空，尘土飞扬。

陶洪站在高处手执令旗，指挥红、黑两队骑兵演练阵法。

旌旗猎猎，战马萧萧。

训练场上的数千铁骑，卷起漫天烟尘。

陶洪骑着高头大马，手执铁枪，率领红队勇猛地压向黑方，势不可当。

两队人马的喊杀声如同山呼海啸，天崩地裂。

赵弘殷站在高坡上观望两队骑兵演练，高兴得情不自禁地大声叫好。

与此同时夹马营里大大小小、年龄各不相同的男女孩子们，伶人受到皇帝宠幸，可以自由出入宫中和皇帝打打闹闹，侮辱戏弄朝臣，群臣敢怒而不敢言。有的朝官和藩镇为了求他们在皇帝面前美言几句，还争着送礼巴结。李存勖还用伶人做耳目，去刺探群臣的言行，置身经百战的将士于不顾，而封身无寸功的伶人当刺史。此外，李存勖还下令召集在各地的原唐宫太监，把他们作为心腹，担任宫中各执事和诸镇的监军。将领们受到宦官的监视、侮辱，读书人也断了进身之路。

至于宠信伶人，李存勖更是花样迭出。本来他从小就喜爱音律，爱看伶人演戏。称帝前，就曾任命伶人做官以致贻误战机。灭梁之后，原被梁军俘获的伶人周匝见到李存勖，向他保举曾保护他的后梁教坊使陈浚做一郡长官，李存勖见到周匝，异常欢喜，对周匝保举的陈浚连人也不看立即应允。伶人中为害最深的就是景进，李存勖想知道宫外之事就问景进。景进由此大进谗言，干预朝政，文武大臣对他都很畏惧。同时伶人与贪官污吏又相互勾结，不但使朝廷日益腐败，还陷害忠臣良将，鱼肉百姓，搜刮民财。李存勖用人不当，直接将自己推上了灭亡之路。

926年，李存勖听信宦官谗言，冤杀了大将郭崇韬，另一战功卓著的大将李嗣源也险遭杀害，给他日后的败亡埋下了伏笔。

李存勖率得胜兵返回皇宫，立马升殿与一班文武大臣议事。

李存勖道："朕封郑王李嗣源为三军大元帅，令你日夜操练兵马，一举收复失地。"

李嗣源道："微臣遵令！"

李存勖道："宣陶洪陶将军进殿。"

太监大声唱喏道："皇上有旨，宣陶洪陶将军进殿！"

威风凛凛的陶洪进殿跪拜道："末将参拜万岁，吾皇万岁，万岁，万万岁！"

李存勖道："陶爱卿平身！"

陶洪跪拜道："谢万岁！"起身闪在一旁。

李存勖对太监道："给陶爱卿赐座！"

陶洪拱手施礼道："谢万岁！"

李存勖见陶洪不仅武艺高强，而且这样彬彬有礼，顿时龙颜大悦道："陶爱卿靠朕近一点说话。"

太监立即将椅子摆放在龙案右下边，陶洪有些惶惶不安地坐在那里。

李存勖道："陶爱卿简直就是常山赵子龙转世，洛阳城外解朕重围，不亚于长坂坡之战呀！陶爱卿救驾有功，朕封你为殿前偏将。"

陶洪道："这是圣上洪福齐天，末将岂敢贪天功为己有！"

李存勖哈哈大笑道："要不是陶爱卿拼死救驾，朕今天也许就不会坐在这里了。封你一个王都不过分，只因你仅是董宗本手下一员牙将，一下提得太高怕众将不服，等以后再另行升迁吧。"

陶洪跪拜受封道："谢主隆恩！"

李存勖道："陶爱卿是哪里人氏，如何学到了这身好武艺？"

陶洪道："末将家住京兆府终南山陶家庄，七岁那年一位云游大师路过，与家父结下不解之缘，在本庄一住就是五年。原来那云游大师是一位天下武林高手，只因厌恶世道，看破红尘，故而云游江湖了却残生。"

李存勖道："爱卿遇到高人了，看来你的武艺是那大师传授的了。"

陶洪道："开初他拒绝，在家父再三恳求下，才将他一身功夫传授给了我。在我十二岁时，便学就了一身武艺，十八般兵器样样精熟，在家乡终南山远近几百里的响马，从此再也不敢骚扰咱陶家庄。我十七岁那年，父母相继病故，我孤身一人无牵无挂，便决意投军，报效国家。我将家业托付给老管家陶景，加入了皇上的军队，在董宗本将军手下当兵。由于我作战勇敢，管我的军头生了嫉妒之心，常常贪功为己有不说，还经常在军校耳边说我许多坏话，军校竟罚我当了三年伙夫。"

李存勖生气道："这两个浑蛋，朕一定派人严加查处！"

陶洪道："后来在与朱温军队的一次恶战中，我碰巧救了董宗本将军的命，董将军才发现我武艺高强。当他了解真相之后，狠狠处罚了压制我多年的军头和军校，并把我从一个伙夫一下提拔到他旗下当了一员牙将。"

李存勖感叹道："只要是金子，不管埋在哪里，迟早都会闪光！这董宗本堪称伯乐，总算发现了你这匹千里马。朕已任命他当了随州刺史，早晚还有重用。"

少顷，李存勖又道："朕还有一事几乎忘了，陶爱卿今年青春几何，可曾婚配否?"

陶洪道："末将已年近三十，参军后连年征战，还不曾考虑婚事。"

李存勖："朕有一桩好亲事。两月前陈州节度使黄彦微一家妻小加府上八十余口惨遭叛军杀害，唯有黄彦微的小女儿提前被皇后接入宫中，故躲过一劫。因无家可归，暂被朕收养在宫中。这女儿叫黄巧儿，长得十分乖巧，琴棋书画样样精通。朕就做主了，将黄巧儿许配给你。兵部侍郎李忠全秘密参与石敬瑭叛乱，幸被朕提前发现，将其全家处斩，朕就把他家那套空闲的院子赏赐给你作新房，也就是陶爱卿以后的将军府。令你即日完婚，不得有误。"

陶洪满心欢喜地跪拜道："谢主隆恩!"

满朝文武百官无不为陶洪这桩美满姻缘喝彩，一个刚刚被皇帝抬举重用，又是皇帝亲自赐婚的人，自然得到众人的青睐和热捧，前往府上朝贺帮忙的人络绎不绝，一日之内便将原来的李府收拾出来变成了陶府，新房也布置得焕然一新。黄巧儿虽孤身一人，众人不是亲人却胜似亲人，转眼之间，李府又恢复了昔日的光景，贺客填门，酒筵闹热，不消说得。陶洪欢喜得了不得，当晚便将黄巧儿从宫中接回黄府，彩轿花灯，蓝伞火把，一路上乐声鼎沸，灯烛辉煌。到了家中，鞭炮震耳，花烛前引，红毡铺地，扶入洞房。

新房内外张灯结彩，红烛齐明。

陶洪神采飞扬地揭开新娘子头上的红盖头，只见年方十六岁的黄巧儿却早已出落得亭亭玉立，楚楚动人，纤细的腰，偏偏又配上一对尖嫩挺立的奶子，饱满浑圆的臀部，秀发如瀑。由于从小就受到宫廷良好的教养，所以更显得气质尊贵。

陶洪端望着恰如出水芙蓉般美如天仙的新娘子，情不自禁地搂住她的脖子，在她那张香脸上狠狠地亲了几下。

羞羞答答的黄巧儿流下两行幸福的热泪。

夫妻二人情义相投，如鱼似水，一起钻进了紫金纱帐里……

二

半年之后，李存勖在殿堂上与一班文武大臣议事。

王丞相奏道："启奏万岁，河东、河西两地叛军声势又浩大起来，一月之中已有数十座城池相继陷落。目前契丹又出兵来犯，晋城频频告急，请圣上尽早裁决才是。"

李存勖神情紧张，对着李嗣源道："朕已封郑王为三军大元帅，兵分两路，一路征讨叛军，一路抵御契丹贼寇。不知皇兄何日挥师？"

李嗣源道："禀报皇上，微臣正在日夜操练兵马，待来年春暖时节起兵御敌。"

李存勖眼中流露出对李嗣源不满的目光，但又无可奈何地摇摇头。

李嗣源是唐朝沙陀部人，本名邈吉烈，成为李克用的养子后改名为李嗣源。父亲李霓原是李国昌的部下，在父亲死后，年仅十三岁的李嗣源就因为勇武超群而被李国昌收到自己帐下，做了他的侍卫。每次围猎时，李嗣源仰射飞鸟，拉弦必中。不久，李克用便将他要到身边，更加器重，而且收他为养子。李克用的眼光确实不错，在上源驿事件中，李克用被朱温大兵围攻，险些丧命，就是他的这个养子李嗣源，一个刚刚十七岁的小青年，竟在乱军之中拼死保护着李克用躲开雨一般的飞箭翻越高墙，逃出虎口，而且自己毫发无损，其他勇将却战死很多。当李克用镇守河东时，李嗣源率领李克用的骑兵卫队随同征战，屡立战功。当时的李存信是蕃汉大将，但他每次出兵作战总是战绩不佳，李克用便让李嗣源做了他的副将，一同出征，有了李嗣源的帮助，李存信每次都能大胜而归。

李嗣源先后随从李克用征战近三十年，排难解纷，冒刃血战，体无完肤，屡建奇功。唐昭宗乾宁三年（896 年），他率部大败梁军于任城，遂解兖州之围，获得了“李横冲”称号；第二年又大败梁将葛从周于青山口，曾四中流矢，血流背股，因此名闻天下。李克用死后，李嗣源作为河东主将，历任代州、相州刺史，昭德军、天平军节度使，一直做到蕃汉内外马步军总管（首将），又协助后唐庄宗李存勖浴血转战十余年，终于打败契丹，生俘燕王刘守光及其父刘仁恭，消灭了劲敌后梁，建立了后唐王朝，基本上统一了中原。当后唐庄宗同光元年（923 年）十月，李嗣源率晋军主力率先攻破梁都汴京，并于路侧迎接李存勖时，李存勖大悦道：“吾有天下，由公之血战也，当与公共立晋。”不久位兼中书令。后又受赐铁券，进位太尉，一时荣宠无比。

然而，李嗣源毕竟是“功高震主”。李存勖真正做起皇帝时，便昏聩骄矜，很快就对他起了疑忌，派诸军马步都虞候朱守殷暗中监视他的起居，终究铸成大错。

两个月之后的一个夜晚，陶洪坐在灯下阅读兵书。

突然“哇——”一声，从夫人黄巧儿的卧室内传出婴儿的啼叫声。

一丫鬟跑出来报喜道：“禀报老爷，夫人生了！”

陶洪惊喜地掷书于地，跳起身道：“生了，生了什么？”

丫鬟道：“生了一位千金小姐！”

陶洪快步走进夫人卧室。

陶洪抱起女婴观看，母女俩长得一模一样，忍不住在女儿那稚嫩的小脸蛋上亲了一口，粗硬的胡子扎得女儿放开嗓子啼哭，却乐得陶洪呵呵大笑。

黄巧儿躺在床上，流下不知是幸福还是内疚的泪，泣不成声地对陶洪道：“妾身对不起夫君，给您生下一个女儿。”

陶洪朗声大笑道："女儿好，我就喜欢女儿!"

黄巧儿破涕为笑道："夫君，请给咱们女儿取个名字吧!"

陶洪想了想道："严冬就要过去，就叫三春吧!"

黄巧儿兴奋地道："好，好，就叫陶三春!"

第二天一早上朝完毕，李存勖喝退左右，单独召见陶洪道："朕有心头之患，不知如何处之。"

陶洪道："郑王历时三年已将河东、河西两地叛军剿灭，契丹也已退兵，收复了全部失地，不知圣上还有什么忧患?"

李存勖忧心如焚地说道："吾皇兄李嗣源大权在握，对朕的江山虎视眈眈，早晚必反。朕打算从他手中收回兵权，由你来掌管，好好保卫朕的江山，望爱卿不要辜负了朕的一片苦心!"李存勖说到这里，眼中不由得滚出一串泪来。

陶洪赶紧下跪道："圣上对微臣恩重如山，保卫皇上和后唐江山，陶洪虽肝脑涂地，在所不辞。只不过圣上当初封郑王为三军统帅，实在欠妥，军队内的一些重要职务全部换成了他的心腹，像我们这些跟皇上亲近的人，均已排挤在外，目前他已牢牢控制住了兵权。加之他平叛剿寇有功，全军上下心悦诚服。眼下要从他手里收回兵权，实比登天还难。"

李存勖后悔不已地道："如此说来，朕如何是好?"

陶洪安慰道："圣上只能委曲求全，处处以好言慰之，否则会逼他生变。或许郑王看在骨肉分上，不会生背叛圣上的野心。"

李存勖道："望苍天有眼，但愿如此!"

六年之后的一个傍晚，陶洪在后院里教六岁小女三春习武，夫人黄巧儿站在一旁兴致勃勃地观看着。

一仆人快步如飞地跑过来禀报陶洪道："禀报老爷，朝廷来了一位公公坐在客厅里，请老爷快去接旨。"

陶洪一怔，二话不说，拔腿就往客厅跑。

张太监宣读圣旨。

陶洪跪地听宣。

张太监宣道：“免去陶洪殿前偏将职务，贬到郑州京都骑兵飞捷指挥使赵弘殷属下骑兵营里担任军校，从即日起举家前往赴任，无诏不准回京。钦此！”

陶洪跪拜道：“谢主隆恩，吾皇万岁，万岁，万万岁！”

陶洪接过圣旨，大惑不解地问张太监：“末将半月前还见过皇上，怎么……”

那张太监原本是陶洪的熟人，便介绍道：“宫中发生了天大的变故，看来陶将军至今还蒙在鼓里。前天郑王李嗣源突然发动兵变，杀死了皇上，自己登上了皇帝的宝座，改元天成。因陶将军与先帝亲近，致使当今万岁爷不敢再信任你，让你到赵弘殷手下当下级军官，还是他看重你武艺高强，在随他平叛战役中身先士卒，屡立战功，在军中颇有影响，才手下留情，没有加害于你。将军赶紧带着妻小离开洛阳前往郑州赴任，免得再生他变。”

张太监说完匆匆离去。

陶洪犹如五雷轰顶，呆呆地愣在那里，半晌才回过神来，泪如泉涌地跪在地上，面向金銮殿的方向“咚咚咚”地叩了三个响头，口中悲怆地说道：“皇上，恕臣子无力保住你的皇位和江山啊！”

黄巧儿从屏风后面走出，将陶洪扶起来，安慰道：“刚才张太监与夫君的对话，妾身全都听见了。古人云，识时务者为俊杰。先帝已经不在了，夫君何力回天？不如顺应潮流，赶紧去郑州赴任，权且忍耐，以图日后东山再起。”

陶洪抹干眼泪道：“夫人说得极是，咱们连夜收拾行李，明天一早起程，谨防夜长梦多。”

三

陶洪骑着高头大马，全身披挂，手握长枪，威风凛凛在前面带路。

夫人黄巧儿和女儿同坐在一辆马车上，陶三春紧紧靠在母亲身上，黄巧儿不时地把头伸出车窗外紧张地探望着什么。

紧随其后的是五辆满载货物的大车。

几十个亲兵端着刀枪走在后面，全神贯注地护卫着车队快速行进着。

洛阳到郑州二百多里路程，陶洪一行快马加鞭当天傍晚便赶到郑州，拜见了京都骑兵飞捷指挥使赵弘殷。

赵弘殷高坐帐中，陶洪上前施礼道："末将陶洪参拜赵指挥使大人。"

赵弘殷拱手还礼道："免礼，免礼！陶将军勇冠三军，老夫早有耳闻，今日一见，果然是非凡人物。"

陶洪道："赵大人言重了，末将只不过是一有勇无谋的匹夫而已。"

赵弘殷道："将军不必过谦，我赵某敬重天下英雄，今日遇见将军乃三生有幸。将军眼下挫折犹如乌云盖月，早晚将重放光芒。虽然新皇上把你贬到属下骑兵营当军校，但老夫却暗地里请你当我的军师，一切重大军务均需请教于你。"

陶洪道："请教实不敢当，大人如有用得着时，末将甘效犬马之劳！"

赵弘殷道："骑兵营在收复河东、河西两处失地的战役中伤也正在夹马营西边的一块空地上，反复演练各种阵势，以及冲锋、反冲锋、对刺、拼杀、格斗……

指挥官便是赵弘殷的儿子，后来的宋太祖赵匡胤，此时才刚满十岁，凭着他的资力和人格魅力，理所当然地当了孩子王，七八十个年龄各不相同的男女孩子都被他管得服服帖帖。

陶三春刚来夹马营不久，便与赵匡胤和韩素梅成了好朋友。与赵匡胤相好是因二人父亲的特殊关系，加上赵弘殷又一再警告赵匡胤要善待陶洪的女儿陶三春，绝对不允许赵匡胤和夹马营里的任何孩子欺负她，这陶三春无形之中便有了一把保护伞。赵匡胤的小名儿叫香孩儿，夹马营里的孩子都叫他香哥。韩素梅比陶三春大了一岁，今年八岁，原籍河北大名府城外五里店。父亲名叫韩山，襄阳人，是骑兵营陶洪手下的一个下级军官。母亲叫杨春香，也是夹马营的随军家眷。韩素梅不仅长得漂亮，性格也十分温柔，深得陶三春喜欢。韩素梅也十分喜欢陶三春，当即二人结为姊妹，还拉钩发誓一百年不变心。

演练途中，赵匡胤一声令下，几十个孩子便以迅雷不及掩耳之势，雄赳赳、气昂昂地站列在他的面前，孩子们被毒辣的太阳晒得汗流浃背，却没有一个孬种，一个个把腰板挺得笔直，伸长脖子听站在高坡上的那个孩子王讲话："咱们的队伍又加入了一批新兵，个个都是好样的，特别是有一位女将叫陶三春，她父亲便是当今天下无敌大将军陶洪，目前在我父亲帐下当了军事教官。别看这陶三春是个女娃子，武艺却高强得很。别看她才七岁，昨天三拳两脚，就把咱们的著名大将黑娃子打倒在地。"

被赵匡胤称作黑娃子的父亲叫王进，也是骑兵营陶洪手下的一个小头目，他是随母亲在夹马营长大的。黑娃子长得虎头虎脑，满脸杀气。只见他咧着大嘴不服气道："俺这是好男不跟女斗，让着那女娃子呢！"

陶三春提着一对小拳头从队列中跳将出来，厉声喝道："谁要你让了？来来来，小姑奶奶与你再大战三百回合！"

黑娃子毫不示弱，索性脱去棉袄，赤着膀子杀将过来。

黑娃子的父亲是河南人，年少时到嵩山少林寺学的武艺，陶三春父亲也是习的少林武功，又都把少林功夫传给了各自的孩子，所以他们的表演特别吸人眼球。

孩子们分为男女两队，分别为陶三春和黑娃子加油助威。为黑娃子加油的男队人人摩拳擦掌，个个杀气腾腾。看那阵势，他们随时都要扑上去，将女队的陶三春撕得粉碎！

为陶三春助阵的女队一字摆开，排成阵势，也人人摩拳擦掌，个个杀气腾腾。

黑娃子挺棍奔到陶三春面前叫道："来来来，咱俩大战三百回合，让兄弟们开开眼界！"

陶三春圆睁双目，亦举棍直取黑娃子。

二棍并举，两员小将转灯笼般的在阵前厮杀，棍来棍往，二棍都舞得旋风一般，已分不清哪是棍，哪是人。两队阵前呐喊之声震天动地，岳撼山摧。

陶三春与黑娃子大战了一百回合仍不分胜负，二人各自回阵休息片刻，跑到阵前也不搭话，又举棍交起手来。

二人又大战在一起，棍棒相碰，铿锵有声。那边黑娃子犹如蛟龙出海，一条大棍舞得八面生风；这边陶三春好比猛虎下山，一根长棍如雨点似的向黑娃子浑身上下砸去。

赵匡胤走到韩素梅身边耳语道："这陶三春何等的泼辣、凶悍！"

韩素梅道："我听母亲讲，陶三春从三岁起，便由她父亲传授武艺。别看她小小年龄，功夫已十分了得。别说咱们这一群小毛孩子，就是骑兵营里那些身经百战的普通士兵，也未必轻易赢得了她。"

黑娃子一声呐喊，如同猛虎下山，高高举起手中木棍，以泰山压顶之势向陶三春头顶打将下来，陶三春赶紧举棍相迎，"咣当"一声响，陶三春手中长棍顿时断为两截。

陶三春双手执着断棍子在众人一片惊呼中，与黑娃子继续交起手来。

两队人马看得痴呆了，孩子们都忘记了呐喊，演练战场变成了看戏的剧场，双方男女孩子犹如戏迷一般。

二人又斗了几十回合，黑娃子的棍法开始出现混乱，而陶三春却越战越勇，上一棍、下一棍，左一棍、右一棍，棍棍都朝着黑娃子的致命处打去，黑娃子渐渐地只有招架之功，没有还手之力，两队士兵又开始助威呐喊，各为其主。

黑娃子只见陶三春双棍直面砸来，想躲也来不及了，“哎呀”一声往后便倒。

陶三春双棍抡空，由于用力过猛，身子失去平衡，猛地扑倒在黑娃子的身上，二人一同滚倒在地，棍棒都已丢失，便又赤手空拳地搂抱在一起摔起跤来。

两队阵前一片哗然，眼睁睁地看着各家事主在地上扑来扑去，拳来脚往。

二人都是各自父亲传授的少林功夫，黑娃子擅长用腿，陶三春则擅长用拳，加上她又练就一身轻功，面对黑娃子的致命腿功，她左劈右挡，纵跳腾跃。肥壮得如同小牛一样的黑娃子突然将陶三春紧紧地抱住，陶三春费了九牛二虎之力也挣不开他的双手。

“哗啦”一下，几十个孩子立马拉了一个大圆圈，将陶三春与黑娃子围在中间，情不自禁地形成了两组啦啦队，分别为陶三春和黑娃子加油。

韩素梅替陶三春担心道：“陶三春练的是刀枪棍棒和腿上功夫，黑娃子自然不是她的对手。但是黑娃子力大无穷，陶三春一旦被他死死抱住，纵有天大的本事也施展不出来了。”

赵匡胤道：“先看看再说！”

黑娃子一上来就明显地占据了上风，身材娇小的陶三春，被黑娃子像老鹰叼小鸡一样紧紧地搂在怀里，任凭陶三春百般挣扎也无可奈何。双方没有僵持多久，黑娃子便将陶三春压在地上，并趁势坐骑在三春肚子上，一边做着骑马的动作，一边高喊着“马儿嘚嘚，驾驾……”

男孩子们疯狂地为黑娃子喝彩叫好，女孩子们则大声咒骂黑娃子是个小流氓。

陶三春气急败坏地在黑娃子身下拼命挣扎，滚得满身都是泥土，那根独辫子早已散成一团，披头散发地搭在脸上。也不知黑娃子啥时候还碰破了她的鼻子，血糊得满脸都是。

韩素梅挤进去对黑娃子道：“黑哥，这番算你赢了，快放了三春妹妹吧！”

黑娃子得意忘形地道：“这女娃子嘴硬，还没跟俺求饶呢！”

陶三春怒视着黑娃子道：“黑贼，你放还是不放？”

黑娃子道：“你认输了俺就放你起来。”

赵匡胤走过来命令黑娃子道：“赶快放人！”

黑娃子大声嚷嚷道：“香哥，还没定输赢呢！”

赵匡胤道：“比赛到此结束，算你赢就是了。”

黑娃子放了陶三春。

陶三春就势扑上去照着黑娃子膀子上就是一口，并挥拳将他打倒在地，拨开众人，拔腿就跑。

黑娃子从地上爬起来，用手捂着被陶三春咬伤的膀子，望着三春逃跑的背影，粗野地骂道：“你这个孬女娃子，兴咬人，是属狗的！”

四

黄巧儿在客厅里生气地训斥陶三春道："一个女孩儿家，本应老老实实待在家中习针线，读诗书。你却像一匹野马，成天跑得无影无踪。这倒好，居然敢跟男孩子打架。先不要洗，等你爹爹回来看看你这副尊容吧！"

披头散发、满脸血污的陶三春，高昂着头，倔强地站在客厅里。

陶洪一步跨进客厅，见女儿这副模样，先是一惊，后呵呵大笑道："你们母女俩这演的是哪一出戏啊！"

黄巧儿责备道："你宝贝女儿出息了，敢跟男孩子打架了。打不赢还把人家咬了一口，咱们陶家英雄辈出哇！"

陶洪哈哈大笑道："都被人家打得落花流水，这算什么英雄？"

陶三春不好意思地低下了头。

黄巧儿责备道："这都是你给惯坏的，再不加强管教，还不知会惹出什么乱子来。去吧，去洗脸换衣服，吃了晚饭罚你把《诗经》抄十首才准睡觉。"

陶三春如飞地跑出客厅。

陶洪脸上露出无可名状的笑容。

黄巧儿满脸无奈地摇了摇头。

一个小校走进客厅对陶洪道："陶将军，赵指挥使请你马上到大帐议事。"

陶洪赶紧跟着小校一路小跑来到大帐，帐内气氛十分紧张。

只见赵弘殷端坐在中军帐中，大小将官分列在大帐的东西两旁。

赵弘殷严肃地说道："石敬瑭又勾结契丹兵分三路大举进犯我中原，敌寇推进的速度惊人，先头部队已抵达洛阳郊外。早上探马飞报，韩山所部二百余骑无一生还。贼势凶猛，洛阳城危在旦夕。"

大帐内一片"嘘"声，众将官面面相觑。

赵弘殷道："众将官听令！"

众将官肃然而立。

赵弘殷道："本帅令陶洪率八百人马为前部先锋，今夜直捣贼寇大营，其余众将随本帅随后掩杀，务必要挫伤敌军锐气。"

众将朗声道："末将遵命！"

当天晚上，陶洪便率部来到敌营。只见敌兵大营灯火通明，一队队哨兵不时地在大营内游荡。陶洪率领八百铁骑突然向敌人大营发起冲击，如同黄河决堤，势不可当。

大营内杀声震天，刀光剑影下敌兵血肉横飞。

陶洪一马当先，所向无敌，直杀得那契丹兵鬼哭狼嚎，抱头鼠窜。

赵弘殷率大军随后掩杀，契丹兵败如山倒。

五

赵匡胤的母亲杜夫人和陶三春的母亲黄巧儿坐在客厅里，一边喝茶，一边说话。

杜夫人道："仗已打了三个多月了，敌我力量悬殊，朝廷援兵又迟迟不到，要不是你家陶将军英勇，怕早就支撑不住了。"

黄巧儿道："前方战事吃紧，咱们家眷营也应早做准备才是。"

杜夫人道："许多将士在这次战役中阵亡了，咱们这些随军家眷，大都没有什么军需供给，他们的生活来源，全靠攻城陷阵后从敌军手中夺取。这些孤儿寡母太可怜了，在军营里，寡妇除了改嫁他人外，最多只能靠别人施舍过日子。"

黄巧儿道："陶洪手下战将韩山也在二月前阵亡了，陶洪吩咐我照顾着韩山的孤儿寡女。听说韩山的女儿韩素梅，跟你家的赵公子和我家春儿还是至交。"

杜夫人叹息道："我昨天还给她母女俩送去钱粮，我建议韩素梅的母亲改嫁，我也给他介绍了几位条件不错的单身军官，但她坚决不同意，拒不跟人家见面。韩素梅的母亲虽非名门闺秀，也算大家小姐，有一定文化素养，她最终选择了回原籍襄阳这条艰难的道路，可能一会儿就要起程。走，我们一起去给她送送行。"

黄巧儿叹息道："唉，这是什么世道！"

当黄巧儿和杜夫人走到杨春香家门口时，早已人去屋空。二人又赶紧追出营房，只见韩素梅站在西坡土坎上，一身蓝裤褂，乌黑的小发髻上缠着白丝线，水汪汪的一双大眼睛满含忧郁，红润润的小脸上挂着泪痕。回头望着赵匡胤和陶三春大声叫喊：“香哥、三春妹妹！”

赵匡胤和陶三春一路狂追过来，赵匡胤边跑边问：“韩素梅，你这是要到哪里去呢？”

“回老家。”

“老家在哪儿？”陶三春吃惊地问道。

“听妈说在襄阳，很远很远的地方。”

“素梅——快走哇！”突然从远处传来一声呼喊。

只见韩素梅的妈妈，手拎着一个花布包裹，站在北边很高的土岭上。

“来了！”素梅一步三回头地向岭上跑去。

赵匡胤和陶三春站在那里，望着素梅远去的身影，眼眶里滚出一串串伤心的泪水。

黄巧儿和杜夫人望着眼前的情景，也情不自禁地掉下了眼泪。

六

洛阳城头成千上万的石敬瑭叛军攀登着云梯，冒着矢雨，凶猛地冲上城墙，城头杀声震天，刀光剑影下血肉横飞。

守城的后唐士兵和从云梯爬上城楼的叛军士兵杀得难分难解。铿锵的兵器碰击声中，后唐兵被压到城垛边。

一根长矛刺穿一个后唐将领的胸膛。

一个后唐士兵在城墙口刚一露面，便被一叛军士兵挥刀砍下脑袋。

一个叛军士兵刚跨进城墙，便和后唐士兵抱在一起滚下城去。

在陶三春八岁这一年，后唐天平节度使石敬瑭在契丹支持下，起兵叛乱，割燕云十六州之地献给契丹，契丹策立石敬瑭为大晋皇帝。闰十一月，石敬瑭攻破后唐首都洛阳，后唐亡。陶洪在一次与叛军相互残杀的大战中，骑兵营几乎全军覆没。最为惨烈的是夹马营里的女人和孩子，包括陶洪夫人在内的全部女眷均成了叛军的战利品。

夹马营内浓烟滚滚，火光冲天。

如狼似虎的契丹兵士在疯狂地追赶妇女。

夹马营里响起一片女人和孩子的哭喊声："契丹兵来了！"

一大个子契丹士兵冲到一漂亮妇女身边，劈手夺过孩子，用力扔进火堆，将那号叫的妇女扛在肩上，快步如飞地跑进营房。

一匹匹战马驮着抢来的年轻妇女和各类财物在营房内奔跑、嘶叫。

一群契丹士兵冲进陶三春家里。

黄巧儿吓得浑身发抖。

八岁的陶三春奋力反抗，与十几个贼兵展开殊死搏斗，幼小年龄终因寡不敌众，被敌兵打昏在地。

十几个兽兵野蛮地撕破黄巧儿的衣服，在光天化日之下强暴。

兽兵们发泄快感的狞笑声。

黄巧儿痛苦万分的惨叫声。

夹马营里到处都是兽兵们的狞笑声和妇女孩子们的喊叫声。

叛军和契丹兵把夹马营里的女人围得像铁桶一般，大家都是冲着女人而来。

披头散发、赤身露体的黄巧儿从昏迷中醒来，见兽兵们已经退去，但外面杀声和哭喊声震天动地。她吃力地从地上爬起来，迅速穿好衣服，悲愤道："妾身遭受如此奇耻大辱，还有何脸面见夫君陶洪！"便一头撞墙而死。

陶洪单枪匹马，在夹马营中左冲右突奋力拼杀。

一叛军将官大声叫喊道："陶将军，你的上司赵弘殷已投降了大晋，还当他的骑兵飞捷指挥使。你也赶快投降吧，石大帅敬佩你的忠勇，已发下号令，只要陶将军愿意投降，保你当殿前大将军。也只有这样，你全家老小才能幸免于难。"

那敌将官话音未落，陶洪的快马早已赶到他面前，手起枪到，一枪将那敌将官挑于马下。

陶洪冲进家中，被眼前悲惨的一幕惊呆了。

陶洪抱起惨死的夫人，失声痛哭道："夫人，愚夫来得迟了！"

外面敌兵喊声四起。

陶洪痛不欲生，赶快放下夫人，快步奔向躺在地上的女儿三春，抱起来一看并没有死，只是昏了过去。他急忙冲进卧室取出一块毯子，将女儿拴在背上，提枪正要出门，回头又看见爱妻巧儿，为了不让敌兵再糟蹋她的尸体，便用力推倒内墙，掩盖了夫人尸体。

陶洪提枪上马，背着三春，含泪杀出重围。

寒山隐约，月明星稀。

陶洪背着三春，冲出敌军重围，打马狂奔了一天才甩脱追兵。

女儿三春在陶洪背上有气无力地问道："爹爹，咱们这是往哪儿去啊！"

陶洪道："爹爹带女儿回老家终南山陶家庄，过世外桃源的隐居生活，永远摆脱这乱世红尘。"

陶三春道："爹爹，女儿又渴又饿！"

陶洪道："女儿再忍耐一些时辰，待前面有了村庄，咱们就住宿吃饭。"

陶洪打马一气跑了数十里，远远望见旗幡招展，一支兵马摆在面前，挡住去路。陶洪一眼认出此人正是契丹的儿皇帝石敬瑭，不由得怒从心起，大骂道："你这反复无常的卑鄙小人，负了先皇又负当今皇上，居然勾结外寇入侵，你这卖主求荣的奸贼，你不怕鬼神杀你吗？"

石敬瑭大笑道："顺天者存，逆天者亡。我一个堂堂丈夫，岂能委身于他人？我今日身为一国之主，坐镇一方。寡人素知陶将军骁勇，你若肯归顺，将来富贵不小。若还执迷不悟，只怕你死到临头。"

陶洪怒极，骂道："狗奸贼，陶某今日同你拼个鱼死网破。"

陶洪话音未落，只见石敬瑭身后一员将官将令旗一挥，众兵呐喊一声，上前四面将陶洪围住。陶洪东冲西突，想寻出路，无奈如铁桶一般。正在危急时刻，只听一棒锣声，又一员将官将令旗一展，众军散开了，让出一条大路。

石敬瑭立马在前，用铁棍指着道："我放你一马，是顾及往日一道征战之情。劝你早早归降，不失王侯之位。如若执迷不悟，则悔之晚矣。”

陶洪也不搭话，跃马挺枪直取石敬瑭，突然脚下一声巨响，天崩地陷，连人带马掉进了陷坑……

七

话说陶洪父女坠入陷坑，正在危急之时，一位壮士打马飞来，只见他左腿上夹一铁鞭，右腿下夹一铁锏，手执铁枪，腰挎两张硬弓，远远便左右开弓，箭如连珠一般，从不虚发。近则用枪，杀得性起，便弃了枪，一手执鞭，一手执锏，直入人群，两手齐打，石敬瑭手下将士纷纷落马。众人心惊胆战，护着石敬瑭抛旗撇鼓而逃。那壮士也不追赶，走到陷坑边下了马，将陶洪父女及战马一一拉出坑来。

陶洪向壮士抱拳施礼道：“我父女二人不慎被贼人暗算，所幸被壮士搭救，否则小命休矣！救命之恩无以为报，请壮士受我一拜！”

陶洪翻身跪拜在地。

壮士赶紧双手将他扶起道：“陶将军不必行此大礼，将军落难恰好被我碰到而已。”

陶洪道：“请问恩人尊姓大名，你如何知道我姓陶？”

壮士道：“我原是天平节度使石敬瑭手下将校石光远，当年你参与河东平叛时我便认得，陶将军大名让叛军闻知，无不亡魂丧魄。”

陶洪道：“原来如此！石将军为何也来到了这里？”

石光远道：“石敬瑭认贼作父多行不义，我便弃他投奔了刘知远，在他帐下做了一员先锋大将，我被派来此地请一位故人出山助他建功立业，谁知这位故人云游天下不归。”

陶洪：“刘知远倒是一位有远见的人。”

石光远道："刘大帅素知陶将军骁勇，你若肯归顺，他肯定重用将军。"

陶洪长叹一声道："陶某身逢乱世，空有一身好武艺。我打算带女儿回老家终南山陶家庄，过世外桃源的隐居生活，永远摆脱这乱世红尘。"

石光远道："人各有志，将军多多保重，我们就此别过，后会有期。"

石光远向陶洪拱手施礼，然后翻身上马而去。

陶洪不敢在此地多留，背着女儿三春，也翻身上马，一路马不停蹄，因沿途到处都是乱军，不敢走大路，只能夜里从小道而行。父女俩昼伏夜行，披星戴月，忍饥挨饿，历经千辛万苦，一月之后的一个傍晚才回到家乡京兆府终南山陶家庄。

陶家庄坐落在终南山的腹心地带，群山绵绵，巍峨险峻。山庄四周都是悬崖峭壁，山岩上端有一个碗口粗的瀑布飞流直下，流进了一个深不见底的水潭里。山岩前面是一个方圆数百米的开阔地带，正面是一条滔滔不绝的宽大河流，无数条从大山中奔流而出的小河小溪汇集于此，无拘无束的小河小溪，在这儿如一个无人管束的野妹子变成了温柔贤淑的少妇，平静地拥抱着陶家庄的自然风物。

陶家庄西南侧有一条千年古道，一条盘桓于悬崖峭壁、断涧丛林之间的青石板路，是背二哥们的必经之路，一年四季都会传来节奏鲜明的打杵声。这条弯弯曲曲的石板小路，从纵深延伸到西南二十多里外的柳林镇，而柳林镇则是以其街外河边十里柳林而得名。

远近闻名的柳林镇是陕南几百年来的贸易区，门店都是清一色的山石砌成的二层小楼，林立数里。从外地运来的食盐、布匹、大米、日用百货换走当地生漆、桐油、药材。从四面八方来此下苦力的巴山背二哥们，就在这条街上来来往往，自然而然地形成了一个繁华热闹的大集市。街面是用玉石铺成，一到晚上在月光照耀下闪闪发光。一到夏天夜晚，山风再将各种花香带进小镇，顿时消除人们一天的疲劳。

陶洪带着女儿陶三春打马回到阔别整整二十一年的家乡，心中别有一番滋味，儿时的记忆油然而生。空气中弥漫着谷地泥草的浓郁的清香。曲曲弯弯的蛇行般的山路梦绕魂牵，美丽的山村和连绵的青山在夕阳的点缀下更加妩媚动人。

夕阳的余晖将山村映得通红通红，归巢的鸟儿正忙着呼朋唤友。

父女二人牵马来到陶家庄门前那条大河坝，一排排木桶粗的千年麻柳树，棵棵挺拔，浑身布满了岁月的沧桑，一副副老气横秋的模样。清一色木板屋，掩映在麻柳丛中，幢幢房屋气派非凡，座座院落熠熠生辉。陶氏父女来到陶家庄大门前，只见大门紧闭，大门口蹲着两只护院的大石狮子。大门上方挂着一块横匾，上面写着“陶府”两个朱红大字，陶洪清楚认得这还是二十年前由他亲手书写的。

门前有一座石拱桥，在石桥下端的一百米处，有一棵高大的古麻柳树，生长已有千年之久，树干达十余人合围，树冠大如华盖，主干直指蓝天白云。晚霞从古麻柳枝的缝隙里筛落到地上，染红了陶洪父女俩脚下的那片土地。树上蝉子的叫声此起彼伏，这边停了，那边马上又接着叫了起来。

陶洪叫开庄门，迎出来两个后生，但双方彼此都不认识。其中一个年长一点的后生见了满身血污、蓬头垢面的陶洪，惊惧地问道：

“这位军爷，请问你要找谁?”

陶洪道：“我是这家的主人陶洪，老管家陶景不出来，你们两个后生为何却在这里?”

两个后生一听此言，连忙跪倒在地，叩头道：“小子有眼无珠，不知是老爷回来了，有失远迎，还望老爷恕罪!”

陶洪惊讶地问道：“你二人是谁，我以前怎么没有见过?”

年长的后生道："禀报老爷，以前的老管家陶景便是小子们的家父，已在半年前去世了。我叫陶龙，他是我弟弟陶虎。家父死后，贵庄便由我兄弟二人负责经营，老爷你在家时我们才几岁，所以你不曾认识。"

说话间陶虎忙牵过陶洪手中的大白马，陶龙急将陶洪父女俩迎进院内，边走边看，边看边向陶洪介绍情况。

大院坐落在一片翠绿之中，占地面积约有数十亩，秦砖汉瓦风格的建筑，有前院后院，分南北正房、偏房，有主卧、次卧，有会客厅，有书房，有餐厅……

院内有假山翠竹，还有奇花异草，美不胜收。

大院西北角有一口大水塘，水塘四周垂柳成行，柳条在微风中摇摆，蝉子在柳林中有节奏地咏唱；水塘里的水清澈见底，水面上泛起一层涟漪……

当天晚上，陶氏兄弟备了丰富的晚宴为陶洪父女接风洗尘，兄弟二人的妻小也全部出席作陪，像一家人那样亲亲热热，频频举杯，有说有笑，彼此叙旧，激情满怀。

第二天，陶洪吩咐陶龙备下祭品，牵着陶三春前往老父老母坟上叩头祭奠。陶龙、陶虎准备了若干鞭炮，足足燃放了半个时辰，震耳欲聋的鞭炮声响彻云霄，在山谷里传送得好远好远，附近几十里都听得见。村民们得知二十年前的陶洪回来了，还带回了一个如花似玉的小女儿，这阵正在给父母上坟，本村和外村的男女老少们便纷纷前来围观看热闹。

陶洪和陶三春端端跪在两座坟墓前，左坟墓碑文上刻着：先父陶鼎晟之墓；右坟墓碑文上刻着：先母陶刘氏之墓。

坟墓前摆放着祭品，燃烧着香蜡。

陶洪向父母叙说了许多二十多年的离别之苦，跪在父母坟前放声痛哭了一场。

陶龙、陶虎两家妻小也跪在坟前，跟着一起啼哭。

许多围观的村民也跟着流泪。

祭拜完毕，陶洪擦干眼泪，跟认识和不认识的乡亲们一一打过招呼，还有几个从小跟他一起长大的村民，抱着他激动得又说又哭，说够了哭，哭够了又说，双方都有说不完的离别话题。

当天下午，陶氏兄弟二人带着陶洪父女参观祖上留下来的一百多亩田地，一群男女正在收割后的稻田里种胡豆和油菜，有的在旱地里种小麦。众人见了陶氏兄弟，连忙直起腰来打招呼。陶虎忙把陶洪向这些人介绍道："这位便是陶府主人陶老爷陶大将军，大家赶紧过来见过礼。"

众人一听，放下手中锄头，赶忙跑过来一起跪在陶洪面前磕头。陶洪赶紧一一扶了起来，连声说道："各位乡亲快快请起，不必行此大礼。感谢大家的辛勤劳动，把我们陶家田地经营得这样好。"

陶龙对那些人道："大家赶紧下田吧，从今以后要好好听陶老爷的话，陶老爷一定会善待你们这些人的。"

众人异口同声地道："谢谢陶老爷，谢谢二位管家！"随即下田劳动去了。

陶龙在田间向陶洪介绍说："陶府有男佣十六人，女佣十二人，经营着五十八亩水田和六十五亩旱地。每年产稻谷、小麦以及杂粮数万石。那边地里还要种萝卜、白菜、冬瓜、南瓜、葫芦、茄子等各种蔬菜，还喂养大小生猪七八十只，水牛六头，黄牛八头，鸡鸭不计其数。除了我们两家和府上佣人吃一部分外，其余粮食、猪牛鸡鸭和蔬菜都背到镇上去换了银子，全部封存在无人知晓的地下室里，这二十多年的收支两本账簿记得清清楚楚，晚上向老爷一一细作交代。"

陶洪欢喜不尽，对陶氏兄弟赞不绝口。

几人边说边来到了几块菜地里，萝卜、白菜长势良好，冬瓜、扁豆挂满了树枝，脸盆一般大的南瓜满地爬。陶三春兴奋得在田间地头跑来跑去，不停地向陶龙陶虎问这问那，二人对她的提问百问不烦，有问必答。陶龙还向陶三春介绍一些四季耕种的农业知识，她听来一切都是那么新鲜。一群鸭子在荷塘里追逐戏耍，一群群鸡公鸡婆带着它们的儿女们在收割的稻田地觅食，两条大黄狗躺在树荫下困懒觉，猪圈里几十头猪，至少也有七八十斤重了。

晚上陶龙兄弟二人抱出自陶洪离家后二十多年间的所有账簿，并对陶家所有房产，包括田里地里的庄稼，室内家具、炊餐用具、生活用品、生产工具，以及猪、狗、牛、羊、鸡、鸭、粮食等一一进行了详细交代。陶洪见兄弟二人将陶府管理得如此井然有序，不由得满心欢喜，极力夸奖了一番，并要兄弟俩留下，继续经营管理陶家庄。

陶洪让陶龙、陶虎安排二十多个男女佣人杀猪宰牛，大摆宴席三天三夜，遍请了全村男女老少。陶洪还在席间给父老乡亲一一敬酒，问寒问暖，并询问今年庄稼收成情况。当他得知村里因春天大旱收成不好，没有小麦、油菜、胡豆种子，明年春夏又要闹饥荒，当即吩咐陶龙陶虎到村里挨家挨户问清楚，每家有多少地，需要多少种子，全部由陶家无偿提供。若陶家现成的种子不够，便到镇上购买，分发到每家每户手里。待来年收成好了只如数还回种子，若收成欠佳，也就颗粒不要了。这令全村百姓好生感动，都称陶洪为陶员外，是陶家村救苦救难的活菩萨。陶家村原叫麻柳村，九十多户数百多号人口。因陶洪父亲造福村民，加上村里大部分人都姓陶，后来才改为陶家村。

八

陶洪遭遇此次变故，特别是痛失夫人之后，使他厌恶乱世，心灰意懒，不愿再为朝廷卖命，决计终生隐居终南山，与小女陶三春在陶家庄相依为命，过那种与世无争的世外桃源生活。陶洪时年四十二岁，村里镇里甚至远村远镇的媒人纷纷上门给他做媒，介绍的那些对象中有如花似玉的大姑娘，也有丧偶的半老徐娘，但条件都是最佳的，否则媒婆也没那个胆量敢到陶家庄给陶洪提亲。陶洪不仅是一位威震天下的大将军，而且还是一个英俊潇洒的美男子，更主要的是他还有一座金山银山，嫁给他就等于嫁给了财神爷。管家陶龙、陶虎也一再劝说陶洪续弦多生下几个儿女，偌大一笔家业陶三春一人也花不完，暗地里四处托媒婆给陶洪提亲。于是每天前往陶家庄提亲的媒婆，以及媒婆带到陶家庄让陶洪过目的姑娘和徐娘络绎不绝，但都没有一个让陶洪看得上眼，这倒不是他有多么挑剔，关键是黄巧儿在他心中的印象太深。这深刻印象一是她的美貌和温柔贤淑，二是她死得那样惨烈。每当想起她的那个惨状，他心中都一阵阵揪心地痛，都会为自己虽有一身好武艺却不能保护好自己的女人而内疚不已。管家陶龙、陶虎在陶洪的授意下明确告诉那些媒婆们，陶洪陶老爷已有了意中人，这意中人是远方人，不会再找当地女人了，请不要再来打扰了。这等于下了驱逐令，媒婆们于是再也不上门了。至于陶洪已有了意中人，这纯属两个管家编的故事。也许二人听陶三春讲过韩素梅母女俩的故事，说韩素梅的母亲杨春香如何如何漂亮，如何如何可怜，这两个管家便把杨春香跟陶洪扯到了一起。然而两年之后命运之神还真把杨春香和陶洪扯到了一起，这也许是冥冥之中两个管家做的媒？

至此，陶洪便在陶家庄精心教陶三春学农桑、习耕读、练习兵马、安居乐业。陶洪还把柳林镇一位颇有学识的老先生隔三岔五地请到山庄，辅导女儿琴、棋、诗、书、画。老先生是中原人氏，姓姜名怀祖，据说是姜子牙的后人，父母给他取这个名字是让他随时怀念祖先的意思。他是后唐时期的进士，庄宗一度想重用他，他却厌恶乱世，带着家小隐居到了终南山柳林镇，办了一个私塾，声望很高，不仅当地发财人，就连商南县的县太爷也把孩子送到他的学校去接受教育。陶洪听到这个消息，当即带着女儿陶三春到镇上去拜师，与老先生一见如故，情投意合，瞬间相识，即成知音。姜怀祖年长，陶洪称他为兄，二人均有相见恨晚之意。以后二人便隔三岔五地聚在陶家庄咏诗作词，弹琴歌唱，喝酒聊天，谈古论今，不是神仙，胜似神仙。同时也顺便辅导陶三春琴、棋、诗、书、画，真是两全其美。

姜怀祖还送给了陶三春许多书，整整堆了半间屋。陶洪如获至宝，便鼓励女儿效法古人孙敬头悬梁、锥刺股，背读这些书籍。

陶洪不仅让女儿学习书本知识，而且还请年长的老农给陶三春讲授农业知识，每天还将陶三春带到田里地里去实践，请那些老把式庄稼汉手把手地指点调教。让陶三春从小热爱劳动，热爱生活，珍惜粮食，尊重劳动人民，不要忘记根本。

陶三春聪明过人，无论书本知识还是农业知识，一教便懂，过目不忘。

由于陶景、陶龙两代管家经营有方，陶府已拥有万贯家产，成了终南山有名的大富人家。陶洪虽然富有，但陶家村却十分贫穷。陶洪虽时时救济乡邻穷苦百姓，但总是治表不治根，每年到了二三月便闹起春荒，乡亲们便纷纷向陶家庄借粮，虽说是借，但从来也没有人还过一粒粮食。陶洪便带着女儿陶三春走家串户，问寒问暖，了解家家户户贫困的根源。陶洪认为贫困的真正原因是原始的生产方式和落后的生活方式，像一条永远也挣不断的铁锁链，牢牢束缚住陶家村人的手脚，世世代代在贫困线上挣扎。还有一条重要原因那就是严重缺水，每年春秋两季大旱，造成粮食大量歉收，大多数人家都没有太多的余粮，所以造成青黄不接，一到三四月份，村里的野菜和树皮便成了村民们的主粮。陶家为什么却能连年丰收，是因为后山有一条天然的瀑布，一年四季倾泻到山脚下的那个深不见底的水潭里，然后又灌溉到陶洪那一百多亩的田地里。陶洪便下定决心要从根本入手，那就是兴修水利，从源头上解决问题，要把他家那天然水源变成全村人的水源，要把这天然之水引到村里的家家户户，让村民们共同受益。于是由他亲自担任指挥，调动全村人的力量，还从外村请来了几十个石匠，昼夜不停地开山开渠引水。陶洪让石匠们在工地山岩上用錾子錾写了八个大字：兴修水利，造福于人。

水利工地上每天挖土、搬运、抬石的人们，穿梭般地在工地上来回奔跑。

人们大声的说话声，干活儿的号子声，大锤狠击钢钎声连成一片。

石匠们的活儿特别招人，陶家庄和陶家村包括陶三春在内的所有的男女小孩，几乎天天都要围着看，那“打点、吃点”有节奏的錾子声韵味无穷，简直是在欣赏一种音乐。

陶家村的男女村民和外村石匠对水利工程十分卖力，为了早日竣工，大家吃住都在工地上。陶洪便让陶龙陶虎为大家安排生活，由二十多个佣人专门做饭，把饭送到工地上去吃，每天杀猪宰羊款待大家，让村民们感激不已，纷纷说以往过年也没有吃上这样好的饭菜。

工程进展十分顺利，然而就在快要竣工那天，却发生了一个意外事故，外村一个姓王的石匠不幸身亡。据说是他与一同来的伙计发生了矛盾，情绪受到影响，出事这天在工地上一反常态，山歌不唱了，号子也不喊了，只见他站在一处地势险要的山岩上，黑着脸、低着头，抡起手中的大锤一下狠似一下地砸在几只开山石的铁钎子上，砸得火花四溅，撞击得山摇地动，扣人心弦。突然他一锤抡空，连人带锤地飞下山冈，恰好落在一块大石头上，当即摔得粉身碎骨。

陶洪把王石匠安葬他开山放石的那个山冈上，让陶家村人们世世代代都记得他为水利工程作出的牺牲，同时还给了死者家属一大笔钱财作为抚恤金。

半年之后，陶家村水利工程圆满完工，不仅灌溉着陶家村家家户户的农田，而且还让周边好几个村的百姓受益。竣工这天，商南县令还特地赶来祝贺，震耳欲聋的鞭炮声响了好久。早已准备好的数支狮子队、高跷队跳着蹦着来了。搭好的戏台上，蜀地的高腔、陕地的秦腔比着唱、比着乐。一时间，锣鼓喧天、炮声阵阵。从四面八方云集而来的男女老少看得发呆，一些会唱山歌的老人也纷纷出台唱起老民谣，人们乐不够，笑不够，热闹情景感染得人们直掉眼泪。

陶三春不仅给大家表演了歌舞，还给大家表演了十八般武艺，把整个竣工现场气氛渲染得淋漓尽致。

水利竣工不久便是种秋粮季节，陶洪便号召全村百姓不要误了农时，抓紧播种，不要荒废一寸土地。陶洪吩咐陶龙陶虎打开粮仓，让那些没有种子的人家任意领取。由于有了水利资源，来年陶家村家家户户喜获大丰收，也是陶家村有史以来第一次获得这样大的丰收。陶洪深受人民爱戴，誉称他为陶员外、陶老英雄。

陶洪完成了水利工程这件大事之后，便出银在陶家庄建了学馆，这就是当时商南有名的第二大书院"陶家书院"。首任院长便是前朝进士、柳林镇隐士姜怀祖。"陶家书院"是由商南县令命名，并题写了馆匾。陶洪还从县城聘了三个专职老师，开馆之后的各项资费全部由陶洪提供。但他有一个硬性条件，那就是陶家村的所有学龄儿童必须上学，否则以后将得不到陶家庄的任何好处。村民们虽没文化，但他们却深知“书中自有黄金屋，书中自有颜如玉”的古训，他们谁也不想让自己的子孙后代都面朝黄土背朝天，都想供娃儿念书，将来才会有出息。可是一是苦于没有学堂，二是苦于没钱送娃儿们上学。这下可好，陶洪陶老爷在陶家庄出资办起了学馆，而且还是免费让孩子们去上学读书，还管食宿，这样的好事做梦都梦不到，这陶老爷便是天上的活菩萨，只有傻瓜糊涂虫才不会让自己的孩子去上学，于是全村的孩子们便一个不落地到陶家庄学馆里去上了学。

学馆总共有七八十个男女学生，分成高、中、低三个班。陶三春虽然只有十二岁，但她的学识却已达到了相当高的程度，陶洪便让她上了高级班。父女俩还给三个班的学生传授武术健体防身，陶家庄的佣人们跟着学，村里的小伙子们也跟着学，这些人后来在抵御强盗黄天霸的战斗中发挥了重要作用。

九

陶洪完成兴修水利和办学馆这两件大事，见陶家村父老乡亲都过上了富裕日子，特别是每天听到孩子们那琅琅读书声，他便有一种极大的快感，觉得此乃人生一大快事。陶洪还作出一项重大决定，他要带着女儿到襄阳去寻找两个人，这便是陶三春的好友韩素梅和她的母亲杨春香。当陶洪把这个决定告诉女儿之后，陶三春高兴得跳了起来，她说她日思夜想韩素梅，昨晚都还梦见她了呢!

陶三春对韩素梅是情，陶洪对韩素梅她妈却是一种义。韩素梅的父亲韩山当年既是他手下一员得力的战将，也是他的一个要好的朋友。在那次战役中韩山本来不该死的，他是为救陶洪挡了那致命的一支冷箭而不幸身亡的。这个阴影在陶洪心中是长期拂不去的。韩山死后陶洪从妻子黄巧儿口中获悉，杨春香已带着女儿返回老家襄阳，也没来得及送给母女俩一些银两，也不知母女俩现在的处境如何，日子过得怎么样了。陶洪决定带上三春前往襄阳去找到这母女俩，最好把她们接到陶家庄养起来，若实在不愿意来，便多给她们留下一些银两。但襄阳之大，又从来没有去过，茫茫人海中，又到哪儿去寻找这母女俩？至于能否找到，这就要看双方的运气了。

陶洪决定陶家庄大小所有事务由陶龙统管，由陶虎安排两乘轿子，一乘由他乘坐，另一乘则为女儿乘坐，返回时父女俩坐一乘，杨春香母女坐一乘。并特意挑选八个身强力壮、头脑灵活，并多少会点拳脚的小伙子当轿夫。还特地吩咐陶虎带上两千两银子，万一那母女俩不愿意前来陶家庄，便送给她们做点小本生意，也够后半生享用了。一切准备妥当，过了端午节，便出发上路了。

陶虎骑着陶洪那匹高头大马，穿着陶洪那身战袍，腰悬宝剑，手提银枪，加上他身高马大，虎背熊腰，方头大脸，的确能唬人，路人见他这副派头的气势，纷纷敬而远之，早早回避，这让陶三春一路笑个不停。

更让陶三春笑不够的还是轿夫们一路上的报路口诀，从终南山到襄阳路途险要，山道崎岖，坡度斜拐，在依山傍水的悬崖上，弯拐曲折的道上，前不见路，后面不见人的情况下，最易发生相撞事故，卖劳力的轿夫和抬滑竿的，为了避免事故发生，便发明了一套报路的口诀，也就是前后报路的对答，言辞粗犷，响亮流利，前面报，后面答。轿子和滑竿这种古老的交通工具在终南山一带盛行，轿夫报路口诀也就成了坐轿人和路边行人的一种乐趣，一路走一路说，抬轿子抬后面的比抬担架更看不见路，全靠报路口诀，而且一声递一声，像唱歌一样，走远路也不觉得累。如见前面有两位姑娘，必须小心让路，前面抬夫报道“路边两朵花”，后面抬夫回答“过路莫挨她”。假如前面来了很多人要与滑竿争道，前面抬夫报道“天上一朵云”，后面抬夫随答“地上一群人”。遇到上坡时，前面报道“陡上又加陡”，后面应道“越陡越好走”。遇到打伞的行人，前面报道“对面有把伞”，后面应道“请他打高点”。过险要狭道时，前面报道“两边紧”，后面应道“当中稳”，是请注意走路的中间。前边如遇陡坡时，前面报道“大路朝天”，后面应答“一人半边”，是请过路的人向边走。如果发现前面有急转弯时，前面报道“前面十字拐”，后面应道“前摆后不摆”。由山路到平坦大路时，前面报道“平坦大路”，后边即应道“甩开大步”。发现前面路上有拦路的东西，前面报道“拦路一条蛇”，后面应道“踏上了不得”。是说路上的绳索、荆棘、树枝、石头、瓦块，都是妨碍行人交通的，报道后面要注意脚下，以免绊倒。在山路羊肠小道加上树木的覆盖，路旁又有荆棘刺条时，前面报道“头抬高、眼放亮”，后面应道“左右上下都要望”。遇到下坡路时，前面报道“板板坡”，后面应道“慢慢梭”。如果发现大路不平时，前面报道：“不平在前面”，后面应道“我们慢慢端”。遇到前面有沟有桥时，前面报道“前面有条桥，小心慢步摇”，后面应道“桥板窄或宽，你要慢慢颠”。

这些充满乡风俗趣的一唱一和，不时地引起路人们哄堂大笑。

且说陶洪一行离开陶家庄，沿着商洛大道直奔古城襄阳。一路停停走走，走走停停，说说笑笑，见饭馆打尖，见客栈歇店。一路上吃的是山里人家的农家饭，大体是柴火饭、案板肉、腊肉炖萝卜夹、猪脚杆炖木耳、凉拌折儿根（鱼腥草）、凉拌萝卜丝……喜得陶三春赞不绝口，高兴地说她一辈子也没有吃过这样好吃的东西。陶洪笑话她说，你才十二岁，才够一辈子的零头呢！

一路上见了许多崇山峻岭，峭壁悬崖，苍松古木，异草奇花，看不够的名胜古迹，观不尽的名山美景。

十

这一日傍晚时分，陶洪一行人终于来到了天下名城襄阳。陶洪选择汉江边的一家汪记客栈住下。客栈汪老板也是商南人，当即认了老乡。俗话说得好，美不美，家乡水；亲不亲，故乡人。在远离家乡千里之外的古城遇见了货真价实的老乡，加之汪老板又久闻陶洪英名，便设宴款待陶洪父女一行。席桌上全是襄阳当地特产，天上飞的，地上跑的，水里游的，山珍美味，应有尽有。席间店主不停地向陶洪父女斟酒，陶洪也频频举杯向汪老板表达了谢意。

当汪老板在席间听明白陶老英雄一是带女儿到襄阳来游玩，二是要寻找当年救命恩人韩山遗孀杨春香和遗女韩素梅时，便自告奋勇愿意陪同陶洪父女游玩襄阳，并派出店里几个小伙计帮忙四处打探韩素梅母女下落，这令陶洪感激不已。

第二天一早，汪老板便陪同陶洪父女一行，用了十多天时间畅游了襄阳，千年古城的美景吸引得父女俩心旷神怡，流连忘返。

这天晚上，陶洪父女俩在汪记客栈里得到了一个振奋人心的好消息，小伙计们经过十数日的努力，终于在距襄阳城西约二十里的古隆中泥嘴镇找到了杨春香母女俩。泥嘴镇地处汉江南岸，隆中山北麓，其名来源于汉水改道北行，淤泥堆积而成的一个泥巴嘴子，后逐步发展成为一个小集镇，当地人称之为“泥嘴”。附近古隆中是襄阳市最负盛名的旅游景点，是被世人誉为夏、商、周以后第一人杰——诸葛亮躬耕隐居的地方。因诸葛亮“躬耕陇亩”、刘备“三顾茅庐”，引发《隆中对策》，被世人称为智者摇篮，三分天下的策源地。

原来汪记客栈中的几个小伙计按照店老板吩咐，分头寻找韩素梅母女二人，犹如大海寻针，偌大一个襄阳，茫茫人海之中，上哪儿去寻找？十多天过去，依然不见踪影。店老板又给六个小伙计下达了死命令，要是找不到那母女二人，你们也就不用回店了。其中一个叫吴强的小伙计这天跑饿了到一家面馆吃面，碰到一个倒卖山货的远房堂兄吴龙也在里面吃面。吴龙见他愁眉不展的样子，便问他发生了什么事情，吴强便把情由讲述了一遍。吴龙听完呵呵大笑道：“这真是踏破铁鞋无觅处，得来全不费功夫!”

吴强惊讶道：“哥哥，难道你知道这两人的下落不成?”

吴龙神秘兮兮道：“兄弟莫急，先来两斤上好的牛肉，一盘猪耳朵，再打二斤米酒来，让哥哥酒足肉饱之后再告诉你不迟。”

吴强红着脸道：“哥哥莫涮鐔子，这几样酒菜就抵了我半个月的薪水，你让我那半个月喝西北风？再说你要是戏弄我，反而耽搁了我找人的时间。”

吴龙呵呵大笑道：“看你那小气包样子，我要是说了假话，这酒菜钱由我自付了便是，反过来算我请你好了。”

吴强见堂兄一副认真的样子，也就只好宁可信其有了，便招手唤过店小二过来点了菜。不多时酒菜上齐，吴强端起酒杯敬了堂兄一杯，只盼他快点开口说话。可他那堂兄却像街说评书的卖关子，只管大口吃肉喝酒，并不肯说半句话。吴强一看急了，心想自己这顿酒肉肯定打了水漂。情急之中，也就赶紧动起筷子，也跟着吴龙大口小口地吞食起来。这哥儿俩像是搞比赛似的，转眼工夫，一大盘牛肉和猪耳朵便下了二人的肚家坝，那壶酒也早已滴酒不剩。二人如此举动逗得那些食客和店小二们捂着嘴大笑不已。

吴龙酒足菜饱之后，方才用手擦着油嘴，打着酒嗝，笑眯眯地告诉吴强道："你要找的这两个人，老的是我姑妈，小的是我表妹。"

吴强半信半疑道："你吹壳子，我咋从来没听说过你还有这么一房亲戚?"

吴龙道："也就是我妈的表妹，隔得远了点，你当然不晓得。我这个表姑妈叫杨春香，表姑父叫韩山，家住古隆中泥嘴镇韩家湾。姑父从小投军，在后唐庄宗手下还当了一个小军官，姑母后来也就随了军，在军营里生下我那小表妹韩素梅。后来姑父阵亡，姑母便带着小表妹千里迢迢回到了隆中泥嘴镇韩家湾，给姑父葬了一座衣冠坟，以后母女俩便相依为命，经营了几亩薄地，我隔三岔五地救济她们几个钱，不做生意时也去帮她们经营土地，春播秋收。母女俩日子虽然说不上富裕，但也尚能温饱。"

吴强听完激动得跳将起来，大声吆喝："店家，结账!"

十一

众人听完吴强的讲述，个个兴奋不已。

陶洪兴奋之余，当即吩咐陶虎给吴强二十两银子作为酬谢。

吴强开初不要，汪老板说："陶老爷家的银子比你家山上的石头还要多，陶老爷赏给你的跑路费，你就收下好了。"

吴强双手从陶虎手中接过银子，一头跪下，"咚咚咚"地一连磕了三个响头，口中喃喃地说："老爷，你是小人前世的老祖宗，你的恩赐相当小人十年的薪水啊！"

第二天一早，吴强便带着陶洪一行人员前往隆中泥嘴镇，他堂兄吴龙早已等候在那里，随即便带着众人一同前往韩家湾。

爬了半天的山路，才在半山腰里发现一幢三合院瓦房，隐蔽在一大片竹林和绿树丛中。院坝边上有一盘大石磨，一头大黄牛拉着石磨轰隆隆地转着，一个小女孩手里拿着小木棍跟着牛走，手中挥着小木棍，口中不时"嘿哧、嘿哧"地吆喝着大黄牛。

一位中年妇女一边箩着面，一边小声地哼着当地民间小调。

一只肥大的鸡婆带着一群小鸡崽在石磨周围觅食。

石磨旁边有一棵大核桃树，一条大黄狗在核桃树下晒太阳困懒觉。

吴龙对众人说道："这儿便是你们要找的母女俩的家。"

吴龙拄着一根棍子，大声呼喊："表姑，快来看看都是谁来了！"

话声未落，院中立即蹿出来一条大黄狗向他扑了过来。

吴龙挥舞着手中木棍，口中同时大声吆喝着。

的麦子全部割光，还将数十里之内抢劫一空，鸡犬不留。所幸那些村民提前躲藏才幸免于难。唯独陶家村和陶家庄没有受到丝毫伤害，这却让众人大惑不解。陶洪心中自然明白，这是黄天霸向他发出信号，他放了陶家村一马，也希望陶洪日后也能放他一马。黄天霸虽出了他的恶气，却坚定了陶洪父女发誓要剿灭黄天霸的决心。于是便日夜操练陶家军男女队伍，以待日后与黄天霸一伙再决雌雄。

狗不敢近人，人也不敢动步。

狗叫声中，一位眉清目秀、小巧玲珑的小姑娘第一个跑了出来，大声撵走大黄狗，对吴龙亲热地喊了一声：“表哥！”当目光与陶洪等一群陌生人对视时，那张秀美的瓜子脸儿瞬即绯红起来。

喧闹声中竹林深处走出一个美人胚子，众人都把眼神直勾勾地投向了她，虽然已是三四十岁的中年妇女，却比二十多岁的姑娘还要标致，但见乌发垂肩，眉儿弯弯，眼儿水灵，面泛红光；俏丽脸蛋，似吹弹即破；樱唇频动，鼻儿玲珑；一双秀手，十指纤纤，犹如精雕的美玉；一对玉臂，丰盈而不见肉，娇美而若无骨。陶虎横看竖看都要比媒婆给陶老爷介绍的那些女人们强上十倍百倍，也难怪老爷个个都瞧不上，原来却深藏了这样一位神仙般的美女姐姐。

正在陶虎鬼想神猜的时候，吴龙叫了一声“姑妈”后赶忙向众人介绍说：“我姑妈就是你们要找的杨春香。”并招呼众人进了院子。

一幢干净利落的三合院，地上堆放着锄头犁头背篼等农具，墙角堆放着整整齐齐的柴火，墙上挂着几串大蒜，充满浓郁的农家气息。

吴龙赶紧从屋里搬出板凳请众人坐下，然后对杨春香说：“姑妈，你和表妹陪客人说话，我进屋去烧开水。”

陶洪与杨春香以前在军营见面机会不多，彼此都没有太深的印象。倒是两个孩子相互认了出来，陶三春喊了一声素梅姐，韩素梅叫了一声三春妹妹，两个小女孩扑上去紧紧地搂抱在一起，激动得失声痛哭，凄婉的哭声惊得竹林里的几只小鸟扑棱着翅膀尖叫着飞走了，那条大黄狗也惊吓得躲在远处不停地吠叫起来。

半晌，陶三春才泪眼汪汪地对杨春香说：“姨娘，我是陶三春，我妈叫黄巧儿，这是我爹爹陶洪呀！”

杨春香这才反应过来，扑过来一把抱住陶三春痛哭流涕道：

“女女，姨娘想死你了！”

韩素梅又扑过来，三个女人抱成一团，哭成一团。众人一起上前解劝了好半天才将三人分开，停止了啼哭。

陶洪这位硬朗的军汉也早已红了眼圈，伤感地问杨春香道：“弟妹，洛阳一别不觉数年，一向可好？”

杨春香亦伤感道：“四年前我和女儿回到韩山家乡，便守着他祖上留下来的几亩薄地和这套房子过日子，侍候着他老父老母到前年先后病故。这些年还多亏我远房的这个侄儿吴龙帮忙，才勉强度日。陶将军，你们一家也还好吗，你夫人黄大姐为何没有一路同行？”

陶洪叹息一声，便把夫人黄巧儿如何遇难，他如何带着女儿从千军万马的敌阵中杀出重围，回到阔别二十多年的终南山陶家庄过上隐居生活，带领全村父老乡亲走上共同富裕道路的大体经过向杨春香讲述了一番。

杨春香母女俩听到陶三春母亲已不在人世时，难免又痛哭一场，众人又苦劝了半天才平静下来。

最后陶洪便把想接母女俩到陶家庄去安居，也好让两个孩子相互有个伴的想法对杨春香说了，韩素梅高兴得跳起来跟陶三春抱在一起。

杨春香还有几分犹豫不决，陶虎便说：“陶家庄简直就是人间天堂，陶洪陶老爷简直就是人间的活菩萨，夫人你还犹豫什么？”

陶洪瞪了一眼陶虎，训斥道：“岂能这样对夫人说话？”又对杨春香说：“大妹子，要不然先带着侄女到我庄上住一段时间，住得惯就长住，住不习惯随时再送你回来。你看如何？”

杨春香终于破涕为笑地对陶洪说：“好是好，就怕给陶将军添麻烦。”

陶洪道：“我夫人与你形同姐妹，两个孩子不是姐妹胜似姐妹，多住上一段时间，就像走亲戚一样，有什么麻不麻烦的呢？我庄上还办了一个书院，由一位大学问人当院长，还聘了三个极有水平的老先生教书，免费让村里七八十个男女孩子在那里学习。正好让素梅跟三春一起做个伴，一边学文化，一边由三春教授些武艺作防身之用。”

陶虎插话道：“别看我们的三春小姐才十二岁，但十八般武艺早已练得炉火纯青，在商洛地区，甚至中华大地，除了陶老爷外，还没人是她的对手。”

陶三春瞪了他一眼道：“陶虎叔，你又在那里吹牛！”

众人一阵大笑。

杨春香也在众人的笑声中作出决定，对吴龙说：“难得陶将军一片美意，还千里迢迢专程前来接我们母女俩，我就决定带上素梅先去看看，如果陶将军不烦我们就长住下了。这房子和田地就请你帮我照看着，如果我们几年都没有回来，这房子田产就全部归你了，也算是对你这些年照顾我们母女的一点回报。”

吴龙连连点头应承，心中却暗暗欢喜，俗话说破家值万贯，表姑这套房产和家业，再加上十几亩田地，卖上 百多两银子也不在话下。

由于房间太少，无法容纳陶洪一行十几人过夜，就连杨春香要给大家做 顿农家饭也被陶洪谢绝，说到镇上饭馆多方便，何必要费这个神。于是众人一起帮忙把院儿里的东西进行归纳，陶洪只让母女俩带几身换洗衣服，其他什么东西都不要。只是临走时到韩山的衣冠坟上去放了几串鞭炮，烧了几把纸，上了几炷香，作了几个揖，并说了不少带走杨春香和韩素梅让韩山放心的话。最后便请杨春香母女俩上轿子，马上起程出发。

上轿时陶三春跟韩素梅抢先钻进一乘轿子，二人都说在一起好说话，死活都拉不下来。杨春香坐一乘轿子，而陶洪只好改为骑马。

还是来时那个队形，陶虎全身披挂耀武扬威地在前面带路，两乘轿子跟在他后面嘻嘻哈哈一路如飞地往家赶。

十二

一行人从离开韩家湾起，一路上紧走慢赶，见客栈歇息，见饭馆吃饭，两个小女孩亲热无比，陶洪与杨春香也渐渐随便起来，在一起也有了不少话说。这让陶虎看在眼里，喜在心里。一路上说说笑笑，旁敲侧击，他是下定决心要撮合成老爷这桩美姻缘。

众人一路各怀心事，欢天喜地往家赶。

二十多天后的一个傍晚，一行人夜宿在位于商南县城西二十里处与丹凤县接壤的武关镇，此时已是盛夏季节，为避开路上遭受毒日暴晒，陶洪吩咐第二天三更时分便起个大早上路。轿夫们因头天晚上酒足饭饱，小伙子们离家两个多月，想妻子儿女的心情不言而喻，趁着打早凉快，抬着轿子两脚生风，如飞地往前奔跑，晌午时分便到了陶家村村口，远远便发现了黑压压的人群聚集在那里观看，当到达陶家庄那棵大麻柳树下时，庄上所有男女早已等候在那里，大树上挂着的若干串鞭炮同时点燃，顿时震耳欲聋，惊天动地。几十个小孩子们高兴得手舞足蹈，大人们更是眉开眼笑，把目光齐刷刷地盯着轿子，等待着轿门打开，大美人儿杨春香下轿的那一刻。这都是陶虎自作主张，头天晚上便提前返回陶家庄作了这番安排，陶洪不赞成但也没有反对，也就等于默许。轿帘掀开，陶三春携着韩素梅先下了轿，众人对眉清目秀、楚楚动人的韩素梅报以一片喝彩之声。当杨春香缓缓走下轿时，陶龙、陶虎的妻子立即上前搀住，全场男女先是被杨春香的美貌惊呆了，山里人一辈子哪里见过这等像神话里传说中的月宫仙女嫦娥，她简直就是嫦娥的化身。随后便响起雷鸣般的掌声，并爆发出一片山呼海啸般的欢呼声。

村民们奔走相告，陶家庄陶老爷把夫人接回来了，陶夫人美如天仙呢！

杨春香被村民和庄上人们的热情感动得热泪盈眶，但被人们呼喊的那话儿却惊得心惊肉跳，羞得满脸绯红，又无法开口向这些人解释。

陶洪却把陶虎叫到路旁好一顿训斥，满以为是他搞起的，但陶虎却死活不认账。

杨春香母女俩在众人簇拥下缓步来到了陶家庄，陶龙在家提前早已给杨春香母女俩各布置了一间宽敞的卧室，室外香花异草，室内全是古香古色的红豆木家具，梳妆台、穿衣镜，应有尽有。

陶洪是一个心细的人，走时还特别吩咐陶龙给杨春香寻一个好丫头，不惜重价。假若杨春香母女不来，便让这丫头与女儿三春做伴。陶龙四处托人找寻，终于买来了一个相貌端正、举止大方、性格温柔、齿牙伶俐的小姑娘，叫春桃，才十二岁。也还是正经人家的女儿，因父亲好赌，将她卖出，幼时曾读过书，又还识字的。陶洪看了十分喜欢，便安排在杨春香身边做贴身丫头。但却遭到杨春香的坚决反对，她说她不是富贵人家的娇小姐，只是一个普通的农家妇女，在襄阳老家时，栽秧打谷，耕田种地，粗活细活，脏活累活样样都能干，若陶老爷这样做便把她当了外人，她也只能待几天就得走人。

陶洪见她说的真诚，就把这丫头放到陶三春身边照顾她的生活。

陶三春也特别喜欢春桃，竟待之如亲姐妹一般，春桃感激不已。

陶洪还把全庄人员召集在一起打招呼，以后谁也不准怠慢杨春香母女俩，更不准在背后胡乱猜测和议论杨春香是他以后的夫人，杨春香的男人是他的救命恩人，他要知恩图报，他要善待恩人的妻女，道理就这样简单。谁要是胆敢怠慢杨春香母女俩，特别是再私下胡说八道他与杨春香的个人关系，便立即撵出山庄，永不录用。杨春香听到陶洪这些话后，感激得流了一场眼泪。

安顿下来之后，陶洪专门带着杨春香母女游遍了陶家庄和陶家庄的里里外外，兴修的水利工程让母女俩大开眼界，特别是听到陶家书院孩子们那琅琅读书声后，杨春香简直进入了一种梦幻般的仙境，在她的心目中陶洪简直就是天上的神仙，她对他简直崇拜到了顶点。慢慢适应了环境之后，她又把自己列入劳动行列之中，每天扛着锄头跟着佣人在田地里劳作，很快便跟他们打成一片。陶洪开初并不同意杨春香这样做，后来见她每天跟佣人们出工收工，有说有笑，哥哥姐姐弟弟妹妹叫得那样亲热，一片温馨与和谐，也就喜在心里。

陶三春、韩素梅、春桃一起到学馆里去读书，陶三春还利用读书之闲传教二人武艺。韩素梅习文尚可，尚武便不是那块材料，也只能学些简单防身之术。但春桃却是一个习武天才，很快便学会了十八般武艺，这个女孩子以后便成了陶三春的重要助手，在她和父亲平定终南山土匪黄天霸的战役中发挥了重要作用，但遗憾的是在那次战役中不幸阵亡。

在以后的日子里，陶家庄和睦相处得就像一家人一样。没有上下规矩，没有大小之分。只有一件事情令众人心中不乐，那就是没有促成陶老爷与杨春香两家人变成一家人。因陶洪下了禁令，绝不允许庄人再议论他和杨春香之间的关系，也就没人再敢提及此事，只在心中暗暗着急。倒是陶三春和韩素梅两个小姑娘，分别做通了各自父母的工作。陶洪找阴阳先生拣了黄道吉期，中秋节这天在陶家庄举行了空前绝后的盛大婚礼，宾至如归，流水宴席摆了三天三夜。正婚这天，鼓乐喧天，鞭炮齐鸣，众人把新郎新娘拥入洞房，合卺结亲。

却说陶洪和杨春香成亲后，夫妻恩爱，时刻不离。婚后第二年，杨春香生下一个白白胖胖，与陶洪简直就是一个模子里铸出的小儿子。陶洪如获至宝，高兴得走路都哈哈笑。并下令陶家庄又轰轰烈烈地庆贺了三天三夜，还请来了秦腔和蜀戏两个戏班子唱了三天三夜。陶洪对杨春香说："这孩儿聪明伶俐，长大说不定还是一个什么人物。名字我已经想好了，就叫陶睿扬。他是你我二人的爱情结晶，又出生在阳春三月，便用了父母双姓组合，杨改为扬帆的扬，陶、扬二字中间加一个睿字，意思是深明、通达、明智、英明。古代颂扬帝王用语通用睿旨、睿览。扬字是对这个儿子寄予莫大的期望，希望他长大扬眉吐气，策马扬鞭，扬帆万里，扬名四海……睿扬：睿智飞扬，喻指一个人很聪明、很有智慧。也是你我两口儿相互思念的意思，同时还是让孩子永远记住他母亲的意思。"

杨春香哈哈笑道："好、好、好！还是老爷知识渊博，妾身哪琢磨得出这么好的好名字来！"

陶三春和陶睿扬姐弟俩在以后的岁月里，姐姐为柴荣的后周，特别是为赵匡胤一统大宋江山，南征北战，立下赫赫战功。弟弟陶睿扬虽没像姐姐陶三春那样建功立业，但却延续下了陶家香火，让陶家庄的家业代代相传。

十三

光阴荏苒，日月如梭，陶洪父女回到终南山陶家庄转眼间便过去了十年。在瞬息万变、更迭频繁的五代时期，这十年间又跨越了一个朝代，更换了三个皇帝。石敬瑭的后晋王朝，随着他的儿子石重贵（出帝）被契丹从汴京掳去，算是翻过了最后一页。如今的洛阳，已经是后汉王朝的国都了。

陶三春刚刚年满十七岁，却早已经长成一位文武双全、威震终南山，名扬关西的巾帼英雄了。这一年不知是从哪里跑来了一支几千人马的叛军，聚集在终南山上落草为寇，干起了打家劫舍的勾当，经常下山劫财抢人，把男人抢去当喽啰，把女人抢去当压寨夫人，扰得终南山方圆数百里鸡犬不宁。这伙强盗原是凤翔节度使王景崇的部下，大头目黄天霸、二头目朱永贵、三头目黄绍奎、四头目宋孝武，武艺都十分高强。尤其是那大头目黄天霸十分凶悍，虎背熊腰，力大无穷，惯使一条八十斤重的丈八蛇矛，活生生就是当年莽张飞再世，连小儿听到他的名字都不敢夜哭。商南县令当初不摸底细，听到受害百姓举报，还以为是一般的地痞流氓聚众闹事，便派了几十名巡捕进山围剿，结果却是肉包子打狗，有去无回。京兆府得到急报，即派出一千多官兵进山围剿，黄天霸一伙占据深山有利地形，在复杂的大山沟里和羊肠小道上与官军玩耗子戏猫的游戏，官军在明处，他们在暗处，官兵时常被暗冷箭和滚木流石所伤。更可怕的是这伙人采取灵活多样的游击战术，当官兵人多的时候他们便化整为零在山沟里兜圈子，让官兵根本就找不见匪徒们的人影子。当官兵人少的时候，他们便迅速组织起来，集中优势一口将零散的官兵吃掉。耗了半年多时间，官兵疲于奔命，伤亡惨重，结果无功而返。此时的后汉政权已是危机四伏，朝不保夕，面临着内忧外患、四面楚歌的局面。朝廷连正事都忙不过来，哪还有心思顾及地方草寇扰民？终南山的贼寇见朝廷不再理他们，县衙又奈何不了他们，于是更加滋长了嚣张气焰，变本加厉地祸害终南山一带的百姓。

这天，四头目宋孝武奉令带领山寨百多个喽啰前往陶家庄打劫。当时陶洪外出访友，只有陶三春和几十个家仆在瓜园里劳作。喽啰们远远看见瓜地里有一位如花似玉、美如天仙的妙龄佳人，顿时垂涎三尺，眼冒绿光，恨不得立马冲上前去将陶三春搂在怀里做成那好事！只见四头目一声令下：

“弟兄们，谁先逮住那漂亮小娘们儿，就归谁先破瓜！”

“破瓜，破瓜！”失去了人性的喽啰们，声嘶力竭地狂喊着，不要命地向陶三春扑过来。

陶三春见大队贼寇蜂拥而至，已来不及回家取兵器，只好赤手空拳面对百多号杀人如麻的混世魔王。她面不改色心不跳，跟父亲苦练了十多年的少林功夫，这会儿正好得到施展。只见她少林拳拳打四面八方，鸳鸯腿踢倒三山五岳，腿到之处喽啰们断胳膊折腿，拳到之处众贼寇哭爹叫娘，就连武艺那样高强的宋孝武，也被陶三春打得满身是伤。这一场厮杀从正午打到太阳西斜，最后众喽啰以求饶告终，架着几十号伤者狼狈逃窜而去。

陶洪回到家中闻得黄天霸一伙草寇前来打劫的消息，便与女儿三春商议道：“黄天霸一伙既然到陶家庄来开了张，那以后随时说来就来。他们占据了终南山深山老林，他们在暗处，我们在明处，随时都会遭到他们的侵袭。如今朝廷是自身难保，哪还有精力派军队来剿匪保民？朝廷和官府是指不上了，我们只能自己救自己了。立即把村里和庄上十五岁至六十岁的男女组织起来，尽快训练出一支能够保卫村子的地方武装。光保护陶家村还不行，还要在商南境内招募三千壮士和一千名年轻妇女，组建一支陶家军和娘子军队伍，用以保卫商南百姓，只有这样才能达到长治久安的目的。这支队伍由老夫挂帅，女儿为先锋，并担任教头，尽快训练出一支能征惯战的队伍来。”

陶三春道：“要养一支三四千人的军队谈何容易，他们的吃住如何解决？四千人的队伍军饷由哪里开支？”

陶洪道：“这些我都已想好了，名义上是陶家军，实则是一支招之即来、挥之即去的地方乡勇，平时照常在家务农，战时集中起来打仗。除了训练和打仗期间需破费一些钱粮，可先由我们支撑一时，待队伍组建起来之后，向朝廷申报解决一部分，再向每户百姓适当征集一部分。如果不采取这些有效措施，任由黄天霸一伙抢劫，不仅抢光家中财物，还要搭上性命。这点道理，我想商南百姓们会懂得的。”

陶三春道：“父亲所言极是，女儿全力支持。”

陶洪道：“事不宜迟，马上动手先把村里和庄上的人组织起来由你强化训练，并做好家家户户的防范工作，谨防黄天霸一伙随时再来打劫。我即刻动身前往商南面见陈县令，把这件事情需先给他说清楚，否则私建军队是违法行为，弄不好还要背上反叛朝廷的罪名。”

陶氏父女俩便分头行事。陶三春在管家陶龙、陶虎的有力配合下，很快便把村里和庄上十五岁以上六十岁以下的男女老少组织起来，统计了一下也有一千多号人。陶三春便让前些年学馆里经过军事训练的那些男女学生，分别担任男队和女队的大小头目，并负责对这些人进行军事训练，把他们学到的武艺再传授给这些人。武器暂时使用村民们种庄稼使用的锄头、扁担以及棍棒。从四头目手中缴获的长枪、大刀、短刀等各种器械，则由各级大小头目及骨干们掌握使用，以后再从黄天霸那伙匪徒手中去夺。陶三春的话说得那样轻松，完全没有把黄天霸那伙贼人们放在眼里。村民和庄人们便没有丝毫的紧张和害怕，在他们心目中陶氏父女是上天派下来保护他们的天神，是黄天霸一伙的克星。

于是陶三春的话村民和庄人们言听计从，事情进行得十分顺利，陶家村里里外外，山沟里、树林里、山坡上、河滩上，到处都是训练的人群，男女老少手执各种棍棒当武器，在总教练陶三春的指挥下，摸爬滚打，杀声震天。

再说陶洪到了商南，将想法跟陈县令一说，把陈县令激动得一连说了好几个好，为保商南百姓平安，陶员外可做了商南官府做不到，就连当今皇上也做不到的大好事。当即表示由商南官府出面帮助陶洪组建陶家军，费用由他亲自出面到永兴府去向郭威郭大帅禀报这件事情，由郭大帅为陶家军提供马匹和各种器械，并向朝廷申请一笔费用作为陶家军的军饷。陶洪也高兴万分，真没想到事情会办得这样顺利，便返回陶家庄等候消息。没想到女儿陶三春的动作比他还要快，转眼之间便把陶家村和陶家庄的男女老少组织起来了，而且已经开始训练了。他远远站在村口，兴致勃勃地观看训练，乐得嘴都合不上了。

由于有商南官府出面，再加上陶洪大名鼎鼎，且疏财仗义，别说商南县，就连整个终南山一提到陶洪父女名字，那是无人不知，无人不晓。陈县令按照陶洪要求，在很短的时间内为他招募了三千壮士和一千名年轻女子，并迅速开拔到陶家庄由陶洪集中训练和整编。陶家军正式成立这天，陶洪安排杀猪宰牛，在陶家庄大摆宴席，开怀畅饮。商南陈县令和京兆府刺史赵思绾也到场祝贺，赵思绾还给陶洪送去了不少马匹、器械、粮食和银两，真可谓雪中送炭。赵思绾在成立大会上代表朝廷作了热情洋溢的讲话，宣布陶家军是一支由朝廷认同，并供给军饷的正规军队，由老英雄陶洪担任总指挥兼任男部主帅，由陶三春担任副总指挥兼任娘子军主帅。同时还以朝廷名义任命李春城、杨平章、胡春桃、李桂英等人分别担任陶家军各有关职务。赵思绾最后还宣布，将在京兆府所辖的其他县组建成立陶家军分支机构，每个县一两千人马，全部统一打陶家军旗号，每县设一名指挥，归属陶家军统一调度指挥，费用全部由官府提供。

赵思绾的话音未落，全场便爆发出一片震耳欲聋的欢呼声。

赵思绾临走时对陶洪道："如今有了你们陶家军，我这个当节度使的晚上也就睡得着了。请陶老英雄抓紧操练兵马，我明天一早便去拜见郭威郭大帅，当面向他禀报你们陶家军的事，并由他上报朝廷，尽快落实你们的军饷。"

陶洪父女连忙谢过，并将赵思绾送出十里之外方才返回。

十四

郭威本邢州尧山人，父亲郭简曾为晋顺州刺史，后死于兵乱，时郭威仅五六岁幼龄，随母王氏走潞州，母亲在路途中辞世。姨母韩氏提携抚育，始得成人。郭威十八岁的时候，当地的潞州节度使李继韬招募兵士，他去应招，李继韬便收留他在身边做“牙兵”（藩帅的亲兵）。郭威长得很魁梧，勇力过人，李继韬很欣赏他，有什么小的过失也经常迁就他。郭威好斗，喜欢赌博，又好喝酒，但有时也喜欢打抱不平。一天，郭威又到街上闲逛，有一个屠户欺行霸市，非常跋扈，大家都很怕他，喝了点酒的郭威不服气地到了这个屠户跟前，让他割肉，然后找碴儿骂他，屠户也知道郭威不好惹，但最后终于忍不住了，就扯开衣服用手指着肚子说：“有胆量你就照这儿捅一刀！”郭威抄起刀子就捅进了他的肚子，结果屠户一命呜呼，郭威被抓进了监狱。李继韬佩服他的勇气和胆量，又将他放了。后来李继韬被李存勖发兵灭掉，郭威也被收编进了后唐军队，入了李存勖的亲军“从马直”。

郭威和别的军人不同，他并没有单凭武力发展。他看到了知识的力量，特别是兵书，没事的时候他总是拿着书看。有些文化的李琼见他爱学习，就将自己正读的兵书《阃外春秋》推荐给他看。李琼说：“以正治国，以奇用兵，这本书里就记载了许多存亡治乱、贤愚成败的事例。”郭威边看边让李琼教他，看得爱不释手，李琼对他的影响很大。

在刘知远任后晋侍卫亲军都虞侯时，他主动投到他的手下。

刘知远很喜欢这员干将，视为心腹，刘知远不管到哪里任职都把他带在身边，让他督率亲军。

郭威临事很有计谋，刘知远设法争取过来的吐谷浑部驻扎在太原，军队实力很强，也有不少财物，刘知远想据为己有，也为了防备以后他们再反叛投奔契丹，就想赶走他们，但又没有好办法。郭威就献出计策，让刘知远找个罪名除掉其首领，然后将财物和军队收纳，不但能除掉这支反复无常的势力，还能补充军需。刘知远照计行事，如愿以偿，扩充了自己的实力。

在契丹灭后晋的时候，郭威和史弘肇等人劝说刘知远称帝。

947年，刘知远称帝，建立后汉。郭威因助刘知远称帝有功，升为枢密副使、检校司徒，成为统率大军的将领，位至宰相。不久，后汉高祖刘知远病逝，郭威和苏逢吉同时受命，立其子刘承祐继位，是为后汉隐帝。郭威被任命为枢密使，掌管全国的兵权。当时河中（今山西永济西）节度使李守贞、永兴（今陕西西安）节度使赵思绾、凤翔（今陕西凤翔）节度使王景崇相继拥兵造反。朝廷屡次出兵讨伐，均无功而返。

948年，隐帝刘承祐遂命郭威率兵出征。于是郭威就受命出征，他平易近人，广交将士和文臣，两军交锋时又身先士卒，亲冒矢石，能与士兵同甘共苦，士兵立功他马上赏赐，负伤的他也亲自去抚慰。不管是谁提的建议他都能虚心接受，即使有人得罪了他，他也不记仇，终于使将士和睦上下一心，提高了士气和战斗力。郭威虚心听取将领们的建议，博采众长，制定了先攻河中的策略，然后用围困打消耗战的办法与敌对垒。一年后，在城中粮草已尽、士气丧失的时候，一举攻陷，李守贞和妻子自焚而死。

永兴赵思绾、凤翔王景崇相继归降，使风雨飘摇的后汉政权转危为安。

归顺后的王景崇任凤翔节度使，赵思绾则被郭大帅调到京兆府担任节度使。

话说赵思绾日夜兼程来到永兴，当即向郭威禀报道："当年被大帅击溃的那伙贼人逃到终南山聚集，祸害地方已达两年之久。其头目黄天霸勇不可当，下官曾派官兵多次进山围剿，终奈何他不得。去年朝廷下令凤翔节度使王景崇调重兵征讨，结果同样无功而返。"

郭威不满地打断赵思绾的话道："都是一群废物！两个节度使的官兵加在一起，连几个草寇都对付不了，让他们长期祸害百姓，你们这些当地方父母官的，于心何忍？"

赵思绾道："下官实在惭愧！不过终南山陶家庄陶氏父女却愿为朝廷分忧，自发组织了一支三千人的乡勇队伍，号称为陶家军。"

郭威不以为然地道："官军都奈何不了的强盗，一支毫无战斗力的乡勇队伍又成得了什么气候？"

赵思绾道："这陶氏父女好生了得，在咱们关西一带当成神话传说。"

郭威道："这陶氏父女何其人也？快快讲来。"

赵思绾道："父亲叫陶洪，当年曾任后唐庄宗殿前偏将，号称天下无敌将军。后唐灭亡时陶老英雄看破红尘，不愿再为国家效力，带着小女陶三春回到故里陶家庄，从此过起隐居生活。这陶三春虽年方一十七岁，但武功比她父亲还要高强。黄天霸派人三番五次地前去打劫陶家庄，均败在陶氏父女手里，从此不敢再去骚扰陶家庄了，但祸害京兆府三县百姓的行动却有增无减。于是陶氏父女征得下官同意，在陶家庄建立了一支三千余人的陶家军，但军饷却得不到落实，还需购置马匹等。京兆府下属三个穷县，实在无力承担这笔费用，下官才来求大帅了。"

郭威道："经你这一说，本帅倒想起来了，当年是有一个叫陶洪的猛将，勇冠三军，在中原大地颇有影响。特别是契丹人，一听到陶洪的名字就害怕。此人消失十多年了，不期却流落在终南山。此等人才堪称国家栋梁，岂能埋没在野岭乡间。赵大人一定要代本帅亲往那陶家庄拜见陶洪，请陶氏父女出山，为国效力。本帅此次回京，一定要奏请圣上，加以重任。”

赵思绾道：“只不过那陶洪厌世极深，前些年王景崇与下官都曾打过他的主意，但都被他婉言谢绝。”

郭威道：“那终南山的草寇，虽不敢再祸害陶家庄的百姓，却去祸害京兆府三县百姓。本帅就应了陶洪的要求，即日将所需银两备齐给他送去。敦促他抓紧打造出一支能征惯战、英勇顽强的陶家军来，尽快荡平终南山，铲除黄天霸这伙祸国殃民的强盗。”

赵思绾欣喜道：“那陶氏父女必为大帅真情所动，为国效力。”

郭威道：“赵大人若办成这件事情，本帅将奏明圣上，为你加官三级。”

赵思绾道：“谢大帅，下官竭尽全力。”

十五

就在陶洪父女赶回陶家庄抓紧组建陶家军之际，黄天霸率众突然袭击商南县城。

陶洪闻讯，速令女儿陶三春整顿马匹器械，率五百余人急奔到商南城下，眼见城门就要被黄天霸攻破，陶三春舞动双锤，拍马闯入敌阵。黄天霸见其勇不可当，急打马上前亲自迎敌。四头目宋孝武大声提示道："大王小心，此人便是陶三春，武功极其高强。"

黄天霸也不搭话，挥动手中丈八蛇矛与陶三春大战起来。三百回合之后黄天霸开始气喘起来。四头目正要上前助阵，突然远处一声呐喊，一标人马如同狂风般席卷而来。原来是陶洪率陶家军及时赶到，与女儿陶三春合兵一处，一阵冲杀将围城的贼寇驱散。守城衙兵打开城门，陶氏父女率众人纷纷入城。

陈县令率领衙兵和部分百姓在城楼上疲于奔命，见老英雄陶洪率救兵赶到，随即便把指挥权交给了陶洪。陶洪也不推辞，调度众衙兵和百姓把守城门。他和女儿陶三春不停地奔走在四门之间，一是给守城者壮胆，二是打压黄天霸一伙贼人的锐气。

黄天霸指挥众贼从东南西北四门同时攻打，形势十分危急。

西门眼看就要被攻破，危急时刻，只见一个黑脸汉子呐喊着冲进阵来，挥起铁扁担，上去就打。不多一会儿，便躺倒一大片。

陶洪见状大喜，即与女儿陶三春打马冲出城去杀敌。

陶洪父女和那黑脸壮士会合一处，从西门杀到东门，又从东门杀到北门，再从北门杀到南门，三匹快马，三般武器，在敌阵中反复冲杀。黄天霸虽然武艺高强，却被这突然袭击杀得晕头转向，忙下令撤围而去。

黄天霸一伙散去之后，那位黑脸壮士也不见了踪迹。陶洪惋惜不已，即与陈县令督全城军民修复城垣，以防黄匪再至。

果然三日之后黄天霸又带四五千人马，再次聚集在商南城下，叫着陶三春的名字要与她再大战三百回合，一决高低。

陶洪父女披挂上马，率领五百壮士冲出城去。众寇见陶氏父女如此威风凛凛，立马便减了几分锐气。

陶三春打马出阵，也不搭话，提着双锤直奔黄天霸而去。黄天霸见她来势如此凶猛，也只好举起丈八蛇矛迎敌。陶三春将八十斤重的双锤舞动得像雪花一般，只见锤影不见人影。黄天霸亦非等闲之辈，一杆六十四斤丈八蛇矛也挥动得如旋风一般，枪枪都直指着陶三春的要害。一时间铜锤与铁枪的撞击声惊心动魄，阵前两边人马先是擂鼓助威、摇旗呐喊，到后来双方人马都看得呆了，鼓不擂了，口不叫了。陶三春与黄天霸真可谓棋逢对手、将遇良材，这一场恶战从太阳初升，一直战到太阳当顶仍分不出输赢来。陶洪一直为女儿提着心吊着胆，必定才是一个十七八岁的小姑娘，又是第一次遇到这样的大战，生怕女儿有失，冷汗早把他的衣服湿透了。他见三春战到现在还拿不下黄天霸，便向身后五百壮士用手一招，一声呐喊，举起银枪，拍马旋风般地冲入敌阵，一杆银枪在敌阵中左冲右突，匪贼们只要碰上他的枪尖，非死即伤。那五百壮士虽然初上战场，又都没有什么武艺，但见到陶氏父女如此英雄了得，便助长了无数勇气和胆识，人人也初生牛犊不怕虎起来，提起手中各般兵器在敌阵中横冲直撞，完全不按章法，如同砍瓜切菜一般。黄天霸那伙匪贼打仗本身也没有章法，但还没见过比他们还不讲规矩的队伍，一时间便乱了阵脚，被陶氏父女率领的五百壮士冲击得七零八落，打杀得尸横遍野。黄天霸率众落荒而逃，被陶三春追上背部挨了一锤，差点打下马来，被三个头目赶过来死命护住，亡命般地奔逃。陶氏父女追杀了三十里方才收兵，缴获战马器械无数，斩杀贼将十五人，贼兵一千多人。这场恶战威震终南山，若干年之后仍作为一场以少胜多的经典战役被后人传颂。

陶洪父女大获全胜，入城与陈县令商议道："黄天霸被我连败几阵，估计逃回山里会老实一段时间。但黄天霸盘踞在终南山上终是祸害，一日不除，商南地区就一日不宁。"

陈县令道："陶老英雄所言极是，我明日便去向赵思绾赵大人禀报，请求郭大帅速派大军前来剿灭方为长久之计。"

陶洪道："郭大帅未必肯派兵来剿匪，陈县令当务之急是快速将地方武装建立起来，公开打出陶家军的旗号迷惑黄天霸，让他不敢再轻易侵犯县城。"

陈县令道："陶老英雄所言极是，本官即刻抓紧办理。"

陶洪道："我明日也带乡勇们返回陶家庄，麦子就要黄了，一边抓紧抢收，一边抓紧操练队伍，剿匪还得靠我们陶家军呢！"

陈县令道："陶老英雄可否再多留一些时日，帮我也操练一下现有的几百名衙兵队伍。"

陶洪道："我们只能连夜帮你突击设防，排兵布阵。可在城墙四周遍插陶家军的旗帜，虚张声势，让黄天霸一伙不明就里。我担心黄天霸一伙会趁我们在县城之际，会去陶家庄抢割麦子、祸害乡民。"

陈县令道："如此说来，我便不敢久留你们了，明天一早你们就回去吧。"

第二天陶洪父女带领乡勇返回陶家庄时，果然被他言中，沿途看到的情景惨不忍睹。原来就在陶洪与陈县令在县衙议事之际，黄天霸这伙恶人却连夜突袭了陶家庄附近所有的村庄。黄天霸率众贼两次进攻商南县城，因有陶洪父女助战，偷鸡不成倒蚀一把米，反伤了许多贼兵。陶氏父女成了黄天霸的克星，他愤恨不已，便带领众贼发动突然袭击，把陶家村周边几十个乡村地里来？陶小姐就是当年在夹马营成天跟你打架的陶三春，她父亲陶老伯就是当年骑兵营名冠天下的总教头陶将军哇！”

郑恩恍然大悟道：“哎呀，俺想起来了，那女娃子跟俺可是冤家对头，处处跟俺作对！”他指着肩膀上的那个旧伤疤说：“大家看，这就是她当年咬的伤疤呢！”

陶三春将拳头在郑恩眼前一晃道：“好个黑娃子，又想找打！”

众人一齐大笑。

陶洪问郑恩道：“如此说来，壮士当年也曾在夹马营里度过，请问壮士父亲是谁，何方人氏，现在何处？”

郑恩道：“俺叫郑恩，又叫郑子明，小名叫黑娃子，今年一十九岁。俺原本姓王，到底是哪里人氏，俺也说不清楚。还记得父亲叫王进，当年是骑兵营里的一个小头目。我随母亲在夹马营长大的。在俺八岁那年，父亲在一次与契丹人的战役中战死，母亲被契丹兵糟蹋后至今生死不明。我被一个姓郑的山西老兵救出，被带回他老家山西应州乔山县一个大山沟里种田度日，从此我就给他当了儿子，改姓为郑。十三岁那年，继父暴病而亡，从此俺再也没了亲人，被迫流落到了商洛，以担挑卖香油为生。俺除了从小爱跟人打架以外，再没有其他毛病。”

陶洪感叹道：“唉，你跟小女三春真是一根藤上的两个苦瓜，同病相怜呀！”

郑恩道：“在夹马营里虽不曾见过陶伯父的面，但家父却时常提及您的英勇，为何不见陶伯母的面？”

陶洪忧伤地道：“三春母亲与你母亲遭遇同样的命运，也是在那场对契丹人的战争中遭到劫难。”

郑恩发出一声长长的叹息。

赵匡胤望着韩素梅，惊喜道：“素梅，你一向可好，怎么也到了这里？”

韩素梅望着赵匡胤悲喜交加道：“唉，这说来话长，一言难

十六

再说黄天霸带领几千贼寇攻打商南县城损兵折将，好在顺道在商南乡下捞了一把，内心多少有点平衡。逃回终南山大寨数月不出，日夜操练队伍，再寻机会与陶洪父女决一死战，以雪三战三败之耻。

这一日黄天霸召集三个头目议事道：“我们连续三次都栽在陶洪父女手里，是我们的眼中钉、肉中刺，一天不铲除这父女俩，我们便天天在刀尖上过日子。陶氏父女断了我等财源，也就断了我们的生路。上万人马屯集在这大山里，每天坐吃山空，也就等于坐以待毙。经过大半年的集训，我部战斗力得到了空前提高。陶家军虽临时拼凑了三四千人马，但都是一伙乌合之众，并没有什么战斗力。陶氏父女虽然央勇，但如何能抵挡得住我们上万能征惯战的精兵？听说陶家庄陶洪家私比终南三县官府国库都多，我决定择日再向陶家庄发动偷袭，众位以为如何？”

二头目道：“我派暗探多次潜入陶家庄打探情报，陶洪父女为防备我们前去复仇，日夜操练兵马，排兵布阵，已到处布下机关暗道和陷阱，用他们的话说已布好了一张天罗地网等着我们去钻。”

黄天霸愠怒道：“二大王的意思是不能去攻打陶家庄，咱们只能坐以待毙？”

二头目道：“我的意思是陶氏父女既然已经有了高度防范，我们便暂且不去理会，但仍然摆出要攻打陶家庄和商南县的架势，转移他们的视线，咱们集中优势兵力突然袭击京兆府，打赵思绾一个措手不及，我想他的油水并不比陶家庄差多少。待夺了京兆府，那时陕南一带自然在我等的掌握之中，到时再去收拾陶洪父女不迟。”

黄天霸大喜过望道：“二大王能有如此深谋远虑，真是我等不幸中之大幸也！马上传令下去，一切按照二大王计谋行事。”

经过一段时间的精心准备，黄天霸率领数千人马突然将京兆府包围，然而令他意想不到的是城中早已森严壁垒，只等着黄天霸一伙来犯。这气氛又让黄天霸倒吸一口凉气，这次行动原本布署得滴水不漏，赵思绾这个老贼为何提前便有了准备，难道内部出了奸细不成？但事已至此，只好列队在城下叫阵，但赵思绾的人马就是不出城来应战。黄天霸便令喽啰们在城下百般辱骂，赵思绾却稳坐钓鱼台，根本不予理睬。黄天霸气急败坏，遂下令攻城。然而城上滚木流石和利箭铺天盖地让贼寇们吃尽了苦头。就在黄天霸进退两难之际，忽听快马来报，郭威派手下大将石光远领兵救援来了，离城已不到五里之遥。

原来石光远又成了郭威手下大将，黄天霸在潼关那次大败就是败在此人之手。黄天霸闻得此报，心中便胆寒不已，忙下令撤军，速回终南山。

黄天霸一伙正要逃走，猛听得城中连珠炮响，四处城门大开，赵思绾带领无数官军呐喊着蜂拥杀将而来。

原来赵思绾一是等盼郭大帅的援军，二是先挫黄天霸一伙的锐气，故在三日之内拒不出战。今日见黄天霸一伙锐气已消，又听得石光远援军已到，眼见黄天霸一伙想要逃走，遂开城与之交锋，岂能轻易让他逃去。赵思绾的人马毕竟太少，又欠缺能征惯战的猛将，哪是黄天霸一伙的对手，交锋不久便处于下风。正危急时刻，只见西南角敌阵大乱，一标人马旋风般地卷了过来，领队的正是黄天霸一伙的大克星——石光远。黄天霸料到手下无人能与石光远对敌，只得硬着头皮亲自出马。两下摆成阵势，石光远大叫道：“黄天霸小儿，还认得你家石爷爷吗？”

黄天霸道："石将军欺人太甚，我与你前世无冤，后世无仇，为何苦苦相逼?"

石光远道："你这祸国殃民的叛贼，这些年你在关中关西大地罪恶滔天，天人共愤，是上天派我来收了你这个恶贼。快来受死吧!"大吼一声，举起铁枪迎面便向黄天霸刺来。

黄天霸哪敢怠慢，慌忙挺枪相迎，二人随即大战起来。三个头目见黄天霸敌住了石光远，也便长了胆儿，发起虎威，与几十员得力干将奋力拼杀石光远带来的兵士和赵思绾的人马。黄天霸也许是背水一战得到超常发挥，愈战愈勇，石光远与他大战了三百个回合仍分不出胜负。由于黄天霸缠住了石光远，他手下大小头目和贼将也才能超常发挥，把赵思绾的队伍冲击得七零八落，渐渐抵挡不住。正在紧要关头，陶洪突然从天而降，一杆银枪在敌阵中大显神威，黄天霸一伙又见陶洪杀来，顿时吓破了胆，呐喊一声，四处逃命去了。

石光远、赵思绾、陶洪追杀三十里，直杀得黄天霸一伙尸横遍野，血流成渠，大获全胜返回城里。

十年之后陶洪居然在京兆府与昔日救命恩人石光远相遇，激动之情难以言表。

赵思绾与石光远和陶洪二人商议道："黄天霸一伙虽然遭我等重创，但脱逃的仍还有数千人马，常言说得好，打蛇打七寸，斩草要除根，否则过上一段时间还会死灰复燃。"

陶洪道："我来时料到黄天霸一伙败逃的必经之地，便让吾女三春带两千人马埋伏在那里，虽然不得全歼，至少能再次给予重创。"

赵思绾道："还是老英雄深谋远虑，我等只需坐等好消息。"

石光远道："黄天霸贼众惧怕我和陶将军犹如耗子见了猫一般，如今逃回山寨断然不敢再下山与我们挑战，我等进山围剿如何?"

赵思绾道："万万不可！两年前我率两千多官军深入终南山

腹地与黄天霸一伙周旋了半年之久，吃尽了苦头。因他在暗处，处处设防，遍布滚木流石和暗箭陷阱，我们在明处，不是掉进陷阱就是被滚木流石和暗箭所伤。他们化整为零，常常用三三两两的小股人员来袭击我们，追赶他们时转眼又没有了人影。我们也用化整为零的战术去对付他时，他们常常又会集中兵力将我们的零散部队一口吃掉。我的两千人马就这样被他活活拖垮，消磨得干干净净。赵某也打了一辈子的仗，真还没见过有这种打法，现在想起来，都还心有余悸。”

石光远道：“那将如之奈何？”

陶洪道：“赵大人言之有理，终南山已被黄天霸织成一张天网，我们不能轻易往里钻。黄天霸经过几次重创已大伤元气，断然不敢轻易下山侵扰终南诸县百姓了。但是他几千人马又不可能长年躲藏在山里喝西北风，咱们发动终南诸县百姓也给黄天霸一伙布下天罗地网，让他往咱们的网里钻。他几千人马每天要消耗多少粮草，只有出没有入，困他两三年怕这山里的草木都会被他们啃光，到那时我看他还下不下山打劫？到那时我们陶家军早已磨炼成了一支能征惯战的精兵部队，再对付黄天霸一伙便是十分轻松的事了。”

石光远兴奋道：“经陶将军这样一说，我也就好回去跟郭大帅交差了。”

陶洪道：“石将军可在赵大人府上暂住上一些时日，以观静变。我马上赶到小女三春那里助她一臂之力，千万不可有什么闪失。”

赵思绾道：“穷寇勿追，兔子逼急了还要咬人，陶老英雄赶紧前往才是。为了防止黄天霸一伙像疯狗一样杀个回马枪，我和石将军只好在此蹲守，不能前去助你们父女俩了。”

当陶洪带着原班人马快如闪电一般追赶到陶三春设伏的山谷里时，那里的战斗已结束多时。陶三春正带人在那里打扫战场，敌人尸横遍野，到处都是敌人的旌旗、马匹和器械。

经过查点，共斩杀将官以下的匪徒一千四百八十人，夺得马匹和器械无数。陶三春所带人员，不曾损折一个。

陶三春向爹爹讲述了大败黄天霸一伙匪徒的经过，陶洪哈哈大笑道："从今以后，黄天霸只要一提起女儿的名字，腿肚子都要抽筋呢！"

陶三春也哈哈大笑道："爹爹，你也太夸张了吧！"

黄天霸率残部逃回终南山大寨，从此再也不敢轻举妄动了。

十七

商南县有个柳林镇，柳林镇有条柳林河，系以其街外河边十里柳林而得名。柳林镇的名字已有一千多年了，而柳林河街的历史，就更加久远而无籍可考。秦、汉时期，便是武关古道上的一座名街，历朝历代皆在此设有驿站名“青云驿”。有史以来，这里便是北通关中与晋陇，南达荆襄及豫鄂的通衢之要塞。处于重要的地理位置，历为兵家必经之地。秦二世二年（公元前208年），刘邦欲“先到为君”，而率部绕道商於之地，屯兵阳城富水，继经青云驿（即柳林河）攻武关、破蓝田、出古晓关（即今之牧护关）直取咸阳，先霸王而占领了关中。

在这条街上，中有纸坊沟盛家开的茂盛祥漆行和骡马店，上有李家的三和魁和三和森杂货铺，下街有孙家的恒丰俊商行。还有常仁协烧锅、兴发宏染坊，以及诸如各种杂货店铺、油坊、酱醋坊、当铺、旅店、饭馆、货摊和门面，鳞次栉比。每逢三、六、九日，是柳林镇的集会，每年古历的四月十五日和十月十九日，是柳林镇的古庙会。届时，要供摆三天斋宴，演唱三天大戏。邻省周边县四乡八码头的生意人，方圆百里的百姓都聚集于此，商贾云集，有买有卖的，进行物资交流和交换。有上庙烧香拜佛的，有走亲访友的，有观光旅游的，有看热闹的，等等。仅支锅子蒸馍、煮米汤、炸麻花、炖豆腐、粉条、胡辣汤、烩狗肉、羊肉、猪肉、牛肉及其下杂水的小吃摊儿，就摆了好几里长阵。由此可见其繁荣景象和热闹程度！柳林河街原系临河而建，街后是数百亩大平地，不仅土壤肥沃且属夜潮地，其中尤以八亩坑和三十亩坑最为有名，盛产水稻和白菜。这里长出的白菜，不仅个大，而且卷心瓷实，质嫩味脆。

有一天柳林镇突然来了一个黑脸汉子，以打油卖油为生。这黑脸汉子虽脸黑似漆，却生得身材魁伟、力大无穷、性格豪爽，为人厚道、直率，好打抱不平。一天他在柳林镇大街上，看到一伙人拥着一个骑着高头大马的贵公子过来了，马后头拴着一个五花大绑的汉子。黑脸汉子冲上去往路口一横，大声问道："干什么的?"

一个管家模样的人把手一叉，道："干什么的，你管得着吗?"

黑脸汉子一看这副不讲理的样子，嗓门提得更高了，指着那被绑的汉子问道："他是什么人？你们为何要绑他?"

管家模样的人道："他是强盗，你少狗拿耗子……"

哪晓得这句话还没说完，那个大汉就挣扎着骂道："谁是强盗？买瓷器不给钱，抢我的东西，还说我是强盗!"

黑脸汉了一听，有了八成数，忙问道："老兄，你是干什么的?"

大汉说道："我是卖瓷器的，他们买我的瓷器不给钱，我不肯，他就动手抢。抢不成，就把我的两挑子瓷器都砸了，还说我是强盗，要送我上官府。"

黑脸汉子听了，眼里冒火，鼻孔生烟，两个眼睛瞪得像铜铃大，吼道："龟儿子，把人放了!"

骑在马上的贵公子朝他斜看了一眼，皮笑肉不笑地哼了几声。管家模样的人赶忙走到马前，把手一指道："你知道他是谁?他是县太爷的公子。"

黑脸汉子道："管他是谁，谁欺负人，我就管谁!"

一边说，一边就甩出一条腿，踢了马屁股一脚，马挨了这一脚，痛得咴咴直叫，前腿一伸，屁股一撅，把背上的公子掀了下来。这一跌可不轻，贵公子趴在地上动弹不得。管家一看急了，领着一群家奴，围上去就打。

黑脸汉子三拳两腿便将这伙人打得满地找牙，呼爹唤娘四散而去。

原来这黑脸汉子便是当年夹马营中与陶三春打架的那个黑孩子，姓郑，名恩，号子明、乳名黑娃子。他原本姓王，到底是哪里人氏，他也说不清楚。只记得父亲叫王进，当年是骑兵营里的一个小头目。他随母亲在夹马营长大的。在他八岁那年，父亲在一次与契丹人的战役中战死，母亲被契丹兵糟蹋后至今生死不明。他被一个姓郑的山西老兵救出，带回他老家山西应州乔山县一个大山沟里种田度日，从此他就给郑老兵当了儿子，改姓为郑。十三岁那年，继父暴病而亡，从此他再也没了亲人，被迫流落江湖，最后到这柳林镇以担挑卖香油为生。

十八

这天郑恩外出卖油途经断魂谷时，却意外地与十年前夹马营里的孩子王赵匡胤相遇。原来赵匡胤在京都洛阳大闹“勾栏院”后，官府四处画影捉拿，被迫出逃避难流落到关西。途中遇见推车去关中贩卖雨伞的柴荣，二人结拜同行到终南山脚下断魂谷，打算途经此地前往商南县城。山谷里静谧而空旷，由近及远地望去，除了刚才二人所经过的那个豁口，谷地几乎被峰岭围裹起来。一条浅水河从谷口东南方向的山峡潺潺拐出，蛇行着向谷地深处蜿蜒而去。

峡谷山坡上埋伏着大批歹徒，虎视眈眈地盯着谷底那两个人的一举一动。

原来这是黄天霸手下的四头目宋孝武在此设伏打劫过路行人。

一个小头目跑到宋孝武面前，小声道：“四大王，这两个人背着大包小裹，估计里面的银子少不了。但两人都随身带有防身武器，可能还有点本事。特别是那个红脸汉子，更不是一个等闲之辈。”

宋孝武道：“咱们百十号人还对付不了两个路人？但为防万一，你赶紧去通知三将军做些准备，我这边以旗语为号，如我需要他来增援，便挥动手中红旗。”

那贼人如飞般的去了。

赵匡胤与柴荣一路说得高兴，哪里还提防此地会有匪贼埋伏，只见一声呐喊，上百个匪众大声叫道：“此路是我开，此树是我栽，若要从此过，留下买路财，谁要胆敢说不字，一刀一个土里埋。”

赵匡胤对柴荣道：“兄长大病未愈，快到附近那块大石后面躲一躲，待我来收拾这几个小毛贼。”随即拔刀只身与歹徒们厮杀了起来。

宋孝武见半个时辰仍拿不下赵匡胤，便知道遇到了一个强势人物，立即命令一个小贼把手中红旗挥了几挥，只见数百个贼人蜂拥而来，将赵匡胤团团包围。赵匡胤虽然武功高强，无奈这边人多势众，独木难撑。更因蟠龙棍不在身边，单刀实不顺手，大减了英雄威风。杀着杀着，渐渐不支。正在危急关头，忽然山谷中冲出一个黑脸汉子，扔下背上的油篓，呐喊着冲进阵来，挥起铁扁担一阵横扫，撞上就死，碰到就残，不多一会儿，躺倒一大片贼匪。

此人正是柳林镇卖油郎郑恩。

赵匡胤看到有人相助，精神猛增，挥动钢刀，如同砍瓜切菜一般。不多时，这群歹徒被他们杀伤过半。

宋孝武魂飞胆裂，哪敢再战，一声呼哨，勒马便走。

赵匡胤紧紧追赶，无奈那马四蹄腾空，不多时，就踪影不见了。

所剩歹徒，见主人逃了，也就一哄而散，各自逃命去了。

郑恩见贼众四散，望着赵匡胤，开心地大笑起来。

赵匡胤将拳一抱道：“承蒙壮士相助，萍水情深。敢问尊姓大名？贵府何处？”

郑恩道：“俺叫郑恩，也叫郑子明，山西应州人。今年十九岁，腊月三十子时生，是这附近柳林镇上的一个卖油的。”

赵匡胤大惊道：“你小名叫黑娃子？”

郑恩：“正是，你咋知道？”

赵匡胤道：“黑娃子，你还记得起十年前夹马营里的事吗？”

郑恩惊讶道：“你是——”

赵匡胤道："我便是夹马营里的孩子王！"

郑恩大惊道："啊——难道你是赵匡胤？"

赵匡胤道："小名香孩儿！"

郑恩扑过去抱住赵匡胤又拍又打，眼泪汪汪地讲述了自己如何流落到柳林镇的经过。赵匡胤也把分手十年中的经历简要地向郑恩作了叙述。

柴荣在洞口看得真切，连忙走过来，拱手道："二位说的话我已听得真切，不期十年之后竟然在此地相逢。"

郑恩惊讶地问赵匡胤道："这位先生又是谁？"

柴荣主动回答道："我姓柴名荣，邢州龙冈人氏，虚度二十六春。"

赵匡胤便把柴荣全家遇难，如何只身逃往关西避难，又怎样与他巧遇在此地的经过向郑恩讲了一遍。

郑恩笑着说："我们三人的经历十分相似，咱们干脆也像当年刘关张桃园三结义如何？"

柴荣高兴道："得遇二位贤弟，实乃万幸，愚兄有意高攀，愿与二位贤弟结为金兰之好，不知赵贤弟意下如何？"

赵匡胤道："你我兄弟萍水相逢，虽然时日不久，可一见如故，意气相投，结为异姓兄弟，祸福与共，相互扶持，也是人间美事。"

郑恩道："俺上无兄，下无弟，爹娘和继父都去世早，再也没人疼咱。如果有了弟兄，咱就有人疼了。"

柴荣道："既然二位贤弟应允，咱就在这黄土坡前，捻土为香，结拜兄弟，你们二位意下如何？"

于是在血与火的关西大地上，这三个穷困潦倒的流浪汉撮土为香，指天盟誓，结为金兰之好。这哥儿仨叱咤风云，成了改变中国历史的传奇人物。在后来的中国历史上，有两个做了皇帝，一个当了北平王。

十九

郑恩与赵匡胤、柴荣三人结拜后，一同前往清油河街，住进了一家“好再来”客栈，郑恩以东道主的身份宴请大哥柴荣和二哥赵匡胤。店老板见郑恩宴请两位朋友，都不用他点菜便主动把店里所有上等的美味佳肴和美酒全部上齐，堆了满满一大桌。赵匡胤对饭店老板吩咐道：“这客该由我来请，饭后由我来结账。”

老板笑呵呵地说：“郑英雄每次在本店吃完饭，付账都不让找零，我便给他记在账上，抵这顿饭钱还绰绰有余呢！”

赵匡胤半信半疑地望着郑恩，他才不信一个卖油郎会有这样大方？八成是这家伙经常来这店里蒙吃蒙喝，老板惧怕他不敢收账吧。因初次会面，又解了他的重围，便不好深问说破。其实他哪里知道，恰恰是郑恩为这老板打掉了一伙长期白吃白喝，还要敲诈他钱财的流氓团伙，老板还一直找不到机会感谢他呢！

店小二倒酒时对赵匡胤说：“郑壮士平常好打抱不平，为人主持公道，在咱家这柳林镇上，是一个响当当的人物呢！”

赵匡胤和柴荣这才放心地喝起酒来。三人频频举杯，相互敬酒。

席间赵匡胤问郑恩道：“今天咱们遭遇的可不是一般的响马，你可知道这伙人都是些什么来头？”

郑恩道：“这伙贼人大小头目原都是凤翔节度使王景崇的部下，特别是那大头目黄天霸武功十分高强。后来反叛朝廷，祸国殃民。在潼关被官军打败逃到终南山聚集，祸害地方已达三年之久。”

赵匡胤道："怪不得，交起手来，个个身手不凡。"

郑恩道："地方官兵多次进山围剿，终奈何他不得。倒是本地一对父女，自发组织了一支三千人的乡勇队伍，后来便成了这伙人的克星，黄天霸屡战屡败，龟缩在终南山上，老实了好长一段时间，估计山里断粮了，才又下山打劫。"

柴荣惊讶道："这大山沟里还有这等人物?"

赵匡胤道："那父女俩姓甚名谁，你见过否?"

郑恩道："只听说姓陶，号称陶家军。有一天我正在商洛城外卖油，突然闻黄天霸率众贼攻打县城，我便操起铁扁担去打跑了贼人解了重围，我担心扔在路边的清油被人偷走，便顾不上跟这父女俩打照面便走了。"

赵匡胤道："经你这一说，我倒想起来了，当年咱们夹马营里，我父亲手下有一个叫陶洪的猛将，勇冠三军，在中原大地颇有影响。特别是契丹人，一听到陶洪的名字就害怕。他有一个女儿好像叫陶三春，当时才七岁，还跟你打过架，该不会就是那陶氏父女俩?"赵匡胤也顾不上郑恩再说什么，便招手叫店老板道："店家，你过来一下。"

店老板闻讯跑了过来，笑眯眯地问赵匡胤道："客官，您叫小人有何吩咐?"

赵匡胤道："我向你打听一下，贵地有一支陶家军，领头的是不是叫陶洪?"

店老板一听到客人向他打听陶家军，便神采飞扬地侃了起来："本镇东南方向有个陶家村，陶家村里有个陶家庄，庄主姓陶名洪，当年曾任后唐庄宗殿前偏将。后唐灭亡时陶英雄带着小女回到陶家庄，从此过起隐居生活。转眼十年过去，女儿陶三春虽年方一十七岁，但武功比她父亲还要高强。黄天霸率众贼盘踞终南山，三番五次地祸害京兆府三县百姓，官军奈何不得。这陶氏父女自从组建了陶家军后，打得那伙贼人闻风丧胆，从此再也不敢轻易来骚扰我们这个地方了。"

赵匡胤对郑恩道："果然便是陶伯父了。三弟如此愚蠢，来了这许久时间，居然不知就里。今晚暂且在客栈落脚一宿，咱们三人明天一早便去陶家庄拜访陶氏父女。"

柴荣和郑恩满口应承。

酒足饭饱之后，郑恩将赵匡胤和柴荣送到客房里，说道："天气太热，两位哥哥稍歇息片刻，我去附近瓜地去买两个西瓜来解解渴。"随后走出房间。

二十

天气炎热，镇街上几乎没有行人。郑恩把褂子脱了搭在肩上，快步往街头走去，他知道那里有一大片瓜地，现在应该熟透了。当他走到瓜地旁边，却不见一个人影，吆喝了几声也不见有人回应。瞧见满地的大西瓜，他干渴难耐，便疾步走进瓜园中，顺手摘下两个大西瓜，一拳打开就送进了嘴里，只觉得满口生津、周身沁凉。狼吞虎咽，不一会儿第二个瓜也将吃完。心想，再带几个回去给大哥和二哥他们吃，到时一并找瓜园主人结账。正动手再摘时，忽听一女子厉声叫道："住手！哪里的偷瓜贼？"

郑恩嬉皮笑脸地说："我吃了你几个瓜，那能算偷？"

女子怒道："你这黑贼偷瓜还嘴硬，找打！"

郑恩笑嘻嘻地道："这怎么算偷？只不过是没吭声摘了两个。大热天吃几个瓜算啥？咋咋呼呼好小气！"

那女子道："什么？你偷了我的瓜，我还落个小气？这瓜难道是自己从地下滚出来的？种瓜受艰辛、受辛苦为卖钱。岂能让你白吃？"

郑恩道："要钱好办，我再买两个。"说着拣大的又摘了两个，道："等着，我先把瓜送回客栈招待我的大哥和二哥，然后再把钱给你送来。"说着怀里抱一个，一只手还拎一个，转身要走。

那女子道："站住！什么大哥二哥！偷不够，还明着抢啊！"

郑恩道："谁偷不够？我的两个哥哥有的是钱！"

那女子道："有钱是大偷，无钱是小偷，小偷跑着吃，大偷坐着吃。你偷给他吃，你们是一窝贼！”

郑恩一听大怒，骂道：“好个驴球入的，敢骂我两个哥，找打！”说着随手用瓜砸去。

那女子闪身躲过，道：“好个大胆黑贼，偷瓜还撒野，来，给我点辣的！”

她这一声招呼，在树林里歇凉的七八个女孩一哄而上，把郑恩围在中间，拳脚交加，打了起来。

不多一会儿，郑恩头上、脸上已经肿起几个大包。

郑恩一开始并不把这几个女孩子放在眼里。他觉得不动手则已，若要动手，他只用伸出一只胳膊，就能打倒她们一片。万万没有料到，这几个女娃如此厉害。一上来就和暴风雨一般，不等他反应过来，已经是拳拳击中要害了。

原来这几个女子都是陶家军娘子军，战时跟随陶三春上战场，平时便各自回家种地务农。开头那个女子叫李桂英，是娘子军里的一个小头目，也便是这块瓜地的主人。那七八个姑娘是她手下的兵，也是一个村里的要好朋友，个个都跟着陶三春学到了一身好武艺。

郑恩被一帮女子出其不意打蒙了，挨了一阵子打以后，头脑反而清醒了。他看见瓜园角落里，有一棵茶杯粗的枣树，顺手拔起，上头枝梢一折，下边树根一拧，中间来回一捋，便成了一件可手的兵器。

那几个女子一见郑恩操起了家伙，“哗啦”一声，也各自抄起了刀剑棍棒。

只见那刀来棍往，尘土飞扬。

满园的西瓜，敲的、打的、跺的、踩的，一会儿践踏得乱七八糟。

几个女子气力眼看不支，渐渐招架不住，恰好陶三春带着韩素梅和春桃路过此地，李桂英便大叫道：“姐姐快来助我，这贼人偷瓜还要打人。”

陶三春举目一瞅，那个偷瓜贼虽然脸有些黑，但却长得相当魁伟，身高八尺有余，虎背熊腰，长方脸膛，浓眉毛，一双牛眼咄咄逼人；高鼻梁，高颧骨，四方阔口，棱角分明；两道往上翘的嘴唇纹，显示出一种坚忍不拔的刚毅。

陶三春见九个姑娘都拿他不住，于是大声喝道：“何方黑贼，敢在人家瓜地里撒野？”

正打得不可开交的姑娘们，看见陶三春来了，立即停了手。

郑恩挥动枣木棍，正打得有劲，突听半空中好像响了一声炸雷。

霎时几个女孩子都住了手，收住脚步。

郑恩定睛一看，不看则已，一看惊得目瞪口呆。只见陶三春穿一身粉红软绸紧身衣服，亭亭玉立，风韵绰约。瓜子脸儿，白里透红；黛眉轻弯，媚生颦笑；水灵灵的俏眼，澄澈晶莹，微翘的樱唇，透着刚毅之美；微隆的双胸，如玉峰乍起，溢着惹人的青春朝气；纤细的腰肢好似杨柳拂风，逗人遐想。她在瓜田一站，活脱脱一个仙女下凡，令思春之人垂涎欲滴。特别是她眉宇间那颗黑痣，更是招眼。郑恩总觉似曾相识，可一时又想不起是在哪里见过。

郑恩看罢嘻嘻一笑道：“我说妹子……”

陶三春道：“放屁！谁是你妹子？少在姑奶奶这里讨便宜！”

郑恩道：“叫妹子是你的便宜，吃西瓜是高看得起你。我走遍关西，没见过像你们这样小气的人！”

陶三春怒斥道：“嗬！偷吃人家的西瓜，砸了人家的瓜园，还要打人家，还说人家小气！你大气？来，让姑奶奶将你这个黑贼的贼皮扒下来抵债！”说着，从一个姑娘手中夺过一根齐眉棍，劈头向郑恩打了下去。

郑恩举起枣木棍相迎，二人棍棒相交，一来一往打在了一处。

赵匡胤和柴荣在客栈里喝茶聊天，左等右等也不见郑恩回来，二人便起身到街上去转转，顺便看看这郑恩是怎么回事。

当二人走到街头，便听路人议论前面有人打架，便猜到肯定是郑恩惹祸了，一路飞奔过去，远远看见郑恩正与一个姑娘打在一起。

郑恩怎能是陶三春的对手？还不到三十个回合，便有些招架不住。

赵匡胤见势不对，从一个姑娘手中夺过一根棍子，便加入行列。

郑恩见二哥助战，勇气大增。陶三春对二人的夹攻毫无惧色，而且越战越勇。

柴荣见两个兄弟战不过一个姑娘，从路边拾起一根棍子，大吼一声，也上前助战。三男一女像旋风般的转着圈子，早已分不清哪里是人，哪里是棍。

好一场恶战吓呆了九个姑娘，也吓呆了无数看热闹的围观者。

春桃半晌回过神来，如飞似的跑回山庄给陶洪报信去了。

陶洪闻讯还以为又是黄天霸下山骚扰，于是便披挂上马，手持银枪，如飞似的冲到阵前，举目一观，三条大汉正围着陶三春厮打，却分不出半点胜负。一看这三条汉子也不像黄天霸的人，正在纳闷，只见郑恩的枣木棒被陶三春的齐眉棍“嘎”的一声磕飞了，陶三春的棍子眼看就要砸到郑恩的头上。

陶洪大叫一声：“住手……”

陶三春停了手，回头一看，原来是爹爹。

赵匡胤、柴荣也随之住了手。

陶三春道：“爹爹，你来得正好，这三个贼人偷了李桂英家的瓜，还要动手打人家，恰好被我碰见，要不然几个姑娘就要吃大亏。你看，把人家的瓜地糟蹋成这个样子。”

赵匡胤对陶洪道：“老伯，我们也是刚赶过来，见你女儿正在与我们三弟打斗在一起，眼看不是她的对手，我们才出手相助，谁知她的本事太大，我们三人联手也战不过她。”

陶洪呵呵大笑起来。

赵匡胤对郑恩正色道：“她说的是这样吗？”

郑恩道：“二哥，她说的也不全对。我告别你们出来买瓜，瓜地里却不见一个人影，原来几个姑娘跑到那片林子里歇凉去了。我原本打算先把两个瓜抱回客栈，然后再把钱给她们送回去。可就在这时那几个姑娘跑过来，不由分说，一口认定我是偷瓜贼。是她们先动手打我，你看这头上都好几个包呢！”

赵匡胤对陶三春道：“这件事是我三弟不是，但也确有误会之处。这样吧，这一地不管老嫩大小成熟与否的瓜我都认了，你们折算一下，看一共值多少银子，由我如数赔偿你们如何？”

陶三春反倒为难起来，一时不知所措。

陶洪责备陶三春道：“区区几个小瓜，犯得着如此大动干戈？还要动手打人，这要传出去，咱们陶家庄颜面何在？”

赵匡胤见陶洪威风凛凛，绝非等闲之辈，又听他说是陶家庄人，便拱手施礼道：“老伯，刚才听你讲陶家庄，可认得陶老英雄陶洪吗？”

陶洪呵呵一笑道：“老夫便是！”

赵匡胤一听大喜，再次施礼道：“久闻老英雄大名，失敬！失敬！”

陶洪道：“敢问壮士尊姓大名？”

赵匡胤道：“晚辈赵匡胤，家住京都洛阳，因故流落此地。”

陶三春、韩素梅同时惊叫起来：“啊，你是赵匡胤？难道你就是十年前夹马营中的香哥吗？”

赵匡胤：“正是！请问二位是谁？”

陶三春惊喜道：“我是陶三春，她是韩素梅呀！”

郑恩望着陶三春惊叫起来：“啊，你就是十年前咬我的那个女娃子？”

赵匡胤道：“三弟，跟陶小姐打了半天，难道一点儿都没认出尽呀!”

陶洪呵呵大笑道:“原来你竟是当年京都骑兵飞捷指挥使赵大人的公子!这真是大水冲了龙王庙,一家人不认识一家人。”

赵匡胤道:“晚辈也没想到陶老英雄竟是当年威震天下的无敌将军,十年之后,伯父英姿依然不减当年!只不知伯父和小妹如何到了这里?”

陶洪道:“十年前在与叛军和契丹兵的那场恶战中,咱们骑兵营三千多将士几乎全部战死,夹马营的女人和孩子也死的死,伤的伤,绝大部分都成了契丹兵的战利品。我从千军万马之中救出女儿三春,她母亲却撞墙身亡。我含恨背着小女三春,杀出重围,夜行晓宿,历尽千辛万苦,历时二十多天才回到家乡。从此便隐居在这陶家庄,教小女学农桑,习耕读,练武艺,安居乐业,以至于今。公子为何流落至此,你父母身体安否?”

赵匡胤:“说来话长,与伯父分别这十年间,正是石敬瑭借兵契丹,灭了后唐,割让燕云一十六州,换得了一个后晋王朝,自称儿皇帝的十年。他死之后,他儿子石重贵不久就被契丹掳去杀了。这十年间人们在血与火中挣扎,汉兵刀斧,辽兵铁蹄,千里兵刃,万民涂炭。中州大地,哪有一天安宁。当年石敬瑭攻破后唐首都洛阳,后唐亡,我父亲无奈之下被迫投降大晋。后来家父曾到处打听过伯父的下落,都传闻伯父在那场大战中全家丧生。刘知远在晋阳称帝,到洛阳登基,仅仅做了一年皇帝,就一命呜呼,如今换上他儿子刘承祐即位,重用苏逢吉等奸臣,骄奢淫逸,权奸当道,民怨沸腾,家父上本苦谏。昏君不但不准,反而责打八十军棍,我自己一怒之下,大闹勾栏院,火烧万花楼,逃出京都洛阳,官府四处画影捉拿,晚辈故流浪至此,如今还不知家父如何。”

陶洪叹息道:“当今的皇上声色犬马,不思进取。又排挤贤良和杀勋臣、武将,企图巩固统治,却不知这样恰恰加速他的灭亡。”

陶洪笑呵呵地望着柴荣问赵匡胤道:“请问这位壮士又是谁?”

柴荣连忙上前施礼道："我姓柴名荣，原籍邢州龙冈人。其祖上为唐朝世代官宦，吾自幼也曾饱读诗书，学习文韬武略。只因后来天下大乱，不幸全家罹难，独有我一人从乱军中逃得性命。我已是无家可归，遂流落到关西一带，以贩雨伞为生。"

陶洪叹息道："请问你家父大名？"

柴荣道："家父讳守礼，以教书为生，却不曾做过官。那次战乱之后，在下曾潜回家乡，只见家中房舍已成焦土。询问乡人，才知道全家人都被乱军杀死。在下无家可归，为生计，帮助一关中客商运货，才得到此。不幸又患重病，全靠义弟赵匡胤精心照料方能痊愈。"

陶洪沉默了一会儿，叹口气道："公子实属于不幸。家中再无其他亲人了？"

柴荣道："倒还有一个姑父姓郭名威，曾任澶州防御使，只是多年不通音讯，也不知现在是否还在那里。加之关山远隔，旅途遥远，所以一直未能前往。"

陶洪惊讶道："原来你是郭威的侄儿？"

柴荣道："正是！"

陶洪道："你姑父早就离开了澶州，现任枢密使，掌管全国的兵权。当时河中节度使李守贞、永兴节度使赵思绾、凤翔节度使王景崇相继拥兵造反，朝廷屡次出兵讨伐，均无功而返。皇帝刘承祐遂命你姑父担任兵马大元帅率兵出征，不到一年的时间便攻陷三地，李守贞和妻子自焚而死。永兴赵思绾、凤翔王景崇相继归降，使风雨飘摇的国家转危为安。"

柴荣惊喜道："陶伯父，你如此熟悉我姑父，他现在哪里？"

陶洪道："你姑父现坐镇永兴府，处理西北和西南几大军政要事。三位贤侄，此地岂是说话的地方，快快随我回庄，今晚老夫为你们十年后喜相逢大摆宴席，接风洗尘，畅谈国事家事，一醉方休！"

众人跟随着陶洪一路欢天喜地往陶家庄走去。

二十一

一路上陶洪陪着柴荣说话，柴荣便向陶洪讲述了他一家遭遇的详细经过。

韩素梅紧挨着赵匡胤，一路上便把她与母亲十年前回到老家襄阳之后的苦难日子给赵匡胤讲述，听得赵匡胤泪眼汪汪。当她讲完两年前陶洪又如何把她与母亲接到陶家庄，母亲又与陶洪结了婚，还生下一个小弟弟时，赵匡胤又咧着大嘴笑了。

陶三春也与郑恩一路说话，却远不如赵匡胤与韩素梅二人那样亲热。

一行人到了陶家庄大门口，陶龙陶虎迎了出来。

陶洪大声吩咐道：“今晚大摆宴席，为这三位贵客接风洗尘!”

走到院坝里时，杨春香也闻讯从屋里走出来。

韩素梅高兴道：“妈，你猜他是谁?”

杨春香望着赵匡胤似曾相识，却又记不起来在哪儿见过，便摇了摇头。

韩素梅说：“他就是当年夹马营中的孩子王赵匡胤呀!”

杨春香恍然大悟道：“啊，原来你就是杜夫人的公子，都长成这个模样了。”上前拉着赵匡胤的手，摇了又摇。

众人随陶洪来到陶府客厅。说话间，桌上酒宴已经摆上。

大厅上下灯火辉煌，陶洪被推上首位，赵匡胤和柴荣两边作陪，其余众人依次排了座位。宾主相互敬慕，不断敬酒，频频举杯，喝得兴高采烈。

陶洪突然想起什么，睁大眼睛问郑恩道："请问贤侄，那次黄天霸围攻商南县城，正危急时刻，解了重围的那位壮士是否就是你？"

郑恩嘿嘿笑道："那天我正在城外路口卖香油，只闻城里杀声震天，忙向路人打听发生了什么事情，路人说是黄天霸那帮孬种围攻县城，我一听怒上心头，提起铁扁担就冲过去了。待打跑那帮孬种之后，心中想着我还没有卖完的那桶香油，顾不上跟你们打招呼便向路口跑去，结果哪里还有香油的影儿，连油带桶都让人浑水摸了鱼。"

赵匡胤笑道："这就叫姜没卖着，反叫人把秤给收了。"

众人呵呵大笑起来。

陶三春笑道："那我们赔你的油便是！"

众人又是一阵大笑。

陶洪笑着道："那天全靠贤侄出手及时，否则后果不堪设想。别说赔你一桶油，赔你一桶金也不算多。"

郑恩嘿嘿笑道："那倒不必，举手之劳的区区小事，前辈何须挂齿！"

赵匡胤道："听人传言，陶老英雄在终南山剿匪的事迹惊动朝廷，皇上下旨召你入朝做官，不知为何推辞？"

陶洪道："我觉得世无真主，国无栋梁，人祸天灾，涂炭黎民，因而心灰意冷，安居陶家庄，远离是非，以娱晚年！"

赵匡胤道："是呀，家父也是如此心态。不过如今权奸当道，朝廷无能，九州如浸于水火，我辈年轻人岂能安枕？"

陶洪道："贤侄正气浩然，可喜可敬，不知眼前有何打算？"

赵匡胤道："晚辈在京都闯下大祸，为了逃避朝廷缉拿，才来到这关西地面，原想到边疆投军，抵御外寇，为国出力，借以图一个能暂时安身之处。"

陶洪见赵匡胤如此义气，也颇感佩服。

赵匡胤道："前些时候到凤翔府拜见家父故交王景崇，却被他们当作朝廷奸细围捕。这样，晚辈便投军无门了。将来到何处立足，实在是前途未卜，目前实难预料。”

陶洪道：“王景崇实际上早已叛变，和河中节度使李守贞相互勾结，推李守贞为秦王。现已被朝廷数路大军征服，归顺了郭大帅，依旧担任凤翔府节度使。”

说着，陶洪沉思了一下，对陶虎言道：“你明日一早便骑快马前往京兆府，从赵思绾大人口中打听柴公子姑父郭大帅的下落，不管他在哪里，都由你负责把柴公子送到他姑父身边，不得有误。”

陶虎道：“柴公子放心，我会尽快帮你打听出消息。”

柴荣拱手施礼道：“多谢伯父，多谢管家！”

陶洪道：“公子先在庄上休息几天，一有消息即刻送你起程。”

柴荣感激道：“多谢陶伯父！”

陶洪又对赵匡胤和郑恩道：“你二位贤侄又有何打算？”

赵匡胤叹息道：“目前还无处可去。”

柴荣道：“待我在姑父身边立住了脚，便接二位贤弟在姑父手下谋个差事。”

陶洪道：“这倒也是个办法。还没确定之前，先邀请三位贤侄加入我们陶家军，一同剿灭终南山惯匪黄天霸，也算是为民除害，为国立功。不知三位贤侄意下如何？”

赵匡胤、柴荣、郑恩异口同声地答道：“我等愿听陶老英雄调遣！”

陶洪高兴道：“有三位英雄加入，我陶家军便如虎添翼。黄天霸一伙虽遭沉重打击，但盘踞在终南山终是祸患，随时都会死灰复燃，三位在断魂谷的遭遇便是现例。俗话说擒贼先擒王，打蛇打七寸。只要黄天霸一日不死，我终南山百姓便一日无宁。以前我们总是被动防御，这次有了三位英雄助阵，咱们便可主动进攻。”

郑恩跳将起来，叫道："陶伯父，我愿做开路先锋，一举荡平终南山，活捉黄天霸。"

陶洪道："黄天霸虽然遭我重创，但还有数千人马。加上终南山地形复杂，易守难攻，若采取强攻，他在暗处，我们在明处，极易遭受暗箭和滚木流石的袭击，势必造成严重伤亡。咱们只能智取，不能强攻。"

赵匡胤道："伯父所言极是！待明天我们一起观察地形之后，再一起商议如何打法。"

陶洪喜道："贤侄言之有理！"

大厅里人人摩拳擦掌，个个奋勇争先。

陶洪举起酒杯朗声道："现在我提议，为欢迎三位英雄贤侄加入陶家军队伍，为彻底消灭黄天霸，干杯！"

"干杯！干杯！干杯！"

随着一声碰杯响，众人都是一口干。

二十二

雄鸡高叫，东方发白。晓风拂拂，山雀喳喳。朦胧的山野，逐渐清晰，现出了弯弯曲曲的盘山小道。陶洪、陶三春、赵匡胤、柴荣、郑恩等人扮成砍柴樵夫，拿着砍刀和绳子行走在这条山道上，他们的目的就是打探敌情，察看地形，商量战术。

黄天霸大寨坐落在四山环绕的半山腰里，四周都是悬崖峭壁，只是下山才有一条弯曲狭窄的羊肠小道，这里是一片人迹罕至的原始森林，也是历朝历代形形色色的贼寇们落草安营扎寨之地。

大寨地形险绝，进可攻，退可守。与分散十里之外的三个小寨呈犄角之势，如遇兵犯三个小寨，大寨可以出兵相救；如敌大兵来犯大寨，打得赢就打，打不赢则可撤进山更高、林更密的原始森林。平时只需要一小队人马镇守进山要道，即可高枕无忧。

大寨后山有一块方圆数里的小丘陵和平原地带，是一个天然的练兵场。黄天霸正指挥他的队伍扮成红黑两队在此对阵，反复演练各种阵势。

女扮男装的陶三春趴在一棵大树上，在树枝的遮掩下，仔细观察四周敌情和地形。约莫过了半个时辰，方才从树上下来，对在一旁砍柴的陶洪、赵匡胤、柴荣、郑恩说道："我已有了对策，咱们下山再到断魂谷去观察那儿的地形，那是黄天霸一伙下山的必经之道。"

陶洪、陶三春、赵匡胤、柴荣、郑恩背着柴捆，快速走下山去。

到了谷口，五人放下柴捆，坐在大石头上歇气时，陶三春才对众人说道："我在树上观察了半天，强行攻打山寨是完全不可能的，那里的地形十分复杂，到处都是明岗暗哨，布满了滚木流石和陷坑，贼人行走的道路有隐蔽的标记和暗号，外人是不可能掌握这些标记和暗号，走的必是死路，有进无出，不是被冷枪冷箭扎死射死，便是被暗处的滚木流石砸死，或掉进陷阱被埋在地下的竹签扎死。"

郑恩着急道："这仗该怎么打？"

陶三春道："你先别着急，听我慢慢道来。黄天霸一伙被我们陶家军打怕了，龟缩在山上大半年都不敢再下山骚扰。但昨日你们却在这山谷里遭遇了贼人伏击，这是一个信号，说明黄天霸一伙在山上已坐吃山空，被迫下山抢劫以解决给养，这对我们来说，便是天赐良机。"

柴荣道："此话怎讲？"

陶三春道："这个峡谷唤作断魂谷，我们可以把它变成黄天霸的死亡之谷。黄天霸每天都会在这断魂谷设伏打劫那些过路行人，我们可以组织精悍的壮士，扮成一支背二哥队伍，故意放出风去，这支队伍是往柳林镇背粮的，这对饥肠辘辘的黄贼一伙来说，岂肯放过到口的饭食，决意会设重兵埋伏。他在里面设小埋伏，咱们在外面设下大埋伏，也就是埋伏圈外有埋伏。到时里外夹击，一举全歼这股贼人。"

郑恩道："计倒是好计，只是不能全歼呀！"

赵匡胤道："三春妹妹胸有成竹，咱们听她说完。"

陶三春道："当地有首儿歌，歌词大意是：黄天霸不怕天不怕地，碰到陶家军就没脾气。这说明咱们陶家军确实把黄贼一伙打怕了，现在已成了惊弓之鸟，草木皆兵。他们怕的就是我们陶氏父女俩。咱们可以这样摆下迷魂阵，让庄人带着干粮上山去采药，势必会被黄贼手下人擒住盘问陶家村和陶家庄的情况，就说陶氏父女出远门去京兆府给赵大人祝寿，只留下村民和庄人守家护院。可多路出动，众口一词。黄贼闻讯断然会倾巢前来陶家村和陶家庄打劫。因为这两年黄贼均不敢前来骚扰陶家村和陶家庄，他们深知这两地肥得流油，断然不可失去这次绝好机会。”

郑恩道：“戏倒是一出好戏，但万一演砸了又怎么办?”

陶洪道：“三春还没有说完呢!”

陶三春道：“为了进一步迷惑黄天霸，我和父亲还得真做出前往京兆府祝寿的样子，让乡勇们抬着猪羊，抬着礼物，大吹大擂，大摇大摆，招摇过市，让黄天霸的探子千真万确地认为我们进了京兆府。这样黄天霸一伙便可放心大胆地进入陶家庄。香哥和柴公子便可模仿当年诸葛亮的空城计，诱敌深入，四面设伏，虽不能在村里全歼，断然会逃往断魂谷，但那里还有我们一道埋伏圈，由郑兄在此恭候，黄贼一伙断然插翅难飞。”

赵匡胤、柴荣、郑恩三人一起喝彩。

陶洪笑道：“三春还有戏呢!”

陶三春道：“让京兆府赵大人下令三县官军和乡勇全体出动，每人准备一捆干柴，只等黄天霸一下山，便将四山围住放火烧山，我和父亲便杀回马枪阻住谷口，既防止山上贼人下山增援，又堵截从郑兄口袋里的漏网之鱼。并分别在沿途各处设立了烽火台，敌军一到烽火即起，相互通风报信，几处就相互接应。三位仁兄看还有什么漏洞没有。”

赵匡胤、柴荣、郑恩三人赞道：“三春姑娘简直就是姜子牙再世，诸葛孔明也不过如此。我等万分之一也不及也!”

陶三春呵呵大笑起来，那清脆的笑声在山谷中回荡，传得很远很远……

七天之后，陶虎快马从京兆府赶回陶家庄，告诉了柴荣一个振奋人心的大好消息，他从赵大人口中得知，郭大帅近期在永兴坐镇指挥。还有一则更喜人的消息，柴荣父亲柴守礼并没死，还在郭大帅手下当大官。

柴荣听到这个消息悲喜交加，当即哭倒在地，被众人救醒。

陶洪大摆宴席，为柴荣庆贺。众人纷纷赞叹柴荣吉人天相，苦尽甜来，加上有大元帅这样的姑父，日后前途无量。柴荣信誓旦旦地说，他一旦找到父亲，在姑父那儿站稳了脚跟，假若日后成了气候，首先不会忘记陶伯父一家的恩情，便将三春妹妹、素梅妹妹以及义弟赵匡胤和郑恩接过去共谋前途，共享荣华富贵。

陶洪当即作出决定，由陶虎明日一早便送柴荣去永兴与父亲和姑父见面。但柴荣却死活不同意，大战在即他岂能临阵出走，他一定要参与剿灭黄天霸的战役，与陶家军全体将士并肩作战，待打完这一仗之后，再走不迟。

陶洪则考虑到柴荣的安全，战场上刀枪不认人不长眼，万一柴荣有个三长两短，他如何跟郭大帅交代，特别是跟他父亲交代？他便绕了一个大弯，实则是给柴荣台阶下，让众人心服，也让柴荣再无话可说。他对柴荣说道：“这次与黄天霸的最后决战，不仅干系到陶家军的生死存亡，也干系到商洛三县百姓长治久安之大计。黄天霸还有四五千人马，均是身经百战的惯匪，个个武艺高强，我们也还没有十分的胜算。还需拜托柴公子面见郭大帅之后，把我们这边的情况向他如实禀报，请郭大帅能出兵相助。柴公子若能完成这件大事，则比留下参加战斗的意义还要大得多。明天一早便由管家陶虎护送你去永兴府，见你姑父和父亲。”

柴荣果然再无话可说，同意明天一早跟陶虎出发前往永兴府会见父亲柴守礼和姑父郭威。

柴荣临走之时，吩咐赵匡胤道：“你应娶了韩素梅，那是一个好姑娘。”

赵匡胤叹息道：“我从小便与韩素梅青梅竹马、两小无猜，后来因战乱失散，我在京都时时刻刻都想念着她，想方设法四处打听她的下落，但终无结果。后来我便成亲了，十九岁那年迎娶了贺氏妻子。这是父母之命，我只好无条件地遵从。妻子贺氏倒还貌美，婚后也还幸福，就冲淡了对韩素梅的思念之情。婚后贺氏先后为我生下两女一男，但三个孩子在很小的时候都夭折了。”

柴荣惋惜道："那你也可纳韩素梅为妾，我从她的眼神里看得出，她对你是一片痴情。"

赵匡胤道："我把娶妻之事告诉了韩素梅，但她并不在意，愿意做小。等打完了这一仗，我就迎娶她。只不过这样做，有些委屈了她。"

柴荣道："没关系，三妻四妾的男人多的是。不过，以后对她好一些。"

赵匡胤道："我一定记住大哥这句话。"

柴荣又道："我私下打听了一下，三春姑娘还未婚配。我认为三贤弟与她倒是很好的一对，不知二贤弟意下如何？"

赵匡胤道："就目前条件来看，郑恩是远远配不上陶三春的。如果他在这次剿灭黄天霸的战役中表现显著，也才有资本向陶氏父女提及这事。"

柴荣道："三弟所言极是。或者先订下这门亲事，待郑恩随军建功立业之后，再完婚不迟。"

赵匡胤道："我就按照大哥吩咐，等打完了这一仗，就为三弟提亲。"

二十三

陶虎带着柴荣经柳林镇翻过终南山，再途经太乙宫，夜宿引镇。第二天傍晚时分到达兴散寺，柴荣在一家李记客栈巧遇了失散多年的父亲柴守礼。父子二人一直还以为是阴阳相隔，谁知竟如此奇遇，似梦非梦。二人悲喜交加，难以言状。柴荣把他那次战乱之后，如何潜回家乡，只见家中房舍已成焦土，询问乡邻，才知全家人都被乱兵杀死，他便成了无家可归的孤儿。又如何为生活所迫，只好帮助一关中客商运货到关西，以贩卖雨伞为生，一月前又如何在商南地界不幸身患重病，绝望之中遇到同样命运流落到关西的好汉赵匡胤出手相助，在去商南县城途中又遭遇终南山一伙强盗打劫，危难之中又遇壮士郑恩路过搭救，后来一同上了陶家庄的经过，向父亲作了一番详细叙述，说完之后早已成了泪人。

柴守礼也哽咽着把当年的那场遭遇讲述了一番，原来在那场兵乱中，柴荣的母亲和他媳妇刘氏都被契丹乱兵所杀，柴守礼也被砍成重伤昏迷侥幸未死，醒来以为家人全部遇难，便忍着失去全家亲人的巨大悲痛，连夜逃入西山，遇到一个相识的和尚把他藏入深山养伤。好了以后，契丹兵已退走，这才回到村里。乡邻见他还活着，都吃了一惊，便告诉他儿子柴荣曾回家一次，误以为全家人口都已遇难，便跟一个关西客商走了。柴守礼想儿子柴荣已无处可寻，家园又毁，便到澶州投靠了妹子，也就是柴荣的姑姑，大帅郭威的夫人柴娘娘。一住就是三年，郭威待他甚厚，还给他一个参议名分，每月领一份官俸。在这三年期间，柴守礼多方托往来关西的人打听儿子柴荣的消息，都没有结果。后来郭威升为枢密副使，前些年因为河中、京兆、凤翔三节度使纠兵叛乱，朝廷拜郭威为兵马大元帅，领十五万大军，分南北中三路平叛。河中节度使李守贞自杀，永兴节度使赵思绾投降后担任京兆府节度使。

柴守礼和曹彬奉郭大帅之令，一同护送李守贞儿媳符氏回澶州，正好也夜宿在兴散寺李记客栈，却意外地在这里与孩儿柴荣相遇。

原来郭威率大军攻破河中之后，众兵直杀入李守贞的帅府。李守贞自知大势已去，夫妇二人逃入后楼，从楼下放火，自焚而死。李守贞的儿子李崇训，已吓得神经错乱，野性大发，拔剑在手，对自家人乱砍乱杀，先杀了自己的弟妹，又来杀妻子符氏。这符氏乃是魏国公、天雄军节度使符颜卿的女儿，她看见李崇训发了疯，将自家弟妹一一砍杀，便乖巧地躲入帏幕后的席柜里。李崇训找不到自己的妻子，又见郭威的兵将已杀入帅府，遂自刎而亡。

符氏见李崇训已死，便从帏帐中走出，端坐于内宅大厅之中，呼来贴身侍婢，侍立左右。当郭威的兵将刚到大厅，符氏面不改色，怒目大喝："我是青州节度使、魏国公符元帅女儿，父帅跟郭帅是八拜之交的兄弟，你等不得对我无礼。可以到别处搜捕叛臣家人，任何人不得踏入此厅一步。如胆敢违犯，一会儿我见到郭元帅，必定重罚，砍掉你们的脑袋。"

说毕，粉面含威，端坐不动。这种气势，将厅外的将士们镇住了，不由得停下脚步，不知如何是好。

不一会儿，郭威来到，符氏这才起身离座拜见。郭元帅见她体态端庄，满脸福相，不由惊喜道："侄女能在白刃交加、兵马混乱之中，安然不动，保全自己，真奇女子也！"

郭威便让侍女扶起符氏，并立刻下令：李守贞父子已死，其余家人一概不究。让部下将士立刻清理帅府内尸体，扑灭大火，另辟一院，请符氏主仆住下，并派兵丁院门守候，任何人不许擅入。次日，郭元帅又认符氏为义女。留在军中一两年，终究不便，便派参议柴守礼和郭元帅帐下侍奉官曹彬带五百精兵护送符氏先回澶州。等郭威班师后，再送她回青州与父母团聚。

这真是踏破铁鞋无觅处，寻来全不费工夫。

柴守礼言毕又凄然泪下。

曹彬走上前向柴荣施礼道："末将曹彬，与柴参议一同护送符氏回澶州，却在这里与公子巧遇，真是无巧不成书啊!"

柴守礼当即介绍符氏与柴荣相见，二人行了兄妹之礼。

后来这符氏嫁给了柴荣，几年后柴荣登基当了后周皇帝，她自然便是符皇后了，此乃后话。

曹彬对柴守礼道："参议父子团聚，这是天大喜事，理应报告元帅。你们不妨在此暂住，休息一日。末将即刻飞马赶回永兴府报告郭元帅，看是让柴公子前往大帅府，还是跟我们一起回澶州。"

柴守礼大喜道："曹将军此言甚合吾意!"

曹彬道："请柴参议与柴公子暂在小店休息，末将去也。"

曹彬快马加鞭飞奔了一百多里路程，返回郭大帅府中，进帐参拜道："末将曹彬参见大帅!"

郭威惊讶道："曹将军陪柴参议护送符氏小姐前往澶州，为何又返了回来?"

曹彬道："禀报大帅，末将与柴参议一道护送符氏小姐行至华州府地界，昨天晚上夜宿兴散寺李记客栈，不期遇到了柴参议失散四年之久的公子柴荣。"

郭威惊喜道："吾侄儿找到了？他如何流落在此?"

曹彬道："柴公子这四年来一直流落在关西以贩卖雨伞为生，穷困之极。一月前在终南山穷途末路时，遇到陶家军陶洪救助，并打听出大帅在永兴，便派人送了过来。昨天住宿在兴散寺李记客栈，正好遇到我带人打前站，为安全起见，打算包了那家客店，将那些闲杂人员暂时另迁他处。谁知那店主一个劲地向末将求情，要求将一个特殊的客人留下，并说那客官有一亲戚在永兴当大官。末将觉得蹊跷，便随那店主见那客官，一询问他的身世，原来竟是柴参议的公子，大帅的侄儿柴荣。”

郭威朗声笑道：“此乃天下奇遇，天下奇遇呀！”

曹彬道：“禀报元帅，柴参议父子已经团聚，是让柴荣返回永兴与大帅见面，还是跟我们一同前往澶州？”

郭威道：“让柴荣先随你等回澶州，待本帅在永兴处理完事务返回澶州时再团聚不迟。”

曹彬当即返回兴散寺李记客栈，向柴守礼父子俩禀报道：“郭元帅吩咐柴公子随柴参议一道返回澶州。元帅让末将转告柴公子，他由于公务繁重，就不在这里见了。等大军返回澶州时，再与公子相聚。”

柴守礼与柴荣大喜，几乎同声道：“有劳曹将军了！”

当晚店家为庆贺柴氏父子奇遇，为其举办了一桌丰盛的晚宴，店家和曹彬等人频频为柴氏父子的奇遇举杯庆贺。

第二天一早，曹彬全身披挂，骑着高头大马，手执长枪，威风凛凛地护送着柴氏父子和符氏小姐回澶州去了。

二十四

陶家庄东南头有一块宽阔场地便是陶家军的校场和演兵场，赵匡胤、郑恩、陶三春将陶家军三千多名男女士兵分成红黑两队，反复演练各种阵式，尘土飞扬，杀声震天……

站在一旁观看演练的陶洪脸上露出满意的微笑。

当队伍演练到太阳当顶的时候，三千人马整整齐齐地列队站在陶洪面前，听他给大家训话。

陶洪朗声道："陶家军全体将士们，经过赵匡胤、郑恩二位英雄协同二十多天的集中演练，我们队伍的战斗力有了显著提高。对终南山惯匪黄天霸的最后一战即将打响，为民除害的时间到了。大家有彻底消灭黄天霸的信心没有？"

"有！"全场三千多将士发出震天响的吼声。

陶洪大声道："现在我宣布：这次战役的总指挥由老夫担任，陶三春、赵匡胤为副总指挥，李春城为监军，郑恩为先锋。第一路由赵匡胤担任总指挥，李春城为副总指挥，柯长云为参军，带一千人马以陶家庄和陶家村为主战场，诱敌深入，四面埋伏，四面开花，力争将黄天霸的主力消灭在此地。女队五百人由李桂英担任总队长，胡春桃担任副总队长，韩素梅为参军，归属赵匡胤统一指挥，配合在陶家庄和陶家村的统一行动。第二路由郑恩担任总指挥，杨平章为参军，带一千人马埋伏在断魂谷，务必将从陶家村和陶家庄败逃的贼人全部歼灭于此地。第三路由陶三春担任总指挥，带五百人协调指挥三县官兵、地方乡勇围山，堵截山上贼人增援，断其下山贼人退路。希望全体将士务必服从命令和指挥，违令者定斩不赦。”

陶洪回到庄上，一眼看见刚刚返回的陶虎，还不待陶洪开口，陶虎便滔滔不绝地把柴荣在兴散寺与父亲柴守礼的奇遇经过详细叙述了一番。陶洪听后感慨不已道：“吉人天相，柴公子大难不死，必有后福！”

陶虎还向陶洪禀报了第二个好消息，京兆府赵大人已按陶氏父女的要求，将三县官兵和地方乡勇准备妥当，随时听候陶氏父女调遣。

陶洪大喜，当即通知女儿三春及赵匡胤、郑恩等一班头领到大厅议事。当大家得知柴荣父子团圆时，都由衷地高兴，纷纷为他表示祝福。陶虎还特意向赵匡胤和郑恩转告柴荣的口信，他到了澶州一旦站住了脚，让二位立即赶过去，共求前程。

陶洪趁着众人欢喜，便宣布对黄天霸一伙的各项行动正式开始。十几个胆大心细、武功高强的陶家军士兵扮成砍柴和采药的村民，大摇大摆地唱着山歌进了终南山，故意让黄天霸手下的人擒住，当盘问陶家村和陶家庄的实情时，他们便按事先统一的说法，众口一词地向贼人叙述他们想要知道的情况。匪徒们不放心，便派出人扮成过路的百姓混进陶家村和陶家庄进行核实。他们亲眼目睹了陶洪和女儿陶三春上了八抬大轿，几百人抬着猪羊和各种礼品，披红挂绿，敲锣打鼓，大吹大擂地前往京兆府而去，完全证实了那些砍柴村民没有说谎。但他们仍不肯放人，强迫为他们带路，并找到陶家庄藏粮食的地点，否则便将他们全部杀掉。这些人装着十分害怕、十分可怜的样子，请求放他们一条生路，说知道陶洪陶老爷藏银子藏粮食的库房在哪里，愿意带他们去找。终南山大小山寨此时已无隔夜粮，山里野菜都吃光了，如今竟有如此好事，匪徒们欢喜不尽，还以为是天老爷放了他们一条生路呢！

于是双方均按各自意图和计划往前推进，黄天霸还自以为得意，实则陶洪父女布置的一张巨大的天罗地网，正在悄悄地向他们撒开。

二十五

在通往京兆府的古道两旁，全是高大的松柏树林，林木高大，掩盖的古道不见天日。

一阵鼓锣声传来，山路上走来一支长长的队伍。英姿飒爽、红装素裹的陶三春，手握双锤，骑着高头大马，威风凛凛地在前面开路。她身后是一乘由八个轿夫抬的大轿，里面坐的是她父亲陶洪，后面是一队吹鼓手，再后面是送彩礼的队伍，背的、抬的、挑的、扛的都有。再后面就是一支穿着崭新的铠甲、战袍、头盔的队伍，刀枪并举，耀武扬威地向前行进着。

密林中几只手悄悄地撩开树枝，几双眼睛紧张地注视着这支送礼队伍。恰在此时陶洪掀开轿帘，把头探出来向外张望，让那几双眼睛看清楚了，轿里坐的千真万确是陶洪，马上骑的千真万确是陶三春，这父女俩千真万确地前往京兆府给赵思绾祝寿去了。

这几双眼睛立即赶回终南山大寨，向黄天霸禀报他们亲眼所见到的一切。黄天霸大喜过望，下令立即下山血洗陶家庄，将男人杀光，把女人抢光，把房子烧光，把大小牲畜和粮食全部抢光，以报这陶氏父女这些年来给他们造成的麻烦。因这次下山是势在必得，与其在山上坐以待毙，还不如下山拼死一搏。黄天霸只留了少部分人守寨，亲率大小头目共四五千人马下山，畅通无阻地经过了断魂谷，直奔陶家庄而来。这伙恶贼哪里知道，早已埋伏在峡谷两厢的郑恩按照陶三春的将令，让开大道，让黄天霸一伙浩浩荡荡地往赵匡胤的第一个大口袋里钻。

陶洪父女二人在前往京兆府途中，一得到黄天霸下山的信号之后，立即奔往终南山下，会合三县官军和地方武装共五六千人，将终南山围得铁桶一般。一旦赵匡胤和郑恩两场战斗打响之后，一是防止山上敌寇增援，二是堵住从郑恩口袋里的漏网之鱼。待解决了下山顽敌之后，这些人便开始攻山。他们都备有一个柴捆，这是陶三春事先的吩咐，攻山时一是可作挡箭牌，二是用作放火烧山时的必需材料。这是专门对付藏在山洞里的贼寇，到时在洞口把柴捆一点烧，洞里面的贼人要不是被毒烟熏死，便是逃出洞口被早已守候在洞外的陶家军一刀砍死。

郑恩率领的一千人马埋伏在山谷两侧的乱石堆里和杂草丛里。这里的野草长得格外茂盛，深秋时节，野草大都枯黄，却依然不失柔媚，空气中弥漫着谷地泥草的浓郁的清香。正值中午时分，太阳暖烘烘地照耀着谷原和山岭。除了野地里的一些秋虫的低咏，一切都是静悄悄的。深秋的天空散淡着几片薄薄的白云，愈显出苍穹的无限寥廓，远方的群山沉浸在朦胧的光晕之中。

一小头目悄无声息地爬到郑恩和杨平章面前，低声禀报道："二位将军，黄天霸亲率大批贼寇从山坳里开过来了。"

郑恩欣喜道："陶三春料事果然如神！通知大家注意隐蔽，准备战斗，千万不能暴露！"

小头目："是！"转身像蛇一样消失在草丛里。

郑恩用手搭成凉棚，放眼望去，只见山谷中出现一支长长的队伍，大摇大摆地、源源不断地开了过来。这不像一支打仗的队伍，倒像一支搬运队，人人背着背篼、背架子、二架子等运输工具，当然身上还是挂着弓箭，手里拿着刀枪，快步行走，直奔陶家庄而去。

郑恩看得心头痒痒，恨不得马上冲出去开打。但二哥赵匡胤的话却又在耳边响起，必须要在这次战斗中让陶氏父女信服，否则在陶家庄就无法再混下去了。更主要的是要赢得陶三春的好感，还指望着向她提亲呢！所以就必须要遵守陶氏父女的号令，不能打草惊蛇，打乱整个战斗部署。自己的任务是坚守好这块阵地，等待从陶家庄败逃而来的敌寇钻进他第二道防线，也就是第二只口袋之后，绝不让一个敌人从他手中脱逃。于是他便向这一千将士下达了死命令，有暴露了目标者斩，有放走一个逃敌者，斩！

此时的陶家村和陶家庄却静中有动，动中有静。这又是陶三春有意安排的计谋，她吩咐赵匡胤和李春城事先安排庄人和村子里的百姓转移到安全地带，由李春城负责镇守陶家村，赵匡胤负责镇守陶家庄，二人把一半兵士埋伏在暗处，让另一半人在明处扮成村民和庄人，平常该干什么还干什么，一切布置得天衣无缝，专等黄天霸一伙钻进他们的天罗地网。

黄天霸率队来到陶家庄庄前那棵大树下停下脚步，四头目跑下来报告说，庄里情况一切正常，庄人和村民正在干活，陶氏父女千真万确不在庄里，也不见一个陶家军的影子。黄天霸大喜过望，大手一挥道："兄弟们给我上！"

一声呐喊，几千贼兵发疯似的冲进村子和庄里。

那些男女村民和庄人全是男女陶家军装扮，见敌寇来势凶猛，故意装出十分害怕的样子，呼爹唤娘四处逃窜。其实他们是诱敌深入，三跑两跑把敌人甩掉之后，很快便加入伏击行列。几千贼人抓不住人，便开始抓鸡打狗，牵猪赶牛和寻找粮食。村里一时间鸡飞狗叫，一片狼藉。隐藏在房顶上的赵匡胤将手中红旗一展，埋伏在四面八方的陶家军男女将士开始发起第一轮攻击，四面八方箭如雨下，高处的滚木流石也纷纷砸向敌群。

匪徒们遭受突然袭击，一下子晕头转向，待他们还没有回过神来之时，便死伤一大片。赵匡胤再将手中绿旗一展，埋伏在四面八方的男女陶家军们发出一声呐喊，以猛虎下山之势扑向敌群。

黄天霸一伙毕竟也是身经百战的亡命之徒，他们清醒过来后，立即组织绝地反击，与陶家军厮杀在一起。霎时间，旌旗蔽日，杀气喧天。

赵匡胤见一大汉手中一杆黑缨枪如同蛟龙翻江倒海一般，勇不可当，已有一些陶家军死在他的枪下。赵匡胤断定此人就是传说中的黄天霸，双手举着蟠龙棍，发出一声呐喊，从房顶飞身而下，直奔黄天霸而去。

黄天霸见红脸汉子来势凶猛，遂打马上前亲自迎敌。二人枪来棍往，战到七八十回合亦不分胜负。黄天霸心中纳闷，来终南山这些年除了陶氏父女是他的克星，如何又跳出一个红脸汉子。便用枪压住赵匡胤的铁棍，问道："红脸汉子可报上姓名，再战不迟！"

赵匡胤冷笑道："你到京都洛阳打听一下，勾栏院里的龙椅，是爷踢的，万花楼是爷烧的，连皇帝小儿也奈何俺不得！"

黄天霸大叫道："什么？如此说来你便是赵弘殷的大公子，被朝廷画影捉拿那个在逃的钦犯赵匡胤？"

赵匡胤道："没认错，正是你家爷爷！"

黄天霸呵呵大笑道："当年我跟你爹爹还有些交情，你该叫我一声伯父。你如今已是一条惶惶不可终日的丧家之犬，四处躲藏，八方流浪，还不如你伯父我在这终南山人碗喝酒，人块吃肉快活呢！跟陶氏父女瞎折腾什么？倒不如跟着我一起夺了刘家天下，称王称霸，共享荣华富贵如何？"

赵匡胤骂道："你这祸国殃民的匹夫，少在这里放屁。接招！"手中那根六十斤重的铁棍，旋风般的上下左右翻腾，一匹高大威猛的白马驮着他横冲直撞，黄天霸只得又与他大战起来。

二头目朱永贵见黄天霸拿不下赵匡胤，立即打马奔过来，二马连环，把赵匡胤夹在中间，杀了半个多时辰，仍分不出高低。赵匡胤打马便走，朱永贵不知是计，大吼一声："红脸汉子哪里走！"遂打马挥动双鞭紧追上去，看看追赶上了，赵匡胤突然猛回头一棍，将朱永贵打下马来，再当头复加一棍，顿时脑浆迸裂，死于非命。

众匪贼见他们二头目被红脸汉子一棍打死，不由得心胆俱裂，哪里还有斗志。这伙强贼到处抢掳惯了，在终南山蛰伏了年余。久闻陶家庄是座金山银山，既无猛将强兵为敌，且有子女玉帛可抢，是朝暮盼羡的去处。今听大寨主叫去陶家庄，原以为是十拿九稳，一到就破的，好生乐意。都以为一旦攻破了，金银还在次，先得美女来取乐，不想一进村却是这种情景。

陶家军将士们见赵匡胤打死了朱永贵，精神猛增，挥动钢刀，如同砍瓜切菜一般。那三千草寇，被陶家军有片刀斩成两截的，也有大棍子打出脑髓的，也有长枪刺中心窝的，也有钩镰抓断手足的。

黄天霸一看情况不妙，勒马转身逃跑。

众贼见大寨主都已逃走，哪还有心恋战，只恨爹妈少给了两条腿，一声呐喊，一窝蜂地逃命去了。

陶家军还要去追，赶尽杀绝。

赵匡胤道："不必去追，让郑将军去收拾这些残敌。大家坚守阵地不动，以防他变，我到村里去看看。"

再说四头目宋孝武带着一千五百人耀武扬威，浩浩荡荡开进陶家村。远处明明看见不少男女村民耕田的耕田，种地的种地，一副悠闲自在的样子，谁知一进村连个人影儿也找不到。宋孝武愤怒，喝叫众贼道："村民们既然不敢出来，我们难道就饶了他们吗？你们进村去，看他们往哪里去躲？"

众贼一来不敢不遵，二来也只当村民畏缩，故一齐下了马。拽起衣服，放心大胆，带着利刃，便齐往村里涌去。刚刚进入村中心，突然一声炮响，鼓角齐鸣。四处旌旗密布，剑戟如林，滚木櫑石灰瓶如雨点般打将下来。众贼急退时，已结果了二三百个性命。

宋孝武气愤填胸，还催着叫上。众贼谁不惜命？正当你我推诿之时，忽又一声炮响，村子东头一支兵马呐喊摇旗，直奔过来。

宋孝武抬眼一看，却是一员标致的女将，束发冠金锁甲，手执两口雁翎刀，骑着一匹桃花马。身后跟着百十个年轻漂亮的女卒，个个都是顶盔贯甲，手执器械，众人都看得呆了。

宋孝武大叫道："弟兄们给我上，这些漂亮娘们儿尽量抓活的，谁抓住归谁当老婆！"

那伙贼兵顿时来了精神，呐喊一声，不要命地扑了上去。

那女将原来却是李桂英，她挥舞着两口雁翎刀，如同砍瓜切菜一般剔下了贼兵们的头颅。

贼兵们顿时吓坏了，纷纷往后退却。

宋孝武遏制不住，只得打马向前，举起手中开山斧与李桂英交起手来。

宋孝武当年曾是王景崇手下一员虎将，金盔蟒甲，玉韂雕鞍，身骑白马，手持一柄六十四斤重的开山大斧，威风凛凛，气概昂昂，雄赳赳好不威武。李桂英虽然武功高强，但毕竟不是宋孝武的对手。杀着杀着，渐渐气力不支。正在危急关头，忽听一声大喊：

"姐姐休慌，待春桃来收拾这些孬种！"

宋孝武定睛一看，只见一个标致女将从西边带着一支人马杀将过来。

宋孝武大怒，放开李桂英，提着大斧直取春桃。战了不到二十个回合，春桃胯下战马突然马失前蹄，将春桃掀下马来，被宋孝武赶上一斧劈为两段。

李桂英大叫一声："春桃妹妹！"打马奔杀过来，宋孝武接住，二人随即又大战起来。

李春城在后村力敌三头目黄绍奎，此人是黄天霸的亲侄儿，长得十分凶悍，使一对双花板斧，武艺十分高强，李春城与他斗到五十回合之后，只有招架之功，已无还手之力。正危急之时，只见前面一彪人马杀来，黄绍奎远远望去，惊得几乎坠骑，大声叫道："陶三春来了，赶紧逃命。"

喽啰们吓得四散奔逃。

原来陶三春不担心赵匡胤镇守的陶家庄，却担心李春城、李桂英、春桃镇守的陶家村。故将三县官兵和地方乡勇围山攻山计划安排妥当之后，留下父亲陶洪坐镇指挥，她便打马奔回村里。果然被她猜中，再晚一步赶回来后果就不堪设想了。她救下李春城，听得前村杀声震天，便又打马急奔过去，只晚了半步眼睁睁地看着宋孝武将李桂英砍下马来。陶三春怒吼一声，还没等宋孝武反应过来，一锤便将他打下马去。

众贼将少不得要保护主公，一齐上前抢救。只见陶三春锤法展开，唯见一团光亮，绕得眼花，连人带马都看不见。众贼将早被她打死无数，见四头目也被赶过来的赵匡胤一棍打死，心慌胆怯，一声呐喊，一起纵马逃命去了。陶三春吩咐赵匡胤与李春城带领原班人马清理战场，将匪贼尸体深埋，并将李桂英和春桃等死难将士厚葬。同时坚守阵地，谨防生变。

陶三春吩咐完毕，即打马前往断魂谷增援郑恩去了。

二十六

话说陶洪在终南山下见陶家庄方向烽火一起，便知道第一方案已经实施，赵匡胤和李春城与黄天霸的决战已经开始。遂下令三县围山官兵和乡勇立即攻山，几千人手举柴捆当盾牌，喊着“活捉黄天霸”的口号，满山遍野拉网似的往山上步步进逼，山上四面八方箭如飞蝗般射来，纷纷扎在柴捆上。这是陶三春借鉴当年诸葛孔明草船借箭之法，将山上贼人所有的箭吸得干干净净。陶洪便令众人只是呐喊，人却躲在大路两旁，山上滚木流石随之而来，放尽后陶洪这才下令让众人依然扛着柴捆，放心大胆地往山顶逼近。智者千虑，终有一失。狡猾多端的黄天霸，这次满以为自己得计，大小寨内只留下一些老弱残兵看家，年轻力壮会打仗的全部下山了。所以当箭雨和滚木流石之后，陶洪带的几千人便几乎没有受到太大的抵抗，便轻而易举地攻进大寨，然而却没看见一个贼匪的影子。

贼匪突然人间蒸发，这令陶洪大为生气，他下令众人挖地三尺也要把这伙恶人掏出来，最后终于找到了一个十分隐秘的岩洞口，当地人告诉陶洪此洞唤为龙王洞。这是一个神奇的大溶洞，攀登而上至洞口，石壁峭立，洞宽数丈。这是一个可容纳数千人的大溶洞，洞里的钟乳石千姿百态，在篝火跳动的光焰下，或如狰狞的猛兽，或似妩媚的仙女。洞外有瀑布千尺，挂绝壁而下，虽大旱不绝泻潭中。潭在洞门外，深不可测。陶洪为防止洞内暗器伤人，不敢让人冒险进洞，先令人在洞口喊了一阵话，令其洞里的匪徒赶紧出洞投降，否则便要放火烧洞了。喊了半天也不见一个人走出来，陶洪便下令放火烧洞。于是众人便将几千个柴捆点燃，纷纷投进洞里。顿时燃起熊熊大火，浓烟翻滚。霎时传出一片鬼哭狼嚎之声，不绝于耳。

事后陶洪派人入洞查看详情，禀报他说，洞内一共发现七百八十具男尸，还有两千三百具女尸，估计是匪贼们的家眷和抢来供其淫乐的外地妇女。

陶洪仰天长叹道："黄贼一伙虽死有余辜，但无辜百姓妇女实不该诛，陶某当减十年阳寿也！"

遂下令将洞内男女尸体一律深埋，将溶洞清理干净。

盘踞在终南山数年之久的黄天霸匪徒，至此没留下一个活口。

二十七

且说三头目黄绍奎当下见了陶三春犹如耗子见了猫一般，眼看就要拿下李春城也只好放弃，带着几百个喽啰一路狂奔，原本想经断魂谷原路返回山寨，忽见几个败残的山贼迎面跑来，道："将军，不好了，大小山寨均被陶洪袭破，把守寨之人全杀光了，只剩了我们几个逃得性命，特来报信。"

黄绍奎同众贼又吃了一惊，心慌无主，想往后跑，又怕陶三春追来，只得往前奔走。又跑了十数里地，远远望见断魂谷内旗幡招展，杀声惊天动地。

黄绍奎此时心胆俱裂，前有拦阻，后有追兵，又没处跑，只得领着人马硬着头皮上前。远观不晓，近看分明。只见两员战将厮杀在一起，一个是山寨大头目黄大霸，另一个正是那日打劫遇到的那个大汉，今日已大不像当日那副穷酸样子。只见他金盔蟒甲，玉辔雕鞍，手持扁担，威风凛凛，气概昂昂，好不威武。一个是要在陶氏父女面前急于建功，另一个是身处绝境，只能背水一战的亡命之徒。加上二人的武艺又旗鼓相当，这一场厮杀从太阳当顶，一直杀到太阳西斜也分不出个高低。

两队兵士也是一样的心情，一边要想立功领赏，另一边是要死里逃生。山谷里，两军兵马对垒，在进行疯狂的厮杀。

群马追击，乱蹄踏地，战鼓擂鸣，人喊马嘶，杀声震天，如同山崩地裂，天塌地陷。

黄绍奎见到伯父黄天霸在此大战，心中便有了两分生的希望，遂打马向前，大吼一声："伯父，侄儿助你来也！"

然而他这一嗓子却要了他伯父的性命。

就在黄天霸猛一回头看他的时候，郑恩抓住了这天赐良机，以迅雷不及掩耳之势，一扁担将黄天霸打下马来。

黄绍奎大叫一声向前营救，却被郑恩转身敌住厮杀。

杨平章趁机杀散众贼，令士兵将昏迷不醒的黄天霸捆将起来，押在一旁好生看管。

黄绍奎武艺虽然高强，此时早已心慌意乱，无心与郑恩纠缠，转身便往回跑，郑恩呵呵大笑，也不去追赶，有意把这厮留给二哥赵匡胤去收拾，他的主要任务是要把黄天霸摁住，千万不能让他跑脱了。于是他便打马来到黄天霸身旁，由他亲自看守，责令杨平章率众人清理战场。

再说那黄绍奎东冲西突，好不容易才冲出如铁桶似的重围，带着二三百个残存下来的喽啰急奔之际，只听一棒锣声，只见土坡上一员女将，束发冠金锁甲，手执双锤，坐下一匹火炭马。定睛一看时，又是那女煞陶三春。

陶三春大声训斥道："尔等原本为朝廷军官，为国家建功立业，何等荣耀。你们却要放弃美好前程，反叛朝廷，上山为寇，祸国殃民。为贼有何好处？如今你们上万人马已被我等杀得干干净净，只有尔等几条漏网之鱼，还有什么挣扎头？何不下马归降，送你一条生路。"

黄绍奎大骂道："你这可恶之极的小淫妇，我等与你前世无冤，后世无仇，为何要将我们赶尽杀绝？"

陶三春怒道："尔等所作所为，天人共愤。我陶三春替天行道，是天老爷让我来铲除你们这伙恶人。我叫你这不识时务的逆贼立刻作刀下游魂。"

那黄绍奎见陶三春左右只有几个女孩儿，向众贼道："你们奋力上前，若擒获了这淫妇，不但可报仇雪耻，且赏给你们淫乐。"

众贼也图侥幸，就喊了一声，跟着黄绍奎一齐向山坡上奔来。突然一声巨响，天崩地塌，都陷入坑中去了。

陶三春一声吆喝，从山坡后面立马冲出来几百个男女兵士，用钩镰枪将坑中贼人一个个钩将上来五花大绑。当把黄绍奎捆绑着推到陶三春面前时，她呵呵大笑道："我这是大计小用了，原本是捉你伯父黄天霸这条大鱼，结果却只抓住了你这条小虾。"随即喝令众人将生擒的这一伙贼人押回陶家庄听候处理，她自己又打马奔向断魂谷。没走多远，便看见郑恩一行押着黄天霸，背着缴获的大量战利品，高唱战歌凯旋。

在这次决战中，陶家军生擒惯匪大头目黄天霸、三头目黄绍奎，斩首二头目四头目以下头目共一百八十四人，毙敌四千七百八十三人，生俘匪徒四百二十人，缴获各类战利品无数。陶家军损失李桂英、胡春桃两员女将，胡守义、张文远、钟永国、杨正本四员男头领，阵亡女兵七十六人，男兵一百四十八人。

陶洪父女彻底铲除终南山惯匪黄天霸的消息传遍商洛大地，三县百姓自发组织起来，抬着猪羊，敲锣打鼓前往陶家庄慰问，京兆府节度使赵思绾也会同三县县令前往陶家庄庆贺，陶洪下令大摆宴席庆贺七天七夜，并请来了秦腔和蜀戏唱了七天七夜。消息传到郭大帅耳朵里，做了金匾一块，并亲自题写了"保境安民，为民除害"八个大字，派特使专程送到陶家庄，对陶氏父女为国立功、为民除害的事迹大加奖誉，并细细题奏给朝廷。其随军有功人员，每人赏银二十两。贼首黄天霸、黄绍奎二人就地处死，其余投降贼将贼兵，挖坑活埋，不留一个活口，以防死灰复燃，卷土重来。

二十八

剿灭黄天霸之后，终南山百姓便过上了太平日子。陶家庄和陶家村又恢复了过去那种男耕女织、和睦相处的太平景象。赵匡胤与韩素梅喜结良缘，郑恩也与陶三春正式定了亲。

陶洪吩咐管家陶虎特意为赵匡胤布置了新房，陶三春更是别出心裁地安排用八抬大轿抬着新娘韩素梅在庄前庄后村前村后走了一圈，让赵匡胤穿上新郎服，骑着高头大马紧紧跟在轿后，陶三春当了韩素梅的伴娘，郑恩当了赵匡胤的伴郎。一路上，迎娶的鼓乐笙箫喧天震耳。赵匡胤儒巾儒服，金花挂彩，打扮得风风流流。娶亲放起的爆竹，震地惊天；鼓乐笙箫，吹打伺候，开门管门的讨赐赏钱。韩素梅看了，满心欢喜。外面三声炮响，大门齐开，郑恩将赵匡胤迎至大厅相见。厅前阶下笙箫之声不绝于耳。不一时，韩素梅从花轿走出到厅中，两位新人共立红毡，先拜天地，后拜陶洪、杨春香夫妇。赵匡胤与韩素梅相对拜了四拜，随后被众人送入了洞房。

……

一轮红日跃出山巅，风景秀丽的陶家庄沐浴在朝晖里。

陶三春在山道上为郑恩进行精彩的马术表演。

郑恩站在山道上，张着大嘴，被陶三春那精湛的马上功夫惊得目瞪口呆。

英姿飒爽的陶三春纵马如飞，并不时地在马背上做着各种高难度动作：

陶三春在马背上突然仰面倒下。

陶三春从马背上猛地钻进马肚子下边不见踪影。

陶三春从马背上腾空跃起，在空中翻了几个跟斗之后，又稳稳地落在地上。

陶三春在马后紧紧追赶，纵身跃上马背，两腿一夹，大白马四蹄腾空，如闪电一般消失在山弯里。

郑恩还没回过神来，陶三春又打马停在了他面前。

郑恩感叹道："三春妹子，你简直是当年的花木兰再世！"

陶三春面不改色心不跳道："花木兰算得了什么？从明天起，我再与你切磋十八般武艺！"

赵匡胤与韩素梅婚后十分幸福，二人男欢女爱，花前月下，恩爱无比。一年后生下了一个白白胖胖的小男孩儿，取名叫禄儿，一家人都欢喜不尽。

这一天，陶洪专门为赵匡胤和郑恩设宴，畅谈家事国事和个人大事。

酒过三巡，陶洪对赵匡胤和郑恩说道："二位贤婿，老夫有几句话不知当讲不当讲？"

赵匡胤与郑恩齐声道："岳父大人但讲无妨！"

陶洪道："二位贤婿在庄上已有些时日，我这心里十分矛盾，一方面希望二位长期定居在陶家庄，一家人欢欢喜喜相处在一起，不似神仙，胜似神仙。另一方面又考虑到二位贤婿是当今英雄，国家不可多得的栋梁之材，藏在这小小的山庄里，实在是浪费人才。二位贤婿在剿灭黄天霸的战役中立下大功，原以为朝廷会委以重任，谁知迟迟不见动静。不知二位贤婿又有何打算？"

赵匡胤道："当今皇上说是不再追究我以前的过错，但实则还是耿耿于怀。两年前我曾到凤翔府拜见家父故交王景崇，本拟投军，立功边疆，却被他们当作朝廷奸细围捕，晚辈便投军无门了。若实在没有去处，便与韩素梅在岳父庄上男耕女织一辈子算了。"

郑恩道："二哥说得对，我也哪儿都不去了，就在庄上与三春妹子厮守一辈子。”

陶洪叹惜道：“若果真这样，老夫便成了埋没英才的罪人。我不是要撵二位贤婿走，但你们必须要出去闯荡一番事业，好男儿应以四海为家，心怀大志，建功立业，封妻荫子。你们结拜的那位兄长柴荣近况如何？”

赵匡胤道：“还没有他的音讯。”

郑恩道：“他荣华富贵了，哪还顾得上兄弟死活？”

赵匡胤道：“不许胡说，大哥绝不是那种人。凭我猜测，同为顾命大臣的苏逢吉排挤郭威，加上当今皇上年幼无知，对大奸臣苏逢吉言听计从，尽管郭威被任命为枢密使，但并无真正的实权。”

陶洪道：“贤婿言之有理！随州刺史董宗本与老夫系多年老友，贤婿要不然投到他的门下试试？”

赵匡胤恍然道：“这位董刺史也是家父至交，只是多年未见。”

陶洪欣喜道：“既有这层关系，贤婿不妨投奔他，在军前效力，以图进身之阶。宗本这个人为人正直不阿，尤其能礼贤下士。贤婿前往，他必然重用，多方保护。”

赵匡胤点头道：“岳父大人言之有理，只是董刺史虽与家父交厚，晚辈仅在童稚时见过几次，时隔多年，贸然投奔，如何能取信于董刺史？”

陶洪哈哈大笑道：“这个不难，老夫修书一封与他，代为引荐，贤婿持书信前往，必无差错。”

赵匡胤对郑恩道：“三弟你就暂时在陶家庄再待上一段时日，待为兄打开局面即回来接你。”

郑恩大叫道：“到时你又会像大哥一样扔下我不管了。二哥走到哪儿，我便跟到哪儿！”

赵匡胤呵呵大笑道：“那行，但你和三春妹妹何时成亲呢？”

郑恩道：“我认为当以事业为重，应跟随二哥先去投军，待事业有成，再择吉日迎亲不迟。”

陶洪道：“贤婿此言正合老夫之意！”

赵匡胤道：“此事就这么定了，只还有一事须给岳父大人添些麻烦。”

陶洪道：“都一家人了，不必客气，请贤婿但说无妨。”

赵匡胤道：“那就惭愧之极了！素梅母子俩还需要岳父大人关照。”

陶洪道：“这些你都不用操心，你二人一旦在外面有了出息，即刻给家中报个信。俗话说谋事在人、成事在天，如果混不出什么名堂，便早早返回陶家庄才是。”

赵匡胤和郑恩一齐答道：“晚辈记住了！”

几天之后，赵匡胤和郑恩二人打点好行李，带上陶洪给董宗本写的亲笔书信上路，全庄所有的人为二人送行。

二人牵着马，与韩素梅和陶三春在望夫山下十八里长峡的官道上默默无语地行走着。这是一条陶家庄通往柳林镇的必经之路，两边大山堵成了要塞，山峰陡峭，树木遮天，阴阴森森，进去之后令人十分恐怖。小河在大山夹缝中奔腾着，似一条水晶腰带一样在山沟间绕动着。一条数丈宽的官道，顺河边缓慢而行。

官道山顶有一尊远看酷似女人的化石，陶三春给赵匡胤、韩素梅和郑恩讲述了一个动人的民间故事。相传战国末期，天下纷乱，战争不断，但在这偏僻的山脚下住着一户幸福人家。丈夫每天种地、砍柴，逢集日就去卖柴换回一些生活用品。妻子温柔贤惠，心灵手巧，在家纺线织布，缝补浆洗。他们二人男耕女织，夫唱妇随，日子虽清苦，但彼此恩爱，其乐融融。不久，秦始皇统一六国，马放南山，刀枪入库，天下太平。他们本想着从此可以过上好日子了，谁知，一道圣旨传来，郡县奉命征集壮丁前往遥远的北方修筑长城，以防匈奴骑兵南侵。丈夫不得不抛妻别子，含泪踏上征途。丈夫走后，妻子每天都爬上山崖，遥望北方，企盼丈夫平安、早日归来。可是，她虽然盼绿了满山青草，盼黄了满树枯叶，大雁南飞，紫燕衔泥，一年年春去春又回，却不见丈夫归来的身影。后来，她听说丈夫修完长城后被官府杀死埋在长城脚下，但她坚信丈夫还活着，就爬到山顶上等待翘望，等啊等，痴情不改，望啊望，望眼欲穿，天长日久，竟然化成一座巨石，立在那里。

“终日望夫夫不归，化为孤石苦相思。望来已是几千载，只似当时初望时。”据传唐代大诗人刘禹锡路过此地时，还特意为此写下了这首诗，言简意赅，表达了人们的由衷赞美。后来，人们为纪念这位妻子对丈夫的千般相思和对爱情的忠贞不渝，就把那块巨石称作望夫石，把山唤作望夫石山了。

三人被陶三春讲述的这个故事深深打动，大家彼此相互望着，似乎想表达什么，但谁也说不出口。但也无须用口说出来，四个人八只眼睛里闪烁出的那内涵，什么都已表达清楚了。

赵匡胤对韩素梅和陶三春说道：“送君千里，终有一别。咱们就此别过吧！”说完翻身上马，一挥手中鞭，快马四蹄腾空，一声长啸，闪电般地驶向远方。

郑恩深情地望了陶三春一眼，也翻身上马，飞奔而去。

陶三春和韩素梅目送着赵匡胤和郑恩的影子消失在远方的尽头，才眼泪汪汪地转身离去。

二十九

赵匡胤和郑恩打马在山谷里奔驰，走出了终南山后，不一日便到了渭河了。再沿着渭河向西北方向走，距离凤翔就不远了，二人的目标是一心一意地投奔董宗本。

当赵匡胤和郑恩刚出谷口，便遇到一支叛军追杀复州防御使王彦超。危难之中，二人迅速出手，不仅救了王彦超的命，还帮他的军队反败为胜，这令王彦超感激不已。原来这王彦超也是赵匡胤父亲的故交，当他得知赵匡胤的意图后，便劝二人留在他的军营，以后有了功劳，他自然为其邀功请赏。

赵匡胤和郑恩正求之不得，当即满口应承下来，帮助王彦超平定叛军、整顿军队等方面做了大量工作，王彦超却贪天之功为己有，向郭元帅修书报捷时，却　字不提赵匡胤和郑恩二人的名字。赵匡胤和郑恩倒并不在乎这些，关键是王彦超嫉妒二人的才能对他会造成威胁。

数月之后王彦超摆下酒席，请赵匡胤、郑恩来饮宴。酒过三巡，王彦超便将二人大肆吹捧了一番，说二人文韬武略非同一般，真乃国家栋梁，因复州地小未免埋没英才，有碍二人前程。

再傻的人也听得出来，王彦超实际上已下了逐客令。

赵匡胤早已感觉到王彦超对自己态度日益冷淡，他本是个宁折不弯的英雄豪杰，岂肯在人屋檐下忍气吞声，委曲求全？他也有离开的心意，今日王彦超摊出了底牌，也便立即告辞，带着郑恩投奔随州刺史董宗本去了。

二人一路风餐露宿，不到两日便到达随州。董宗本看了陶洪的举荐信之后，满脸堆笑，一手挽着赵匡胤，一手挽着郑恩，当即摆下盛宴款待了二人。当赵匡胤把他中途遇到王彦超之事讲了一遍之后，董宗本笑骂王彦超心胸狭隘，既嫉贤妒能，又胆小怕事。让二人放心留在他的军营，他与郭威郭大帅关系甚好，日后一旦建功立业，他定向郭大帅举荐委以重用。

二人还以为遇到了明主，也表示愿在帐前听候调遣，冲锋陷阵，在所不惜。

在以后的日子里，董宗本的确对赵匡胤和郑恩不错。二人也就安心住下，并主动帮助董宗本整顿政务，操练兵马。

赵匡胤和郑恩在随州董宗本处栖身不到半年，便与董宗本的大公子董遵诲产生了矛盾。主要是大公子董遵诲妒忌赵匡胤的才能，时时处处跟他作对。开初赵匡胤还能忍受，因是寄居在人家房檐下的燕子。但到了最后忍无可忍时，便与郑恩主动离开，前往澶州去找大哥柴荣，听说他已担任了澶州防御使。

赵匡胤和郑恩辞别董宗本，一路经过邓州、紫荆关，不一日来到商州，在一家谢记客栈投宿，却遇见山人苗训告知二人一道惊天动地的消息，那就是汉朝已亡，新朝已建立，国号大周，那新天子就是郭威郭大元帅。赵匡胤和郑恩的义兄柴荣，已被当今天子认为义子，赐姓改柴荣为郭荣，做了监军。并让赵匡胤、郑恩五天之内必须赶到穆陵关，说是必有惊人奇遇，以后可以与令兄相会，不久还可回到洛阳。一到京都，便会一路乘风，飞黄腾达了。

对赵匡胤和郑恩来说，这惊人消息，犹如拨云见天！几年来的忧愁，一扫而空。二人快马加鞭地赶到了穆陵关，从此哥儿俩的命运便在此地发生了重大转折。

穆陵关雄峙于山口之中，地势险要，有一夫当关、万夫莫开之势。

赵匡胤、郑恩二人进得关来，先找了一家客栈住下，然后便去遛大街。大街上人山人海，酒馆、饭店林立。这穆陵关城池虽然不大，却十分繁华热闹。郭威承继大统为君，郭荣受命来此巡视军务，不期遇到赵匡胤、郑恩二人，彼此激动不已。二人跟着郭荣回到行辕，相互叙述了别后的各自经历，彼此均感慨不已。

郭荣巡视穆陵关防务之后，赵匡胤和郑恩便随同他一起返回澶州。

郭荣先入内禀见了柴娘娘，和夫人符小姐相见。郭荣然后才把赵匡胤、郑恩带入后堂，参见国母柴娘娘和郭荣夫人符小姐。这柴娘娘见赵匡胤、郑恩都十分英武，义子有此等英雄辅佐，心中也自然高兴，对二人赏赐有加。

赵匡胤和郑恩在澶州期间，还结识了石守信、张光翰、赵颜微，赵匡胤的亲兄弟赵匡义（后改名为赵光义）也闻讯赶到澶州，郭荣提议搞了一个七人聚义，排次为郭荣、赵匡胤、郑恩、石守信、张光翰、赵颜微、赵匡义。

结拜完毕，郭荣对众人道，目前国家南北分裂，咱们一定要学那李世民大干一番事业。

由于皇后身体欠佳，皇帝也没有下旨宣郭荣进京，赵匡胤和郑恩在澶州府闲住期间，还有幸结识了另一位学士赵普，这可是后来策划陈桥兵变，建立大宋王朝的关键人物。郭荣自从有了赵匡胤、郑恩一班猛虎般的结拜兄弟，又有了赵普这样足智多谋的军师，更坚定了他要学李世民做一番大事业的坚定决心。

在澶州，除了交朋结友，成天无事可做，郑恩难免着急起来。赵匡胤便让他返回陶家庄去看望岳父岳母和陶三春，同时也帮他看看妻子韩素梅和儿子禄儿。赵匡胤动情地对郑恩说："这一别三年多了，走时禄儿还不会说话，现在应该满山遍野疯跑着找爹爹了。等柴娘娘病愈之后，皇帝就会宣旨，令大哥郭荣护送进京，他便会一同前往，到时再通知郑恩直接到京都洛阳，大家都会受到重用。"

郑恩高兴地从地上蹦起来，当即便禀明大哥郭荣，告别一班弟兄，连夜起身回陶家庄去了。

三十

郑恩快马加鞭，在大道上飞驰，不一日便出现在了陶家庄上。

一个仆人远远看见，大声叫道："郑姑爷回来了！"

陶三春闻讯从屋里奔了出来。

陶洪，管家陶龙、陶虎，以及所有庄人也都全部跟了出来，唯独不见岳母杨春香和韩素梅母子俩。

郑恩飞马到了门口，跳下马来，陶龙快步上前从郑恩手中接过乌骓马。

郑恩快步走到陶洪面前，拱手施礼道："岳父大人请受小婿一拜！"说毕双膝跪地，磕了一个响头。

陶洪乐呵呵地将郑恩扶起道："贤婿快快请起！"

郑恩又到陶三春面前施礼道："三春妹妹别来无恙？"

陶三春拱手还礼道："哟，跟二哥跑了三年多，大长见识啦，学得了这么多礼仪！"

众人一起大笑。

郑恩怪不好意思，也咧着嘴跟着笑。

陶洪对管家陶龙吩咐道："快快摆宴，为贤婿接风！"

陶洪拉着郑恩的手，笑呵呵地进了陶府。

陶三春靠在郑恩旁边坐下，丫鬟双手捧上茶水。

陶洪笑眯眯地问道："贤婿从何地而来，不知是为了何事？"

郑恩再施礼道："禀报岳父大人，小婿从澶州府而来。"

陶洪道："你二人不是说好投奔董宗本的，怎么却去了澶州府？"

郑恩道："三年前我与二哥带着岳父的举荐信，投奔随州节度使董宗本，路过凤翔却遇到叛军追杀复州防御使王彦超，此人也是二哥父亲的故交，不想却在此地相遇。正危急之中，我与二哥救了王彦超的命，并帮助他坚守宝鸡大寨，抵御蜀兵，大获全胜。然而那王彦超却贪天之功为己有，在郭元帅面前一字不提我与二哥的名字；而且还心胸狭窄，害怕我与二哥反客为主，不能容留，迫使我与二哥离开了他。后来我们又到董宗本处栖身，一住就是半年。董宗本对我与二哥极厚，但是他儿子董遵诲，自恃门第高贵，自己又文武双全，十分骄傲，瞧不起我和二哥。二哥看在董宗本面子上，处处忍让，避免与董遵诲发生冲突。可我却是一个急性子，哪堪忍受，几番闹得双方均下不了台。无奈之下，我与二哥只好又告别董宗本。"

陶洪感叹道："世情看冷暖，人面逐高低。后来又怎样想到去澶州，见到你们义兄柴荣了吧？"

郑恩道："我和二哥路过商州时，遇见一个名叫苗训的道人，也是二哥以前的熟人，他告诉了我们一个惊人的消息，那就是汉朝已亡，新朝已建立，国号大周，那新天子就是柴荣的姑父郭威郭大元帅。义兄柴荣，已被当今天子认为义子，也就是太子，皇上赐姓郭，改叫郭荣，做了监军。那山人并让我和二哥必须五天之内赶到穆陵关，必有惊人奇遇，以后可以与大哥郭荣相会，不久还可回到洛阳。一到京都，便会一路乘风，飞黄腾达了。于是我和二哥随即又快马加鞭地赶到了穆陵关，果然在那里见到了大哥郭荣，此时已封为澶州防御使，人们都叫他殿下，这次作为朝廷钦差大臣，派往穆陵关巡视。几天后又跟着他回到澶州。只因皇后娘娘也就是大哥郭荣的姑妈大病未愈，要不然早就去了京都洛阳。"

陶洪长出一口气道："如此说来，二位贤婿将有出头之日了。"

郑恩接着说道："郭荣一直在澶州侍奉姑母，并巡视北方诸镇兵马，迟迟未回京都。俺和二哥，还有在穆陵关又结交的几位弟兄，都闲住在驿馆里。郭大哥说等他姑母病愈之后，便随他一同进京，禀奏皇上，再对我们这一班弟兄给予任用。其实俺听二哥与赵普他们私下议论，其实是朝中大臣王峻从中作梗。郭大哥精明果敢，不能为王峻所容，郭威几次想要郭大哥回京，通不过王峻这一关。此事郭威清楚，郭大哥清楚，外人不得而知，郭威也就只能以要郭大哥侍奉娘娘为借口，以掩饰他和王峻之间的矛盾。”

陶洪道：“王峻身掌枢密军机，兼着宰相，身为朝廷重臣，骄横专权，轻慢纲纪，无视群臣，目无君主，贪婪无度，早晚必遭大祸！”

郑恩道：“听苗先生讲，那王峻并没有篡位的野心，只是权高位重之后，他忘乎所以，太过于骄横了。”

陶洪道：“郭威是何等人物，岂能容忍王峻骑在自己脖子上拉屎！等着瞧吧，王峻他迟早要倒大霉。”

陶三春笑着对郑恩道：“当初你可是说好了的，要不混出个人样儿来，绝不回家来见我。倒给我说说，你那义兄都给了你一个什么官儿呀?!”

众人呵呵大笑起来。

郑恩不好意思道：“不是说了吗，郭大哥要等他姑母病愈之后，便随他一同进京，禀奏皇上，再对我们这一班弟兄给予任用。”

陶三春笑着说道：“哦，现在还是平头百姓！那又跑回来干啥呢?”

郑恩道：“我在澶州府待着无事可干，二哥便让我回来看望岳父岳母和三春妹妹，同时也帮他看看嫂子素梅和儿子禄儿。呃，怎么就没有见到岳母和嫂子，还有侄儿禄儿?”

只见众人脸色一下沉了下去，陶三春眼眶还溢满了泪水。

郑恩顿感不妙，着急地问陶三春道：“快说话呀，到底发生了什么事情？”

陶洪叹息一声道：“古人言月有阴晴圆缺，人有旦夕祸福。去年秋天的一个晚上，你岳母睡觉前还好好儿的，待我一觉醒来，她就没了，连一句话都没有给我留下。我根据她生前的意愿，将其送回老家襄阳安葬在前夫韩山的衣冠坟旁。是女儿三春陪同韩素梅和禄儿一道护棺送回襄阳的。”

郑恩伤感道：“那三春妹子为何没有将韩家嫂嫂母子再接回陶家庄呢？”

陶洪道：“韩素梅坚持守孝三年之后，再回陶家庄。走时我让三春带去许多银两，足够母子俩生活。”

郑恩着急道：“这要让二哥知道韩家嫂嫂和禄儿生活在那穷山恶水的大山沟里，还不知道会急成什么样子。要不然，我与三春妹妹一起去将她母子二人接回来如何？”

陶三春道：“我和爹爹比你还着急，隔三岔五地派人去看望，并送钱送粮。一个月前，爹爹便安排我带着管家陶龙、陶虎抬着轿子亲自去迎接。为了保护韩素梅母子二人的安全，我还特意带了兵器。路上遇着阴雨天，行走了二十多天才赶到襄阳。不料到了那里，韩素梅母子早已离开那个村子。访问左邻右舍，都说是她的一个亲人将母子俩接走了。至于接到何处，便无人知晓了。我们一连打听了许多天，找遍了整座襄阳城，毫无结果，因而只好空手而归。家父又派陶龙陶虎四处打听他们下落，也无半点音讯。我和爹爹都十分着急。”

郑恩紧锁眉头，两手来回搓着，口中喃喃自语道：“这可如何是好，见到二哥又如何向他交代？”

陶洪安慰道：“事已至此，贤婿也不必太着急。见了你二哥便如实向他道明原委，赵匡胤是一个心胸开阔、通情达理的人。再说韩素梅是一个聪明女子，难道还会被她什么亲人卖了不成？这其间定有缘故，也许不久的将来，她一定会现身的。”

郑恩经陶洪这样一说，也就定下心来。两眼扫视了一下众人，又问道：“我那小兄弟陶睿扬如何也不见人影，难道也跟他们一起去了襄阳？”

陶洪道：“那倒没有。到镇上姜怀祖那里学画去了，一会儿便派人去将他接回来。”

陶龙进来禀报：“宴席已经摆好了，请老爷、小姐、姑爷入席。”

陶洪招呼郑恩道：“贤婿，请入席吧！”

陶洪、陶三春、郑恩三人一同进入宴厅。

三人频频举杯，相互敬酒。

酒过三巡，陶洪又叹息道：“韩素梅这苦命的女子，也不知现在究竟在哪儿。”

郑恩道：“此事重大，小婿不敢在此地久留，明日一早俺就赶回澶州，把此事告诉二哥，看他如何处置。再则郭大哥也吩咐我要尽快赶回，随时有进京的可能。”

陶洪道：“贤婿言之有理，老夫也就不苦留了。好好跟着你大哥、二哥干一番事业，等功成名就，站稳了脚跟，就早早前来迎娶小女完婚。”

陶三春羞涩地嗔怪陶洪道：“爹爹！”

郑恩道：“岳父大人教诲，小婿一定牢记在心。”

三十一

郑恩返回澶州第二天，便传来好消息，郭威贬王峻为商州司马，从中原东部调到了关西的山区，从全国最高的军政长官，一下子成了州里没有实际职权的闲职，同时宣郭荣即刻护送柴娘娘进京。

赵匡胤、郑恩等一帮英雄豪杰随从郭荣一道进了洛阳，郭威并不重视这一帮人，只安排在郭荣的晋王府谋事。

原来却是事出有因。当今圣上与赵匡胤的父亲赵弘殷，当初都是大汉的重臣名将，还有一个便是大名鼎鼎的高行周。当时赵弘殷为骑兵飞捷指挥使，他主内，管着京师禁卫军。郭威和高行周领兵在外，高行周和赵弘殷还是结拜弟兄。郭威登基，许多旧臣都用了，赵弘殷却赋闲在家，郭威怎能不心存疑虑？由于这种隔阂，累及了赵匡胤，若不是郭荣这层关系，赵匡胤怕还有杀头的危险。

后来经高人苗训指点，赵匡胤率三千人马在潼关打败了高行周的五万精兵，武功盖世的高行周逼迫自杀，两个武艺超群的儿子高怀德、高怀亮投降归顺。举国上下一片震惊，赵匡胤被传颂成了天神。

当初赵匡胤心中没有一点底气，他认为带三千兵去打高行周，这等于耗子戏猫，自已找死。

郭荣对苗训说你这等于让赵匡胤去白白送死，简直就是拿肉包子打狗，有去无回。苗训却胸有成竹地说他早已为赵公子准备好了一支攻无不克、战无不胜的奇兵，就是那威震关西的陶家军。陶家军虽为数不多，可赛过十万雄兵！老英雄陶洪勇冠三军，武艺不在高行周之下。特别是他那女儿陶三春，一对流星锤打遍天下无敌手，天下多少英雄豪杰闻风丧胆。赵匡胤和郑恩又是陶洪女婿，彼此之间岂有不尽力之理！

郭荣大喜过望地说："那陶三春武功盖世，智勇双全，可是我亲眼所见。当年本王流落关西，若不是这父女二人鼎力相助，哪还有本王的今天？有陶氏父女助战，本王高枕无忧也！"

第二天便令赵匡胤和郑恩率三千人马前往陶家庄与陶家军会合，一道征讨高行周。

到了陶家庄，赵匡胤把经过叙述了一番，陶洪道："老夫与那高行周当年可是结拜弟兄，况且他手下那员猛将石光远还是我和三春的救命恩人……"

赵匡胤道："这、这可如何是好？"

陶洪道："贤婿勿虑，老夫不用亲自出马，只需给高行周一封书信，保你大获全胜。"

陶三春半信半疑道："爹爹，凭你一封信，就能胜过高行周五万精兵？"

陶洪笑道："女儿可带上陶家军前往潼关助阵，老夫就在陶家庄静候佳音！"

众人面面相觑，惊疑不已。

赵匡胤、郑恩、陶三春率兵来到潼关城下，一连几天讨战，高家军拒不出战。这一天城门突然大开，高怀德率领大小将领出城跪降。

赵匡胤等众将领不知所措，慌忙下马受降。

高怀德道："父帅收到陶伯父书信后，便令高家军一连数天均不出战。父帅是一位忠义之士，热血男儿，眼见后汉大势已去，自己已无主可保，他只恨郭威一人，与天下黎民无关。为顺应历史潮流，为让国家尽快实现统一，使百姓少受战乱之苦，同时又保全他忠于汉室的面子，最后选择了自杀，留下遗书令末将率五万精兵打开城门投降。”

赵匡胤大喜过望，双手扶起高怀德道：“若不是伯父以国家为重，单凭末将数千乌合之众，焉能收降你们高家军五万精锐之师！”

陶三春问高怀德道：“怎么不见石光远石老将军？”

高怀德道：“石老将军也随家父一起去了。”

陶三春流下两行伤感的热泪。

众人惋惜不已。

赵匡胤率得胜之兵回到洛阳，将高行周的首级献上，惊得郭威半天说不出话来，这个令他看不顺眼的人，居然马到成功，夺取了潼关，收降了高行周五万精兵，还得到了武功盖世的高怀德。

郭威喜不自禁道：“好你高行周，与我郭威作对，今日血淋淋的人头来向我朝见，昔日的威风哪里去了？”

也许由于他激动过度，“哎呀”了一声，头往前一栽，双目紧闭，面如土色，一时竟昏迷了过去。

郭威还没来得及将后事安排停当，便闭上了眼睛。

一代英雄，大周开国皇帝郭威，在位仅三年，在五十一岁时，就这样告别了人世。

郭威非要亲眼看一看这举世枭雄，最威胁自己的劲敌的人头，才彻底放心，一解心头之恨。

其实郭威得的是急中风。邺都举事以来，他处于矛盾的旋涡之中，忍受着巨大的精神压力。从家事上讲，洛阳爱妾和儿子被杀，接着柴氏娘娘病故，给他很大打击。当上了皇帝，又百废待兴，天下还不统一，南北都有敌人，内政外交，使他早已心力交瘁，加上高行周这个劲敌，一直是他的一块心病，因而见了高行周的首级，精神上的大起大落，情绪上的大冷大热，思想上的大喜大悲，超出了他疲劳已极的身体的承受能力，于是得了中风急症。

郭威驾崩，晋王郭荣即位，改年号为显德，葬先帝于新郑，谥号圣神恭肃文武孝皇帝，大赦天下。

这一日郭荣端坐在金銮殿上，待文武百官朝贺完毕，便道："宣赵匡胤、郑恩等人进殿。"

侍卫官高声唱喏："皇上有旨，宣赵匡胤等人进殿！"

赵匡胤、郑恩、苗训、赵普等人走进大殿，一齐跪倒在地，山呼万岁。

郭荣让众人平身。

张公公宣旨道："封赵匡胤为宿卫将军，苗训为参军，赵普为谋士，郑恩、张光翰、赵颜微、石守信、赵匡义为偏将，在殿前供职。"

赵匡胤等人再次跪拜谢恩。

郭荣道："北汉主刘钧，想趁着大周国君新丧，新君立足未稳之机，勾结辽兵大举入侵，以报先皇夺位之仇。一时狼烟再起，边关频频告急。朕将亲率大军北上抵御敌寇，众将听令！"

众将肃立两旁。

郭荣道："令苗训为参军，赵普为谋士，赵匡胤为大将，郑恩为前部先锋，高怀德、石守信、赵颜微、潘美为偏将，务必要剿灭刘钧。"

众将道："末将遵旨！"

三十二

由郭荣亲自统率大军进行的北伐战争历时三年之久，仗打得十分艰难。

当后周大军一鼓作气将刘钧围困在晋阳城，眼看大功即将告成时，不期遇到刘钧手下的一支劲旅，神勇无敌的杨继业率杨家将拼死抵抗，从容地解了晋阳城之围，郭荣险些命丧杨家将之手。这场战争虽然打了一个平手，但最终大大地挫伤了北汉刘钧的锐气，从此再也不敢侵犯中原。

征北汉之役，郭荣是成功的。不仅使后周北方边疆得到了巩固，同时，对于后周的军队，也进行了一次很好的锻炼和检验。从这次战役中，他看到自己确实拥有了一批英勇的将军和士兵，这是他实现胸中的抱负，统一中国的主要力量。同时，他也看到了军中还有一批只知养尊处优的废物，不能指挥作战，遇敌即溃的将领。因而，他感到把军队彻底整顿一番，严以治军，已是刻不容缓的事情了。郭荣这样大刀阔斧地进行调整，使后周一下出现焕然一新的气象。既提拔了一批年轻力壮、精明能干的文武官员，又训练出一支精锐而有战斗力的军队，国家也日渐富足，欣欣向荣。和后周形势相比，北汉却一天天地没落下去。赖以杨家兵相救，刘钧保住了晋阳。刘钧处世谨慎，勤于为政，能爱护百姓，礼贤下士，国内略微趋于安定。只是国力衰微，只好依靠北方的辽国，每向辽国上表，自称为臣，辽国册封刘钧为帝，北汉王朝实际上已成为辽国的附庸了。

自古得中原者得天下，后周占据汴京，虽然天下并未归一，但偏于一隅的如辽国、北汉、南唐、西蜀，均自感难与后周相比，而郭荣，当然以正统自居，其他诸国觊觎中原，彼此都虎视眈眈，随时都孕育着战争的爆发。当郭荣北伐，军威远震之后，诸国暂不敢轻举妄动，而后周也可休养生息，喘一口气。回到汴京后的一段时间，天下倒显得太平。

这天皇帝升朝，文武百官朝拜之后，赵匡胤出班奏道："臣启奏万岁，副都虞侯郑恩当年曾经定过一门亲事，如今天下太平，臣意欲请万岁恩准，择一吉日，为其完婚。"

郭荣道："哎呀，贤弟不提，朕到确实忘了。那陶三春是当今巾帼英雄，她父亲陶洪更是盖世英雄，父女二人保境安民功大于天。当年朕在终南山遇难，还全靠这父女二人救助。她与郑恩这婚姻确属于良配，郑恩何在？"

赵匡胤道："郑恩今日当班，故未上朝。"

郭荣道："就烦二弟为郑恩办理此事吧！"说完起身离开了宝座，内侍高声宣布退朝。

三十三

这天陶三春正在思念着郑恩，忽听得前厅笑语喧哗，十分热闹，三春立于厢房门厅口，侧耳谛听：

“赵大人请坐！”这是她父亲陶洪的声音。

“谢谢！本府特来向陶老英雄贺喜！”这是京兆府节度使赵思绾的声音。

“何喜可贺？”

“令婿赵匡胤和郑恩二位将军战功显赫……”

“啊，二人随圣上征战，建功立业啦？！”

“赵将军、郑将军此次随圣上北征屡建奇功，特别是战退杨家将，救了圣驾。班师回朝后，皇上即对北征有功将领进行一一封赏。”

陶三春一步跨进去，笑道：“赵大人，那皇帝大哥，给他那三弟郑恩封了一个什么官儿啊！”

赵思绾道：“封赵匡胤为殿前都虞侯，郑将军为殿前副都虞侯，苗训为殿前参军，赵普封翰学院大学士，高怀德、高怀亮、石守信、张光翰、赵颜微等均为禁军各部都指挥使。至于随征其他将领和各地节度使，也均有升赏，作战有功的士兵，奖赏增饷三个月。阵亡将士，均厚加抚恤。旨意一下，随军大小兵将，皆大欢喜。”

陶洪叹息道：“石守信能得到当今皇上重用，他那英雄父亲石光远在九泉之下也就瞑目了。”

赵思绾道：“圣上已追封高行周为关西王，石光远为常胜将军忠义侯。”

陶洪道：“当今皇上不愧一代明君，定能干出一番伟业来！”

陶三春道：“赵大人还有什么好消息？”

赵思绾道：“圣上悉知你与郑将军定亲多年，特赐完婚，钦差择日前来迎娶。有这样的官亲，也是本府的光彩，老夫奉命先来通知，并致祝贺。来人，快把贺礼送上！”

陶三春脸上充满着既羞涩又幸福的笑容。

陶洪激动不已道：“多谢赵大人关照，只是这贺礼怎敢讨扰？”

赵思绾道：“不必客气，也是本府应尽之职！”

“那就多谢了！快备酒宴！”

赵思绾说道：“本官寻思，府上筹划如此盛大喜事，时间紧迫，我就不再打扰，就此告辞了。”

陶洪将赵思绾送到大门外，拱手而别。

陶氏父女二人喜出望外，消息传到庄上和村里，庄人和村民们一片沸腾，无不为陶三春欢欣鼓舞。

第二天一早，迎亲的队伍就来到陶家庄，走在最前边的是“奉旨迎亲”的虎头牌，斗大的金字，迎日耀目；接着是花团锦簇的銮驾，威风凛凛。后边是骑着高头大马的差衙和作陪的县令，这样威风八面的迎亲仪仗，当地人哪里见过！因此看热闹的人就像赶庙会一样，更增加了热烈的气氛。

宣旨、接旨，礼炮齐鸣，东场临时搭起的高台上，锣鼓喧天，好戏连台，两场乐班吹奏，丝竹管弦，咿呀声扬，使整个陶庄沸腾起来。

奉旨来迎亲的钦差自然受到陶洪热情接待，他亲自陪同，寸步不离。

客套仪节完毕，酒宴已罢，陶洪请钦差入书房坐定，品茶闲话。这时，钦差才从衣袖中取出赵匡胤给陶洪的一封信。陶洪开阅之后，才知道赵匡胤认为陶洪年事已高，特邀请陶洪一同进京，并已在京城安排了一所宅地作为陶府，以后郑恩即到京师陶府迎亲。

陶洪与女儿陶三春商议，他与小儿子陶睿扬留在陶家庄，继续过他的世外桃源生活。让陶虎跟随前往，又把照顾三春的大小事务一概委托给婉儿，并挑选了五十个头脑灵活、武艺高强的女兵做陶三春的侍卫，一一安排妥当。

第二天一早，仪仗队起行。三声炮后，郑府执事簇拥着銮驾，前面是两乘由八个轿夫抬的大轿，里面分别坐的陶三春和钦差大臣，后面是一队吹鼓手，一路吹吹打打，好不热闹。再后面是送彩礼的队伍，一律用滑竿抬着，足有两里路那么长。背的、抬的、挑的、扛的都有。再后面就是一支穿着崭新的铠甲、战袍、头盔的侍卫官军和婉儿带领的五十名陶家军女兵，各种刀枪并举，浩浩荡荡、八面威风地向洛阳进发。

三十四

这支迎亲和送亲的队伍浩浩荡荡地离开关西，一路紧走慢赶，这一日来到了离京城不到三十里的郊外，正行间忽听一声断喝，从林子里蹿出一个扎着头巾、面蒙黑布的壮汉来，面部只露出两只眼睛，胯下白马，手握银枪，看那架势，分明是一个翦径的响马。响马勒住马头，一声断喝道：“此路是我开，此树是我栽，若要从此过，留下买路财，谁要胆敢说不字，一枪一个土里埋。”

婉儿一看有响马打劫，打马冲上前来护驾，厉声呵斥道：“瞎了狗眼的狂徒，此乃天下无敌巾帼英雄、当朝侯爷郑恩未婚夫人陶三春是也！”

响马呵呵大笑道：“别说民女陶三春，就是玉皇大帝夫人王母娘娘路过我的地盘，也得留下买路钱呢！”

婉儿怒骂道：“胆大狂徒，你去死吧！”挥动双股剑就要动手。

陶三春大叫住手，命令婉儿等人退回去。

迎亲钦差急得直跺脚，已经到了京城脚下，意想不到还会出现这种事情，万一有了闪失，这可如何向皇上交差，更可怕的是那急性子暴脾气郑恩还不把他给撕了。

陶三春却呵呵笑道：“嘿，我还以为一路用不上这对家伙了。”说着，就取出那八十斤重的铜锤，纵身跃到响马面前。

响马上下打量着陶三春，呵呵大笑道：“久闻陶三春打遍天下无敌手，我当是长着三头六臂呢，原来却是这样一个黄毛丫头。哈哈哈……”

陶三春冷笑道：“好吧，那就让你尝尝姑奶奶这对铜锤的分量！我看你的胆子也真不小，竟敢在皇上眼皮底下单枪匹马劫姑奶奶的大驾。咱们一对一，你有多少手段尽管使出来吧。”

响马笑呵呵地道：“一对一好，干脆就跟我回山寨，做个压寨夫人何等快活。”

陶三春冷笑道：“结你妈个脑壳婚，等着去死吧。看锤！”

陶三春双锤高高举起，一个泰山压顶，劈头盖脸砸将下去。那响马急忙横枪来挡，只听一声脆响，震得他虎口发麻，笑脸立时就僵住了。二人一个马上一个步下就打开了。

陶三春的双锤上打人下打马，那响马顾上又顾下，顾此失彼，甚至还十分狼狈，他索性也跳下马来与陶三春步战。那响马的枪法十分了得，把一杆银枪挥舞得雪花一般，而且枪枪都直指陶三春的要害部位。陶三春心中暗暗吃惊，此人的武艺不在黄天霸之下，便不敢有半点疏忽，也把一对铜锤挥舞得旋风一般。二人这一场恶战，枪来锤往、锤来枪挡，三百回合之后亦不分胜负。那边迎亲的和送亲的人，看得目瞪口呆、张口结舌。

打着打着，陶三春突然虚晃一锤，转身便走。

响马还以为陶三春战不过他，快步追赶过去，呵呵大笑道：“陶三春哪里走！”

陶三春眼见响马快要追上，突然转身挥锤将他手中银枪打飞。响马“哎呀！”一声，吓得急忙抓掉脸上的黑布大叫起来：“嫂子，嫂子，别打了，我是你兄弟，兄弟呀！”

陶三春一愣，把锤停在空中道：“什么嫂子，你是谁的兄弟？”

响马道：“郑恩是我三哥，难道你不是我嫂子吗？”

陶三春喝问道：“那你又是谁？”

响马道：“我是禁军指挥使高怀亮。”

陶三春道：“哼，你还敢冒充朝廷命官，一锤打死为民除害。”举锤就要往下砸去。

高怀亮吓得大叫道：“别、别、别，嫂嫂，我真是高行周的二儿子高怀亮，高怀德是我的大哥。上次咱们在潼关见过面，嫂嫂你忘了。”

高怀亮一指赶上来的迎亲钦差道：“他们都认识我。”

钦差上来一看，道：“这正是禁军指挥使高将军。咦，你这是唱的哪出戏哟！”

高怀亮呵呵大笑道：“朝廷上下都声称嫂嫂勇冠三军，天下无人可敌，小弟特来向嫂嫂讨教一番。”

陶三春道：“那也不能扮成响马呀，有这样讨教武艺的吗？”

高怀亮道：“我要不扮成响马，嫂嫂岂能与我过招？再说也想以这种方式给嫂嫂增添一点乐趣，就像小叔子闹新嫂嫂的洞房似的。”

钦差等人哈哈大笑起来。

陶三春这才明白，原来是一场游戏，也哈哈大笑道：“原来是高将军驾到，你的好枪法呀！”

高怀亮道：“哪里，向嫂嫂讨教了，知道嫂嫂手下留情！”

陶三春呵呵笑道：“兄弟知道就好！”

钦差道：“高将军的这场别出心裁的迎接，还真起到别有风趣的效果。当然，响马一角也只有你来扮演，不然，陶姑娘那八十斤重的大锤打将一下，谁能接得住呢？”

众人一起哈哈大笑起来，一场虚惊过后，欢快气氛充斥着整个迎亲队伍。

当陶三春被迎亲队伍一路欢天喜地簇拥着来到郑恩府上时，当今皇上郭荣与郑恩那班生死弟兄赵匡胤、石守信、张光翰、赵颜微、赵匡义、苗训、高怀德等人以及他们的夫人早已恭候在那里。符皇后和贺氏夫人上前掀开轿门帘子，双手将陶三春扶下轿来，全场所有的人对陶三春的美貌发出一片喝彩之声，顿时锣鼓喧天，鞭炮齐鸣。

陶三春举目展望，这是一幢古典的老宅院，秦砖汉瓦，雕梁画栋。皇上下旨令赵匡胤负责张罗郑恩的婚事，他便调动所有力量，加之又有这一班结拜弟兄帮忙，早把这幢院子布置得锦上添花，大红灯笼高高挂，五颜六色的彩带随风飘扬，双红喜字在阳光下分外耀眼。

当钦差把高怀亮扮响马大战陶三春的经过一讲，众人哄堂大笑起来。

高怀德则黑着脸训斥高怀亮道："谁让你去胡来，万一让嫂子真把你当成响马一锤打死，这算死难烈士，还是咎由自取？"

众人又是一阵大笑。

高怀亮自知理亏道："我到城外迎接嫂嫂是经三哥同意了的。"

高怀德道："我才不信三哥会同意你以这种方式去迎接他的新娘子。"

郑恩道："你只说想与三春妹子讨教几招武艺，我并没有让你去扮响马呀！"

郭荣呵呵大笑道："想当年我和二弟三弟联手都战不过三春贤妹，高将军能活着回来，也算你有些手段。"

众人开怀大笑。

高怀亮道："我临走的时候，三哥让我别真动手，千万别伤着嫂嫂，所以我便让着嫂嫂，十分力气也只用出了三分。"

众人又大笑起来。

陶三春圆睁双目道："哟，谁让你让着我了？要不服气，咱俩就在皇上面前再比个高低。"

高怀亮笑道："别、别、别，好男不跟女斗。"

陶三春提起双拳道："嗯——"

高怀亮笑道："不、不、不，我打不过嫂嫂，兄弟甘拜下风！"

众人再次开怀大笑起来。

郭荣见气氛如此热烈，便趁热打铁对郑恩道："三弟呀，依朕看，选日子不如撞日子，今日就把婚事办了，让贤妹冠冕堂皇地做你的夫人岂不是好。弟妹，你看呢?"

陶三春面对皇上，红着脸轻轻点了点头。

郭荣扭头冲赵匡胤道："二贤弟呀，朕命你即刻安排，今晚为三贤弟和三春贤妹交杯合卺，成就百年之好，不得再出现响马这种差错。"

众人又是一阵大笑。

赵匡胤道："微臣遵旨!"

郭荣又对陶三春道："弟妹远道而来，想必十分辛苦，就请回府歇息歇息，朕晚上再来参加你和三弟的婚礼。"

陶三春给郭荣行了个大礼，在几个夫人的簇拥下，缓缓走进新房。

郭荣也在太监和侍卫的簇拥下回皇宫去了。

夜晚，郑恩的府上张灯结彩，热闹非凡。亲朋好友、王公大臣都来贺喜。拜过天地以后，照老规矩，新娘子陶三春就进洞房，不再见客了，新郎郑恩却要陪客人饮酒，继续接受来宾的祝福。直到客人散尽，郑恩才进了洞房。

洞房里红烛高照，到处是香喷喷、暖烘烘的，弄得郑恩直犯迷糊。婉儿上来给郑恩道喜，他定了定神，看见陶三春顶着红盖头，规规矩矩、袅袅娜娜地坐在床边，一个羞羞答答的娇新娘，哪还有勇冠三军的英雄气概？郑恩心想，她这副可爱的样子，我何不也像高怀亮扮响马那样逗她一逗，也闹闹洞房。主意拿定，便大模大样地坐在桌边，冲着陶三春一拍桌子，婉儿吓了一跳："侯爷，您这是怎么啦?"

郑恩怒吼道："怎么了，老爷进得洞房，新人一不贺喜，二不参拜，坐在那里，昂然不动，成何体统!"

婉儿赶紧赔小心道："启禀侯爷，夫人第一天过门，脸上还磨不开哪！再说，夫人也不明白你这府里的规矩，你先将就着点儿吧。”

郑恩道：“哼，是得让她好好学学规矩，侯爷府比不得陶家庄瓜园，这儿是个有王法的所在。”

婉儿“扑哧”一声笑了，她知道当年的“瓜园事件”会让郑恩牢记一辈子。

郑恩大嘴一撇，道：“老爷酒后十分口渴，与我打一盏茶来！”

婉儿见郑侯爷这副模样，还以为他是酒喝醉了，就成心逗他道：“现在侯爷要是能再偷个西瓜吃，那才解渴呢！”

郑恩瞪了婉儿一眼，望着新娘大叫道：“与我上茶来！”

婉儿一看不对，赶紧把茶端去。不料，郑恩一巴掌把茶杯打落在地，吼道：“哪个要你上茶，老爷要那陶三春与俺上茶！”

陶三春坐在那里就像没听见，一动也不动。

婉儿明白了，这两口子是在较劲呢。她觉得这事太好玩儿了，就小声说道：“瞧，人家夫人不埋你，你能怎么着？”

郑恩大怒，命令婉儿道：“给我取家法来。”

婉儿莫名其妙道：“家法，你那家法是个什么东西呀？”

郑恩道：“家法就是棍子。”

婉儿：“棍子，你拿棍子要打谁呀？”

郑恩一指陶三春道：“我就打她！”

婉儿本来看着他俩较劲有意思，看见要动真格的，不乐意了道：“打夫人？人家没招你没惹你，老老实实坐在那儿，凭什么打人家。”

郑恩道：“少废话，叫你取你就取，快取家法来！”

婉儿道：“不取，要打就连我一块儿打。”

郑恩扬起手来，吓唬婉儿道：“那我就先打你这不听话的丫头！”

陶三春突然发话道：“慢着，你不是要家法吗？家法在此。”

郑恩扭头一看，陶三春手里拿着又大又重的油梆子，这是他当年在商南柳林镇卖油的家伙，陶三春把它当成传家之宝带进京来，让婉儿提前放在了床下，原本打算在新婚之夜向新郎展示，并对他说明自己的意图，目的是要让子孙后代记住先辈们创业的艰难，不要忘了根本。不想郑恩在新婚之夜的洞房里摆谱要什么家法，于是便把这个东西从床下拿出来提在手里，对婉儿道："婉儿姑娘帮我脱了衣裳。"

婉儿为她摘去了凤冠、霞帔，脱去了蟒袍、玉带，依然是那个布衣女子，只是比先前更俊俏。

郑恩一下愣在那里，不知道陶三春要干什么。正在纳闷，只见陶三春高高举起油梆子，一声怒喝道："家法在此，郑恩还不给我跪下！"

陶三春吼声如雷，加上郑恩又确实多喝了酒，便神经质地跪倒在陶三春的脚下。

陶三春教训郑恩道："我原本是打算用这个家伙当传家宝，让咱们的子孙后代记住你的创业艰难，不要忘了根本。谁知你当了官便飞扬跋扈起来，完全忘了自己是一个卖油郎。那我就让你长长记性，把本找回来。"说完，举起油梆子就要打。

婉儿一看事态严重，就想打个圆场，走上来要拿走陶三春手里的梆子，劝说道："哎哟，夫人，你这是干什么呢？"

陶三春拨开婉儿，顺势给了郑恩一梆子，喝道："我要管教管教你这个忘恩负义的东西！"

郑恩跪在地上，连续挨了几梆子以后，忙求饶道："妹子住手，我这是逗你玩的！"

陶三春怒斥道："嗯——"

郑恩唯唯诺诺道："哎，我的好老婆……"

陶三春瞪眼道："啊？"

郑恩改口道："哦，贤妹。不，我的姑奶奶，你饶了我吧！"

陶三春道："哼，饶不了你。你有眼无珠，不自量力，不知好歹，无情无义，其罪一也。你胆敢大摆侯爷架子，忘了当年卖油偷瓜的身份，一朝富贵，仗势欺人，其罪二也。奉旨迎亲，本是好事，你却派人扮成响马劫驾，其罪三也。”

陶三春越说越有气，一指梆子道：“今儿个我为郑氏门中立下家法，这梆子要世世代代供着它，儿孙中有胆敢无情无义、弄虚作假的，家法无情！”

陶三春打一阵，数一阵，从郑恩卖油一直数落到刚才洞房耍横，也不知挨了多少梆子。

婉儿一看吓坏了，赶快跑出去叫人，蹿出门一看，高怀亮等一帮兄弟正躲在门外偷听洞房，一个个正捂着嘴在那里大笑不止。婉儿便像遇到救星一般，大声叫道：“高将军快去救人，屋里打起来了。”

高怀亮明知故问道：“谁跟谁打起来了？”

婉儿着急道：“是新娘跟新郎官儿打起来了！”

高怀亮一伙笑呵呵地走进新房，郑恩也便趁机从地上爬了起来。

高怀亮大笑道：“三哥与三嫂唱的这是哪出戏哟！”

郑恩道：“洞房无以为乐，我便上演了一场苦肉计，逗你嫂嫂取乐呢！”

陶三春经郑恩这么一说，原来他是跟高怀亮扮响马如出一辙，立马也就消气了。见屋里一下来了这么多人，满面通红道：“兄弟们这么晚了，为何还不歇息？”

高怀亮呵呵大笑道：“嫂嫂不也还未歇息吗！”

郑恩道：“这些家伙哪里睡得着，一直躲在门外偷听咱们的洞房呢！”

陶三春扬起拳头道：“又想讨打？”

高怀亮一伙人哈哈大笑着走出洞房。

婉儿姑娘也十分知趣地走出洞房。

郑恩赶紧走过去掩上房门，连忙把门从里边闩上，回头走到床边，和陶三春并肩坐下。

郑恩拉着陶三春的手道："当了新娘子了，还这么厉害!"边说边把她的手放到自己手里。

陶三春低下头，不说话，也不把手从郑恩的手中抽回去，任由他抚摩着。

郑恩目不转睛地审视着他的夫人，那种羞赧不胜之状，和瓜园里那种大打出手的勇武简直挂不起钩来。她原来使人想起来就有点害怕，而今双目低垂，静得连呼吸也听得清清楚楚。

郑恩从来没有和女性挨得这么紧，陶三春身子上散发沁人肺腑的兰香，熏得郑恩神魂颠倒起来，他情不自禁地伸出左臂，把她紧紧揽在怀里，她娇羞无力地闭上了眼，把身子缩在他的怀里。

郑恩用右手托着陶三春的下颌，抚摩着她的手，这一直掂着八十斤铜锤的小手感到滑腻无比。他动情道："夫人啊，要不是你，哪有我郑恩的今天!"

陶三春喃喃道："要不是你，我也当不成侯爷夫人呢!"

郑恩一把将陶三春紧紧搂在怀里，双手抚摩遍了她的全身，又用嘴吻遍了她的脖子和面颊，最后又将嘴停留在她的双唇上……

陶三春紧闭双眼，任随郑恩的百般亲热，口中像牙疼一样不停地哼哼，眼泪也涌了出来。

郑恩把陶三春抱到膝盖上，两手捧着她的脸，问道："夫人为何而泣?"

陶三春微微睁开眼睛，深情地看了一下郑恩，嗔怪道："我哭你是一个大傻瓜呢!"笑靥一绽，一下子扑到郑恩怀里。

郑恩方才反应过来，抱起陶三春双双滚到了床上……

第二天一早，郭荣宣二人进了金銮殿，封陶三春为毅然勇正德夫人，钦赐武状元，协助郑恩操练兵马，随时准备出征北伐。

在游宫三日期间，陶三春又先后拜见了皇太后和太后。符皇后早听说陶三春勇武赛过须眉，是女性中少见的人物，未见面就把她当成了奇人，再加封她为六宫都点检之职，可随时进宫，凡遇内廷作奸犯科一应大小等事，概由她纪察查奏，受命办理。

游宫三日之后，陶三春坐着皇帝钦赐车辇，前呼后拥，八面威风地回到郑府。

郑恩那一班生死弟兄又随着前来恭贺一番，二人新婚燕尔美不可言。

北伐刘钧之后，更加坚定了郭荣要统一中国的决心。先后亲率大军征讨蜀、吴、唐、北汉、契丹诸国。在这些战争中，陶三春与郑恩跟随郭荣南征北战，身先士卒，出生入死，立下赫赫战功。特别是陶三春几次挂帅出征，大败北汉，进攻南唐，攻击辽国，将燕云十六州夺回两州，又连陷三关。大军所到之处，敌军望风披靡，一提到陶三春的名字，都胆战心惊。更值得一提的是，郭荣北伐与刘钧的几次战役中，要不是陶三春力敌杨家将，郭荣几次都差点被杨继业生擒活捉。正当周军取得节节胜利的时候，郭荣由于连年征战，操劳过度，病倒在军中，无法再指挥作战，各路大军只好班师回朝。

郭荣回到洛阳后病情加重，预感情况不妙，便开始着手考虑后事了。首先晋封儿子宗训为梁王，领左卫上将军，幼子宗让为燕公，领左骁卫上将军。他认为太子宗训年才七岁，无法处理朝政，只能让符皇后垂帘听政。为了给符皇后和太子扫清障碍，郭荣裁撤了一批不太放心、手握重权的文武官员，其中免去原本最忠实于他的张永德殿前都点检职务，任命他最信任的结拜义弟赵匡胤担任此项极其重要的职位，至此，赵匡胤得到了后周最高军权。郭荣机关算尽，不知自己才是导致后周灭亡的直接责任者。

郭荣还想更换宰相，总是想不起合适人选来。没有办法，又下了诏书，宰相范质、王溥兼参知枢密院事；枢密使魏仁浦兼任中书侍郎、同平章事，也就是相当于副宰相。让他们互相约制，不能集大权于一身。

郭荣身体急骤衰退，知道大限已到，便急召范质、王溥、魏仁辅、赵匡胤四人入宫，告知自己不久将不于人世，嘱托四人竭力辅佐其儿宗训为皇帝，继续努力完成统一中国的大业……话没说完，便与世长辞了。

这位五代时期最英明的皇帝，死时年方三十九岁。

宗训即皇帝位，追谥郭荣为睿武孝文皇帝，庙号世宗。陵墓选在太祖郭威墓的一侧，称为庆陵。

年方七岁的孩子当了皇帝，虽有符太后垂帘听政，但她一直处在深宫之中，不闻外事，哪里能有主见。这样的孤儿寡母，只有听从大臣们的摆布了。

国家暂时平安无事，没有兵马出征，行政大权当然落在范质、王溥等人手中。这范质倒是忠心耿耿为后周效力，但只会办些具体事，却没有深谋远虑的战略眼光，在外理一些重大事务和用人方面表现低级，最终酿成历史大错，由赵普和苗训二人策划上演了中国历史上著名的"陈桥兵变"，把皇袍强行加在赵匡胤的身上，兵不血刃地颠覆了后周政权，轻而易举地建立了大宋王朝。有人说赵普和苗训胜过十万兵，一点儿也没夸大其词。

郑恩在这次政变中一直持反对态度，总觉得二哥赵匡胤做了一件太不道德的事情，从孤儿寡母手中夺取皇位算什么本事？有本事你去灭了蜀、吴、唐、北汉、契丹，在这些人的地盘上建立你的大宋政权，这才算你本事。郑恩这些话儿几乎见人就说，难免就传到了二哥赵匡胤的耳朵里，试想这将是什么样的后果？更为严重的是赵匡胤登基那天，郑恩看到赵光义等人逼迫幼帝宗训禅让皇位，和母后符皇后抱在一起痛哭的那副惨相，心都快碎了，他和夫人陶三春都流下了伤心的泪水。举行禅让仪式上，文武百官都到齐了，唯独不见郑恩和陶三春二人。原来当郑恩听到宣读将郭荣再改为柴荣，不得再跟郭威姓郭，小皇帝郭宗训也改为柴宗训，并改封为郑王，符太后为周太后，母子二人迁往房州，不宣不得回京的禅让诏书后，当即跳将起来，指着已登基坐到龙椅上了的赵匡胤破口大骂，顿时吓坏了现场所有文武官员，也吓坏了陶三春，连忙上前用手堵住郑恩的嘴，连抱带推地劝了出去。这一切都被坐在台上的赵匡胤看在眼里，恨在心里，至此埋下了郑恩后来惨遭杀身之祸的伏笔。

陶三春毕竟是一位懂政治、军事、历史、哲学、文学的杰出女性，她虽然对赵匡胤这场兵不血刃的政变也有异议，但却能站在一个历史的高度高瞻远瞩，反复开导丈夫郑恩也要以积极的眼光看待这次事件，赵匡胤作为五代十国的终结者和大宋王朝的开拓者，应是中国历史上一个承前启后的重要人物。他重新恢复了华夏主要地区的统一，一举结束了安史之乱以来长达200年的诸侯割据和军阀战乱局面，使饱经战火之苦的民众终于有了一个和平安宁的生产生活环境，为社会的进步、经济的发展、文化的繁荣创造了良好的条件。

当时大宋王朝虽然建立，但蜀、吴、唐、北汉、契丹依然虎视眈眈，战火不断。郑恩终于放下思想包袱，与夫人陶三春跟随赵匡胤南征北讨，在以上这些战争中发挥了关键作用，立下了赫赫战功。赵匡胤三下南唐战役中被围困在寿城四十多天，危难之中是陶三春领兵挂帅解了重围。

因郑恩夫妇在这些战争中战功显著，赵匡胤封郑恩为北平王，封陶三春为北平王妃，还专门为其修建了一座豪华北平王府，在陶三春要求下，赵匡胤还特许她建立了一支上千人的陶家军守卫王爷府。这支队伍中大多数都是跟随着陶三春南征北战的巾帼英雄，个个身怀绝技，武功十分高强，特别是那个婉儿姑娘，已有万夫不当之勇，陶三春便让她统领这支队伍。

然而赵匡胤深知自己的江山来路不正，从人家孤儿寡母手中强夺而来，所以生怕有朝一日，有人再把皇袍披到别人身上，于是便采取断然措施，将那些与他一道打天下的开国元勋贬的贬、杀的杀。就连赵匡胤的结拜弟兄，跟随他出生入死，南征北战，东征西讨，为一统大宋江山立下汗马功劳的北平王郑恩亦未能幸免。

韩素梅的表哥吴龙却是郑恩被杀的导火索，故事还得从韩素梅身上说起。

三十五

且说当年韩素梅护送母亲灵柩回韩山老家安葬之后，便和儿子禄儿留在那里，决定守孝三年之后便去寻找赵匡胤，或者再返回陶家庄。她把老家那几亩土地耕种起来，这倒不是指望种地过日子，而是把种地作为一种乐趣来打发时光。离开陶家庄时，陶洪曾送给了她许多银两，再有表哥吴龙随时照顾，日子过得倒也还滋润。她每天除了带着儿子下地劳动，也教儿子读书识字。待夫君在外面干就了大事业，也才好跟着爹爹做个一官半职。于是韩素梅便托表哥吴龙从襄阳城里买回来许多书籍，当禄儿还在牙牙学语的时候，韩素梅便教他识字读书了。禄儿异常聪明，一教便懂，过目不忘。再大一点韩素梅便给他讲孔孟之道，讲他爷爷和爹爹家几百年的历史，更多的是讲他爷爷和爹爹的故事，目的是要让儿子禄儿从小懂得“学而优则仕”的道理。禄儿的确没让母亲失望，四岁多时便能通读通背《诗经》，韩素梅断定这孩子是一个天才，将来前途无量，有一天让他爹爹见了，还不知道会高兴成什么样子呢！禄儿从小喜欢听母亲讲故事，每天都要缠着她讲好几个，母亲的故事比山里的石头还要多，讲了一个又一个，永远也讲不完似的。

母亲讲的次数多了，禄儿自己也会讲了，而且还讲得有声有色。

这给韩素梅带来了莫大的欣慰。

三年守孝期间，陶洪经常派人去看望母子二人，自然少不了要送钱送物，这令韩素梅好生感动，也说好了等三年守孝期满，她即刻带着儿子返回陶家庄，陶洪也说好到时会派人抬轿前去迎接母子二人。

三年守孝时间说到也就到了，当陶三春和管家陶虎带着轿子到了韩家大院接人时，却人去屋空，铁将军把门。陶三春向村里的人打听，只说是韩素梅的亲戚将她接走了。至于是她的什么亲戚，又将她接到哪儿去了，便不得而知了。这可急坏了陶三春，这以后如何跟赵匡胤交代？于是她便带着陶虎和几个轿夫四处寻找，找遍了镇里和市里，几乎把整个襄阳城都翻了个遍，哪儿有这母子俩的踪影？陶三春只好赶回陶家庄向爹爹陶洪禀报。韩素梅母子神秘失踪，在陶家庄甚至在整个商洛地区传得沸沸扬扬，说法好几个版本，说什么的都有。

陶三春却冷静地分析，韩素梅母子的失踪肯定与她那表哥吴龙有关，那人油嘴滑舌，贼眉鼠眼，一看就不是个好东西。八成是这家伙把韩素梅给拐卖了，甚至把韩素梅卖到妓院去的可能都有。经陶三春这一提示，陶洪又派陶虎带几个精明的人前往荆襄两地青楼地带明察暗访，几乎找遍了所有大大小小的妓院和暗娼住所，依然没有韩素梅的踪影。

陶三春的分析十分准确，问题果然就出在吴龙身上。

这天韩素梅正在收拾东西，可能陶三春近日要来接她。晌午时分，果然来了一乘大轿，除了四个轿夫，还有几个壮汉保镖。然而陶三春并没有来，这些人中没有一个韩素梅认识的。她也表示怀疑，但询问中这些人却对答如流，没有半句说漏了嘴的地方，看不出半点破绽。而且还给她出示了一封陶三春的亲笔信，大意是最近陶家军正在抓紧训练，不日将开往宝鸡配合王彦超抵御西蜀犯境，故不能亲往迎接，特派张三李四前来迎接姐姐和侄儿。韩素梅心想，这陶氏父女对她母子俩恩重如山，把事情办得这周到，还有什么值得怀疑的呢？于是便带上还剩余的一千多两银子和几件好一点的衣服，给表哥吴龙留了一封书信，说因陶家庄接她的人来得突然，来不及跟他告别。为了感谢表哥这三年来对她母子俩的种种关照，为了恳求表哥帮助看守父母坟墓，特意把这套院子及田产送给表哥，留下自用也行，卖掉亦可。收拾妥当，便锁了大门，把钥匙放到一个外人看不见但表哥知道的地方，然后便带着禄儿上了轿。一行人抬着韩素梅母子俩如飞地离开了韩家湾。

韩素梅哪里知道，此时她已从天堂开始步入地狱，只有天知道这是她唯一的亲人，最信任的表哥吴龙导演的一出人间悲剧。

当轿子抬到离襄阳不远处的一个山林里时，这伙人便将韩素梅母子俩捆了起来，韩素梅顿时明白自己遇到了冒名顶替的歹徒暗算。但这是一伙什么人，他们将要把自己带到什么地方去，便不得而知了。想要问个明白，但嘴里塞上了布条，双眼蒙上了黑布，喊不得说不得也看不见，只好任随这伙人摆布了。

一伙人马不停蹄地将韩素梅母子俩抬到了襄阳码头，吴龙便出了面，指挥众人将轿子抬上了船，辗转到了洛阳，以一千两银子的身价把禄儿卖给了一位山西商人，以五千两的身价把韩素梅卖给了洛阳最大的一家青楼。加上韩素梅随身携带的一千四百两，后来把韩家房子及田产又卖了些银两，便在洛阳开了一家大染房，很快便成了洛阳富人。然而由于他的伤天害理，却害苦了韩素梅。自从吴龙把她卖进青楼，她便跌进了地狱。终日以泪洗面，不吃不喝，决心以死相拼，拒不接客。她殊不知凡是进了这里面的女子，都身不由己，生不如死，每天非打即骂，再烈的性子也会将你驯服。鸨妈见韩素梅气质高雅，人才出众，一看便是很有身份的人被歹人拐卖。当她询问韩素梅叫什么名字，是何方人氏时，韩素梅是何等聪明人物，便告知鸨妈她叫李翠娥，是汉中府一个员外的女儿，外出不幸遭歹徒绑架卖到了这里，求妈妈大发慈悲，放她回汉中府，下辈子变牛变马也要报答。鸨妈狞笑着说，老娘花了一万两银子将你买来，难道就凭你这几句好话便将你放了不成？待你何时将老娘那一万两银子挣回来时，自然也就放了你。鸨妈便把韩素梅当成日后的一棵摇钱树，她便依着韩素梅的性子，百依百顺，半年之内都没强迫她接客。

韩素梅开初的确是抱着以死相拼，为赵匡胤守住贞节的坚定决心。但后来又一想，假若就这样不明不白地死了，赵匡胤并不知道发生的这件事情，就算保住了贞节又有什么意义？于是她便忍辱苟安，想尽快挣回一万两银子，交给鸨妈赎出身子，再去找赵匡胤或者回到陶家庄。她报了假名便是留了这一手，否则传将出去，那还有何颜面再见赵匡胤和陶家庄的人？韩素梅在陶家庄经过高人姜怀祖的熏陶和陶三春的影响，学就了一身绝技，琴棋书画，吹拉弹唱样样精通，加上人又长得漂亮，性格又温柔，鸨妈便给她取了一个艺名叫赛嫦娥，很快便成了京城名妓，每天顾客盈门，将白花花的银子装进了鸨妈的兜里。其实她韩素梅一辈子也不可能挣到一万两银子将自己赎出去。天下最狠毒不过鸨妈，都是一个模子里铸出来的嘴脸。

光阴荏苒，日月如梭，转眼数年过去。

且说吴龙这天在大街上闲逛时听到一个骇人的消息，赵匡胤颠覆了后周政权，建立了大宋王朝，当上了开国皇帝，迁都汴梁也称汴京。惊吓得吴龙三魂去了两魂半，这要让赵匡胤知道他吴龙干了这伤天害理的缺德事，还不把他绑在柱了上，亲手把他千刀万剐那才怪了。他回到家里不吃不喝，捂着被子睡了三天三夜，连上吊自杀的想法都有了。当他把脖子伸进绳套里，正要踹倒板凳的那一瞬间他又想明白了，他这是做贼心虚，吃蒸肉发渴。连鬼都不知道的事情，他赵匡胤哪里又会知道？于是他又想了三天三夜，终于想出了一个天衣无缝的好计策。

这天吴龙带上银子到韩素梅所在的青楼去嫖娼，点名道姓地要嫖京城第一大名妓赛嫦娥（韩素梅）。当二人在房间一见面，都显得十分惊讶和尴尬，二人随即相拥痛哭。吴龙是装的，韩素梅可是真的。声声血、句句泪地向吴龙叙述了她这十多年的痛苦经历，谁听了谁都会跟着下泪。

吴龙也泪流满面地对韩素梅说道：“当年我从外地做生意返

回襄阳去看你时，已是人去屋空，当我看了你给我留下的那封书信，才知道妹子回陶家庄去了，我也就放下心了。谁知没过多久陶家庄管家陶虎又来接你时，才知道你根本就没有去陶家庄，我还跟陶虎等人找遍了襄阳城始终不见你的踪影。大家又分析，很有可能是赵匡胤把你接走了。于是我便变卖了韩家湾你的房子和田产，四处打听你的下落，但一直没有结果，后来便在荆州做了买卖。近日到京城做一笔生意，听人说汴京有一处高档青楼，里面有一位绝代美人叫赛嫦娥，于是我便跑来见识见识，不曾想原来却是妹妹你了。"

他还给韩素梅透露了一个天大的消息，赵匡胤已当了皇帝。韩素梅开初还以为吴龙是在诓哄她，当吴龙一本正经告诉她是千真万确时，韩素梅的情绪一下子又低落千丈。

韩素梅伤感地说道："我已沦落为青楼女子，还有何颜面去见夫君？再说赵匡胤一旦知道我已沦为青楼女子，还不把我千刀万剐，就地活埋?"

吴龙为韩素梅支着道："这件事只有天知地知，你知我知。只要你我不说出真情，那皇帝老倌儿身居深宫，他如何会知道这件事情?"

韩素梅满面忧愁道："假若见到赵匡胤，我这些年的经历，又如何对他说起?"

吴龙道："你就说在荆州帮我做生意。"

韩素梅道："那禄儿呢，又如何给他交代禄儿的去向?"

吴龙胸有成竹道："就说禄儿下河洗澡被淹死了，赵匡胤是一位有情有义的人，他不会难为你的。"

这一切都是吴龙提前将此事就编好了的，只是韩素梅还蒙在鼓里。

韩素梅满脸忧愁道："表兄这一切都编得天衣无缝，但我又在哪里去找一万两银子把自己赎出来呢?"

吴龙大惊道："什么，当初是……"他差一点说漏了嘴。连忙自圆其说道："当初是这个价吗？"

韩素梅苦笑道："当初我一直没有见过卖我那王八的面，至于他与鸨儿如何做成的交易，便不得而知。买价一万两是鸨儿亲口跟我讲的。"

吴龙呻吟半晌道："我这些年做生意倒还赚了不少钱，就由我来出这一万两银子把你赎出去吧，到时再由我把你亲自送到汴京皇帝的身边去。"

韩素梅感激不尽地抱着吴龙道："表哥的大恩大德，小妹只能以身相许了。"边说边脱衣解带主动上了床。

吴龙也边脱衣服边说道："我原本不应该这样做，但不这样做就要原形毕露，那后果就不堪设想了。"

天良丧尽、丧心病狂的吴龙，居然还心安理得地嫖了韩素梅。

完事之后，韩素梅说："赵匡胤宫里三宫六院，美女如林，我已半老徐娘了，如今这副尊容，他还喜欢我吗？"

吴龙道："妹妹千万别忘了，你现在的名字叫赛嫦娥，宫中哪个女人能与你相比？"

韩素梅喜不自禁道："妹妹我一旦受到赵匡胤恩宠，一定为你美言，让他赐封你个一官半职。"

吴龙恬不知耻地又拥抱了一下韩素梅道："那就指望着妹妹了！"

当天晚上吴龙便带了一万两银子找鸨妈交涉。那鸨儿见了一万两白花花的银子，眉毛眼睛都在笑。赛嫦娥这十多年来给她挣了多少银子，她都算不清了。这下又收了一万两，心想也就算把这棵摇钱树的油水榨干了。于是便痛快地收了吴龙的一万两银子，立了字据，画押签字，退还了原来的卖身文契、将韩素梅接到自己住地，放心大胆地与她做了一夜夫妻。吴龙的家眷在荆州，他只身一人在洛阳，日嫖夜赌，无拘无束，好不自在。

第二天一大早，韩素梅起床刻意打扮一番，更加光彩照人。吃过早饭，吴龙便去雇了一辆马车，带着韩素梅直奔汴京而去。

三十六

这一日赵匡胤独自坐在桃花宫桃树林中饮酒赏花，当韩素梅突然出现在他面前时，犹如梦幻一般。韩素梅望见日思夜想的夫君头戴一字通天冠，身穿浅黄绣金龙袍，一派皇帝威风。赵匡胤见韩素梅容颜依旧，甚至比当年还要美艳，便不顾体统地将她搂在怀里，亲热了好半天才注意到身边还有李太监和那个护送她的男人，便放开韩素梅吩咐她和吴龙二人坐下。

韩素梅便把吴龙介绍给了赵匡胤，并把这些年来吴龙如何照顾她和母亲，后来又如何照顾她和禄儿的经过，添油加醋地描述了一番。一句话，吴龙是她们一家的大恩人，没有吴龙便没有再与夫君相见的今天。

吴龙则趁机编了一大段更加精彩的故事，他如何如何……把赵匡胤忽悠得对他刮目相看，敬意顿生。甚至都不顾皇帝身份，对吴龙说出许多感恩的话。他随即又向李太监吩咐道，赐封韩素梅为贵妃，就把这桃花宫赐给韩妃作寝宫。吴龙官封五品，在吏部供职，日后再另行升迁。兄妹二人当即跪下谢恩，特别是吴龙的头在地上都碰出血来，让李太监在一旁窃笑不止。

韩素梅打听陶三春的下落，赵匡胤便把当年他与郑恩如何去投军，又如何遇到柴荣，陶三春如何与郑恩完婚，夫妻又如何双双一起上战场立下大功，赐封郑恩北平王，赐封陶三春北平王妃的经过给韩素梅有声有色地讲述了一番，激动得韩素梅像个小姑娘一样手舞足蹈起来，马上就要去见陶三春。

赵匡胤说韩素梅路途辛苦，先好好休息几日，然后再吩咐李太监三日后在桃花宫大摆宴席，把北平王郑恩和夫人陶三春请过来一起饮酒，畅叙离别之情。

赵匡胤又吩咐李太监通知吏部，先安排吴龙住在四方馆，并赐宴席一桌。

吴龙谢过万岁表妹夫，辞别贵妃表妹，兴高采烈地跟着李太监去了。

三十七

且说这天郑恩与陶三春在王府中客厅里喝茶聊天，郑恩自我解嘲道：“我这狗屁北平王，就像头猪一样，每天吃饱了睡，睡醒了再吃。哪像当年你我驰骋疆场，呼风唤雨，何等快活！”

陶三春道：“想当初你一个卖油郎当了北平王，如今住在这王府里享尽荣华富贵，皇上连早朝都不让你上，还有什么不知足的呢？”

郑恩道：“你当我郑恩是傻瓜，皇上二哥嫌我老揭他的短，在金銮宝殿上就敢顶撞他，便把我赶到这远离他金銮殿的市郊来，名义上让我享乐，实则把我们两口子给软禁起来了。”

陶三春笑道：“夫君说的是大实话，皇上把你迁出城外养起来，免去朝参，不是为了优待你，而是怕你在殿上吵闹，扰乱朝纲，闹来闹去，不仅使皇上脸面丢尽，群臣窃笑，权威无法树立，法令无法贯彻，最终导致社稷动摇。皇上是让你暂时回避朝政，可不是实心要软禁你。前天石将军还跟我在一起谈到你，皇上希望你能够在我的帮助下，尽快熟悉朝纲礼仪，到时还准备让你带兵攻打北汉呢！”

郑恩道：“想当初大哥二哥都没有当皇帝时，兄弟在一起大块地吃肉，大碗地喝酒，兄弟情分是何等深厚。如今他们当了皇帝，就都嫌俺是一个登不了大雅之堂的粗人！”

陶三春哈哈大笑起来。

郑恩沮丧道：“俺一个大活人，迟早要被尿憋死。”

陶三春道：“要是憋得慌，可以出去散散心。”

郑恩道："夫人言之有理，俺便去找石守信聊天去。他自从失去兵权后，也赋闲在家中。"

陶三春道："你们在一起一定要少喝酒，千万不要生出事端来。"

郑恩道："知道了。"

再说那吴龙兴冲冲地回到四方馆，忘乎所以地见人就说他刚刚见到了万岁爷，当今皇上可是他的妹夫，他可是名正言顺的当朝国舅爷，当今皇上赐封他为大宋五品官，按照大宋律法，他还要游街三日呢！

开初四方馆的人还以为他的神经有问题，谁都没把他的话当回事。直到吏部官员走进院里宣旨，吴龙从吏部官员手中接过一纸诰命和五品官服，众人才目瞪口呆，对他刮目相看起来。

吴龙穿上五品官服，摇摇摆摆，好不得意。

四方馆的不少吏员和仆人走上前去，纷纷向他表示祝贺。

随后便给这位国舅爷配备一匹高头大马，派了两个隶卒照顾，领吴国舅出去京城繁华地段去风光一番。

四方馆馆吏把两个隶卒拉到一边，小声叮嘱，千万别让这位国舅爷惹出事来，到时不好向皇上交代。

两个隶卒领命，陪了吴龙，牵马走出四方馆。

大街上人来人往，热闹非凡。街道两旁的吆喝声、叫卖声，此起彼伏。

吴龙要骑马，但又不会骑。两个隶卒只好扶他上马，让他坐稳了，紧扳马鞍，为他牵马徐徐而行。

当这三人游到一繁华大街的十字路口时，只听前面净街锣响，吴龙却不懂得是什么，只顾往前走路。

两个隶卒慌忙拉住马缰，说前边北平王过来了，赶快回避。

吴龙问隶卒北平王是不是叫郑恩，王妃是不是陶三春，当得到证实后，他便得意地对两个隶卒说，这陶三春与韩贵妃是姐妹，北平王见了他也要称兄道弟。两个隶卒见他神侃得离谱，心里也就越发毛，总感觉今天要出大事。

两个隶卒牵马进入小巷回避，哪知走了十余丈，拐了个弯路，正好有一家人娶亲，突然响起鞭炮，那马蓦地一惊，打一个旋，扭头向原路跑了回来，两个隶卒一慌神，没揪牢马缰，竟让马跑了。

骑在马上的吴龙，见坐骑飞奔，吓得不知如何是好，只好紧紧揪住马鬃，防止跌下马来。那马冲出小巷，正与郑恩的仪仗队相遇，那些步兵正在行走，冷不防，斜刺里冲来一马匹，都吃了一惊，连忙躲藏，吴龙的马早冲到郑恩马前。

郑恩马前的卫士，同样吃了一惊，忙举枪拦马，吴龙的马见前无进路，忽然前蹄腾空，早已把吴龙掀下马来，那马方才站住。

郑恩见状大怒，跳下马来，一把抓住吴龙便要打。

两个隶卒跑过来跪拜在地，连声说道："请王爷息怒，是娶亲人放鞭炮惊了国舅爷的马，并不是他故意惊王爷您的驾。"

郑恩一听这人是什么国舅爷，便停住手，喝问道："你叫什么名字，怎么从没见过你这国舅爷？"

吴龙道："我是韩贵妃的表哥吴龙。"

郑恩仰天大笑道："谁不知道皇后娘娘姓杜，哪里又冒出个姓韩的来。"随即举拳又要打。

吴龙连忙嚷道："我是昨天才送妹子韩素梅进宫的，皇上赐封她为韩贵妃，我当然就是国舅爷了，皇上还赐封我五品官，在吏部供职呢！"

两个隶卒也马上补充道："他说的都是真的，我们正陪他三日街游呢！"

郑恩经这么一说，才把正要落下的拳头收回，揪他圆领的手也松开了，问道："当年韩家嫂嫂从陶家庄护送她母亲回襄阳老家安葬，后来突然人间蒸发，陶家庄派人四处寻找均无踪影，为何十年之后你们又冒出来了？一看你这贼眉鼠眼的样子就不像是什么好人，你到底搞了什么鬼名堂，快如实跟本王说清楚，若有半点虚言，便一拳将你打死。”

吴龙便连忙把编给赵匡胤的那段故事，又从头到尾地给郑恩讲了一遍。

郑恩用疑惑的眼光盯着吴龙，忽然想起什么，厉声喝道：“我曾听韩家嫂嫂说过，她娘家只有一个远房表哥叫吴龙，怎么又突然冒出个吴龙来，莫非是冒充的？你究竟是谁？”

吴龙早已吓得发抖，慌忙说：“小人实是韩家妹子表兄吴龙，不信可以进宫对质。”

他边说边把诰命从怀里掏出来，向郑恩扬了扬。

郑恩劈手夺了过来，几下将诰命撕得粉碎。骂道：“一个小小的五品官儿，难道本王还怕你不成？”说毕又抓掉吴龙的乌纱帽，一脚踩扁，举起拳头，没头没脸地打。

侍卫们都惧怕郑恩，不敢上前劝阻。见郑恩大打出手，怕闹出人命来，才拼命上前阻碍郑恩再打。大家劝的劝，抱的抱，才把郑恩拉开。

吴龙早被打得失魂落魄，没命地逃奔到宫门口，向守门侍卫说明原委，哀求救他一命。侍卫也害怕北平王将吴龙打死在宫门口受到牵连，于是便将他放进宫里躲藏起来。

郑恩怒气冲冲地追赶过来，一头撞进宫里，却找不见吴龙的影子。他突然想起吴龙说韩素梅住在桃花宫，他肯定躲藏在那里，说不定赵匡胤也在那里，正好把韩素梅如何失踪的事情说清楚。当他怒气冲冲地赶到桃花宫，赵匡胤果然正在宫内批阅奏章，抬头一看郑恩已经站在他的面前。这令赵匡胤很不高兴，责备郑恩为何不经通报便擅自闯宫？

郑恩仍然怒气冲冲，也不下拜，说道：“冒充国舅的那人不是什么好人，韩家嫂嫂神秘失踪，岳父陶洪派人寻找了多年，却被这王八羔子藏了起来，你说可气不可气？又恰好让我碰到他在街上招摇过市，撞了我的马头，还骂本王瞎了眼，俺打了他一顿，他却跑到宫内躲藏起来了，所以我就追了进来。”

赵匡胤听了，呵斥道：“好哇，你与人打架竟然打进皇宫来了，那皇宫还有什么尊严可言？”回头喝道：“把那吴龙和几个守门侍卫一起给朕带来。”

转眼工夫，太监便领了几个侍卫和吴龙来到殿前跪下。

赵匡胤对几个侍卫喝道：“胆大侍卫，谁让你们把吴龙放进宫的？”

领班侍卫禀道：“只因北平王追着打他，小人们怕打出人命来受到牵连，故让国舅爷先进宫躲上一躲。”

郑恩飞起一脚把侍卫踹倒在地，怒骂道：“原来是你们几个龟孙子，串通起来欺骗本王。”

赵匡胤大怒道：“郑恩不得无理，宫里岂是你胡作非为的地方？”

郑恩见赵匡胤发怒，便站在那里低头不语。

赵匡胤这才扭过头来对吴龙道：“你说，这到底是怎么回事？”

吴龙已吓瘫了，结结巴巴地把事情的经过说了一遍。

赵匡胤一听，登时气冲斗牛，训斥郑恩道：“你为何屡屡跟朕过不去？踩烂官帽，扯烂诰命，这犯的是蔑视朝廷、欺君大罪呀！朕如不闻不问，国家法律就要受到践踏，皇帝的尊严也要失尽。这叫朕如何运用皇权，驾驭百官，你视皇权为儿戏，再这样闹下去，会动摇朕的江山。朕若这次再宽大你，朕这皇帝也就做不成了。”他一咬牙对侍卫喝令道：“把郑恩绑了，推出午门斩首。”

郑恩气得大骂赵匡胤道：“你这个忘恩负义的卑鄙小人，大哥柴荣一死，你就夺了大哥的天下了，我郑恩真后悔跟随你南征北战，更后悔不该与陶三春解寿城之围救了你这个昏君！”

郑恩飞起一脚，踢翻一只绣墩，那绣墩骨碌碌朝赵匡胤滚来，赵匡胤闪过一边，喝令侍卫：“快快把郑恩拖出去给我斩了。”

侍卫前拉后推，左挟右架，总算把郑恩拖出去了。

吴龙也赶紧从地上爬起来追了出去。

赵匡胤立即吩咐众太监道："紧闭各宫门，任何人来叫门，都不准开门，不准来通报，说朕酒醉昏睡，有事待朕醒来再奏。"

太监走后，赵匡胤口中喃喃说道："三弟呀，为了大宋江山，维护皇帝的权威和尊严，为兄不得不这样做了。你放心去吧，你的后代将代代世袭北平王。"随后躺倒在龙椅上，落下两行伤心的泪水。

三十八

郑恩的侍从仪仗，还在宫外等郑恩。忽然见宫中侍卫将郑恩五花大绑押出来，要推出午门斩首，侍从们紧张地商量道：

"快回府禀报陶王妃来救!"

"午时快到，来不及了!"

"石守信将军家离此最近，快去禀报，请石将军上本救咱们北平王。"

"你们二位快去向石将军府上求救，我飞马回府禀报陶王妃。"

此时石守信饭后在后花园散步，忽见家人来报："禀报将军，北平王郑恩家将现在门外求见，说不知为什么，万岁爷将北平王绑了，要推出午门斩首，家将来求将军快去上本保奏。"

石守信听了，大吃一惊，慌忙赶到门外，郑府家将见石将军出来，慌忙下跪道："万岁要斩北平王，请石将军快快上本保奏。"

石守信来不及问为什么，喝令备马，飞奔直抵宫门，果然看见郑恩被绑在那里。

就在这时，只见吴龙气喘吁吁地追上众侍卫。

一侍卫问他道："你跟来干什么?"

吴龙道："奉旨看斩。"

众侍卫错听为监斩，也就没再多问什么。吴龙本人也就以监斩官自居了。

郑恩一见石守信快马奔过来，便高叫道："石兄弟，赵匡胤是个忘恩负义的家伙，宠信奸臣，竟把咱们多年汗马功劳付之汪洋。我真后悔当年不该和他结拜，不该为他效命沙场！想不到今日他竟翻脸无情，要杀我。”

石守信道：“郑兄不急，待我问问。”

便问在场的侍卫：“这是怎么回事？”

侍卫们见侍卫亲军前马步都指挥使动问，哪敢隐瞒，便把事情的经过简要说了一下道：“国舅吴龙在大街上马受惊误冲撞了北平王的仪仗，北平王暴打了吴龙，撕碎了吴龙的诰命，踩扁了他的官帽，北平王还不服气，竟一路追打到桃花宫里，又顶撞了皇上，所以万岁下旨将北平王绑赴午门斩首。”又一指站在一边的吴龙道：“这位就是奉旨监斩的国舅吴龙。”

石守信斜视吴龙一眼，只见他鼻青脸肿，连乌纱帽也不戴，又无监斩公案设备，冷笑一声，问吴龙道：“你就是监斩官？”

吴龙道：“正是本官。”

石守信道：“天下哪里有你这样衣冠不整的监斩官？”转头对郑恩道：“郑王爷不必着急，我马上去见皇上。”又怒对众侍卫道：“在我没有赶回来之前，谁也不准乱来！”遂打马急去。

石守信打马奔到宫门，只见宫门紧闭，便上前大声叫起门来。

守门太监在门内回道：“万岁爷酒醉在桃花宫，沉睡无法唤醒，娘娘下旨，有事待万岁爷醒来奉奏，现在一律不开门。”

石守信大怒，举拳头在门上擂了一阵，门内却寂然无声，弄得他毫无办法。忽听报时炮响，已是午时三刻了。大叫道：“不好！时辰到了。”转身就往午门跑。

这时，焦急万分的陶三春骑着乌骓马，提着流星锤，带着三百护府亲兵，打马飞奔午门而来。

吴龙大叫道：“时辰到了，快给我斩斩斩！”

郑恩喝道：“狗杂种，我看你们哪个敢斩？”

侍卫因为时辰已到，仍不见赦免圣旨，又错把吴龙当成监斩官，没奈何，把手中红旗挥动，刽子手举起大刀，闪电般挥下。

陶三春远远望见刽子手要砍，她暴喝一声：“哪个敢斩?”飞马来抢救时，无奈那刽子手听到喝声时，手已无法收回，郑恩的脑袋已经滚落在地。

陶三春一见气得眼睛都直了，胸中万丈怒火直冒，双锤一摆，一锤一个早将两个刽子手打得脑袋崩裂，见阎王去了。

吴龙见势不好，慌忙想逃。

石守信高叫道：“嫂子，那个没戴帽子的就是监斩官吴龙，今日的事全是他惹起的，不要放他走了。”

陶三春一听，双腿把马一挟，早赶到吴龙背后，手起一锤，把个吴龙打得脑浆四溅，立时死于非命。

石守信对那几个宫廷侍卫说道：“不干你们事，快去宫门口，通报给万岁知道，一切自有万岁处理。”

那些侍卫哪敢久留，等吃陶三春的铜锤，都没命地向宫门口逃去。

陶三春跳下马来，顾不得血污，把郑恩的头颅抱起，哭得几乎晕了过去。

石守信忙对王府侍卫说道：“你们还不快去弄副棺材来，北平王遗体岂可久停在地上，午门前也要立即打扫干净。”

几个侍卫听了，立即飞跑而去。

石守信对陶三春道：“嫂子，人死不能复生，现在不是你哭的时候。郑兄死得冤枉，你应去找万岁爷评理，为郑兄申冤。”

陶三春这才止住哭声，咬咬牙，把郑恩的头交给一个侍卫捧着，对石守信说道：“石兄弟，你平日与郑恩关系最好，难道见死不救，为什么不向万岁奏本，保郑恩一命?”

石守信说道：“我一听郑兄被绑出午门，就急急来见万岁。怎奈宫门太监说万岁醉酒不醒，无法奏闻，只好在门外焦急。看看午时三刻已到，我大叫刀下留人，无奈那吴龙在一旁一个劲地叫斩斩斩。我早无官职，总不能知法犯法，去劫法场啊!”

陶三春道：“算了，石兄弟别说了，我去找那昏君算账。”

三十九

汴京城外四面八方都是打着陶家军旗号的军队，旌旗猎猎，战马萧萧。

一面帅旗下面，一员勇不可当的美貌女将，手提一对八十斤的铜锤，旋风般的上下左右翻腾，一匹高大威猛的赤兔马托着她横冲直撞，宋兵在她锤下纷纷落马。

惊天动地的呐喊声中，刀光剑影，干戈相击。

撕裂的军旗，击碎的盾牌。

飞溅的血浆，横躺的尸体。

越来越多的陶家军朝宋兵阵营掩杀过来。

宋兵呼爹唤娘地四处溃逃。

陶家军把宋兵冲得七零八落。

溃不成军的宋军潮水般退进汴京城内，紧紧地关上城门。

陶家军潮水般席卷过去，将汴京围得水泄不通。

陶三春经皇帝允许训练了一支女兵，总共加起来也不过一千人马，目的是守家护院而已。今天为何出现了如此众多的陶家军，还在源源不断地从四面八方涌来？原来周世宗郭荣驾崩后，由七岁幼儿宗训即位，殿前都点检赵匡胤发动兵变，废幼主灭后周，自己做了宋朝开国皇帝。赵匡胤为了防止有人像对待他一样，再把皇袍加到别人身上，便采取突然袭击，把各级将领手中的兵权收回集中到朝廷，由皇帝直接控制，历史上称这次事件为“杯酒释兵权”。个别权势特别大的将帅还遭到秘密处决，连赵匡胤的结拜兄弟开国元老北平王郑恩亦未能幸免。郑恩之妻陶三春悲愤之下，兴本部兵马为夫君报仇雪恨。她这一举措得到周朝旧势力和被夺去兵权对赵匡胤心怀不满之人广泛响应，他们纷纷打出“陶家军”的旗号，趁机起兵造反。顷刻之间便聚集了十几万人马，将汴京城围得水泄不通。全国各地已出现反叛苗头，辽寇也准备趁机向中原发动进攻，赵宋王朝即将面临一场空前危机。

陶三春大声命令身边的婉儿道：“传令各路兵马，准备五千张弓箭掩护，多架云梯，从东南西北中同时发起进攻，天黑之前务必将赵匡胤生擒活捉！”

“遵命！”英姿飒爽的婉儿手执双股剑，一声呐喊，打马跑去。

威风凛凛的陶三春手举双锤，望着城楼狠狠地叫道：“赵匡胤，我若不生擒活拿你，誓不为人！”

赵匡胤坐卧不安地靠在龙椅上，心急如焚地听着臣子们的奏议。

范质道：“禀圣上，陶三春聚集十多万人马，将东南西北四处城门攻打甚急，光靠慕容延钊的禁军恐怕难以保住京城。”

赵匡胤大惊失色道：“陶三春手中也只不过一千家兵，哪钻出来的十多万人马？”

赵普瞟了一眼范质道：“主要是前朝潜伏下来的旧势力，他们唯恐天下不乱，打着陶家军的旗号，趁火打劫，妄想推翻大宋复辟周朝。前朝副指挥使韩通之子韩桓一家便招募了五万之众，喊着为父报仇的口号加入陶家军行列。”

范质道：“据下官所知，参加陶三春闹事的多是被圣上罢免撤职的那批将帅们，再加上郑恩平时广交朋友，故而一呼百应。听说不少禁军都蒙头涂面暗中参与。”

赵匡胤大怒道：“严加追查，定斩不饶！范爱卿，近日边关军情如何？”

范质道：“北汉勾结辽寇不断侵扰边关，巴蜀孟昶起兵谋反，声势浩大，西川行部刘光义不断向京城告急。”

赵普道："利州为两川咽喉，自古为兵家必争之地。朝廷当派一员猛将镇守，巴蜀方得无虑。"

赵匡胤着急道："当派何人为妥?"

赵普道："高怀德曾担任过集州刺史，对川北地形熟悉，臣以为非他莫属。"

赵匡胤道："高怀德率归德兵马何日能到汴京?"

范质道："诏书早下，估计今日能到。"

赵匡胤松了一口气道："高爱卿回到汴京，寡人高枕无忧矣！待他把陶贼平息之后，便委任他担任利州刺史，镇守川北。"

范质道："臣遵旨!"

突然殿外一片喧哗。

李太监慌慌张张地闯进殿来，大声禀报道："禀报皇上，陶三春的兵马势力强大，眼看就要打破城门，慕容将军劝皇上早做准备。"

大殿文武百官一片惊慌。

赵匡胤勃然大怒道："我堂堂大宋，岂能让一个泼妇如此胡闹？来人啊，快与我牵马备棍，更衣换袍，待我将她生擒活拿，碎尸万段!"

赵光义劝道："皇兄不可亲自出战，陶三春是当今盖世女杰，想当初皇兄和郑恩、柴荣三人都没能战过她，更何况她眼下兵多将广，锐气正盛……"

赵匡胤满面怒气道："照你说，我只有将大宋江山双手奉送给她了不成?"

赵光义道："皇兄息怒，依臣之见，只因圣上错杀了陶三春丈夫郑恩，她一时怒气，要找圣上讨个公道，我想她绝不会为了大宋江山而来!"

赵匡胤道："依你之见——"

赵光义道："臣陪皇上亲临城头好言安抚三春，让王位子孙世袭……"

赵匡胤道："这……"

赵普道："万万不可！陶贼正在气头上，皇上万不可亲登城楼。听说陶三春手下有个叫婉儿的女将箭法好生了得，臣愿与王爷一同前往。"

赵匡胤道："好，有劳二位爱卿为朕分忧。只要陶三春答应退兵，什么条件都答应她吧！"

赵光义、赵普道："臣遵令！"二人快步走出大殿。

皇宫城外，枪刀林立，人喊马嘶。

几百个士兵抬着一根巨大的圆木，喊着号子，一下又一下地猛烈撞击着城门，高大森严的城门摇摇欲倒。

城墙四周堆满了柴草，陶三春正要下令点火，只见婉儿策马过来叫道："王妃娘娘，赵光义和赵普到了城头……"

陶三春抬头一看，只见赵光义和赵普倚在城头，手搭凉棚往下寻看。婉儿弯弓搭箭，三春摆手制止道："冤各有主，莫伤光义。"

赵光义突然发现陶三春，在城头扯起嗓子大声叫道："嫂嫂，近日可好？"

陶三春气不打一处来，怒吼道："好什么好？差点没被你那不仁不义的昏君哥哥给活活气死。"

赵光义道："嫂嫂息怒，看在咱们昔日的情分上，就饶了皇兄这一遭吧！其实他也是一时糊涂，铸成终生大错，眼下正悔恨不已，特令我代表他向嫂嫂谢罪，并答应北平王位子孙世袭……"

陶三春在马上冷笑道："光义兄弟，现在说什么也没用了，赵匡胤就是把皇帝宝座让给我，我也不会饶恕他！"

赵普道："陶王妃，自古道识时务者为俊杰！皇上已对你作出如此让步，你应就此罢手才是。否则，将由你引起天下大乱，刚刚从几百年战乱废墟中爬出来的苦难百姓，又将回到水深火热之中。到那时，陶王妃将会成为千古唾骂的历史罪人！"

陶三春用马鞭指着赵普骂道："住口！匹夫有何面目对我说

出这番话来？想当初郑恩与赵匡胤、赵光义、石守信、王审琦、张令铎、还有你赵普结拜为生死弟兄，几十年出生入死，南征北战，打下大宋江山，他赵匡胤龙椅都还没坐热，便过河拆桥，卸磨杀驴，听信你这小人谗言，杀了北平王，还想加害于我，斩草除根……”

婉儿趁陶三春说话之际，悄悄抽出弓箭，对准赵普。陶三春眼明手快，抬手一挥，但婉儿手中的箭还是飞射而出……

城头赵普看得真切，赶忙将头一埋，“嗖”的一声，利箭将他的束发金冠射落在地，吓得赵普面如土色。

赵光义大叫道：“嫂嫂休得伤人，自古两军阵前不斩来使！”

陶三春冷笑道：“这是我手下所为。光义兄弟请速回，快让你那昏君哥哥出来见我。他若半个时辰不出来，我即下令放火烧城，到时大军杀进城来，将杀得你们宫内片甲不留！”

赵光义：“嫂嫂，你听我说……”

陶三春弯弓搭箭，对准赵光义狠狠地道：“不用解释了，快去吧！否则，陶三春认识光义兄弟，这支箭可不认识你赵光义！”

赵光义吓得赶紧拉着赵普离去。

陶三春在马上大叫道：“快叫那昏君出来见我！”

陶三春话音未落，只见城楼中，出现了一簇人影，中间拥着一个身穿黄袍的赵匡胤。

赵匡胤道：“啊呀，什么人胆敢造反，杀到城门来了。”

陶三春望见城楼上的赵匡胤，气得两眼喷火，厉声吼道：“我乃陶三春！”

赵匡胤啊了一声，说道：“原来是御妹，怎么气势汹汹，为了何事气成这个样子？”

陶三春怒发冲冠道：“你别装糊涂，那郑恩犯了什么罪，你将他绑出午门斩首？”

赵匡胤吃惊道：“怎么，三弟被斩首了？”说着痛哭出声，又道：“朕未下旨斩首，哪个敢斩，御妹快讲出来，朕为三弟申冤。”

陶三春牙齿咬得格格响，喝道：“昏君，不是你下令侍卫绑出午门斩首，哪个敢绑，哪个敢斩？你别推得一干二净。”

赵匡胤道：“御妹啊，三弟在大街上殴打吴龙，扯碎诰命，踩扁官帽，又到宫内辱骂朕，还说他的火气上来了，朕多喝了几杯，便说就要灭灭你的火气！叫人把三弟绑了，这事是有的。原是吓吓他，绑一会儿就放了。谁知朕酒醉，一时便忘了，但确实是没有胡下旨斩首呀！”

陶三春道：“没有你的旨意，谁敢斩北平王？你定是下旨，派了监斩官就是证明。”

赵匡胤道：“啊，还有监斩官？御妹不要冤枉朕，朕哪里派过监斩官，监斩官是谁？叫他来与朕对质。”

陶三春道：“就是韩素梅的表哥吴龙！”

赵匡胤发怒道：“吴龙胆敢冒充监斩官，速让他来见朕，治他冒充之罪。”

陶三春道：“吴龙他不会来了！”

赵匡胤道：“他为什么不会来了？”

陶三春道：“我把他杀了。”

赵匡胤：“杀了？杀得好！他假传圣旨，冒充监斩官，是罪有应得。杀了他，也算是给三弟偿命。”

陶三春道：“偿不得的。一个堂堂王爵，一个小小五品官，相差十万八千里，如何能相等。”

赵匡胤哭丧着脸道：“唉，我说御妹呀，三弟已错斩，难以还阳。朕现在也无法赔你一个活三弟，难道你还要斩下朕的头来抵命不成？”

陶三春一听，不由一愣，一时答不上话来。

婉儿在一旁对陶三春说道：“为什么斩不得？斩得，斩得！那契丹主耶律，北汉主刘钧，哪个不想斩大宋皇帝的头颅。”

陶三春听后，不由愣了一下道：“赵匡胤的头是斩不得的呀！如自己坚持要斩，岂不成了叛逆？那样赵匡胤斩郑恩也就名正言顺了，自家还有什么冤可申？”

陶三春正在犹豫，只听赵普在赵匡胤身旁说道：“王妃娘娘，北平王忠肝包天，义胆盖地，为我大宋江山的创建，建下了盖世功勋，才能成为我大宋建国后，唯一以战功封王的大将。你这样做不等于给北平王脸上抹黑吗？北平王如泉下有知，也要恨你。”

陶三春愤然道：“你少在那里放屁，让昏君快快下来与我大战三百回合，无论他把我杀了，还是我把他杀了，这围城之兵都将自行解散，绝不损坏都城一砖一瓦。”

赵匡胤为难道：“三春贤妹，难道就没有其他更好的解决办法了？”

陶三春：“废话少说，快快下来与我决一死战！”

赵匡胤被激怒了，大吼一声，骂道：“不知进退的泼妇，待朕下来将你生擒活捉碎尸万段，方解我心头之恨！”骂完愤恨离去。

婉儿不无担忧地对陶三春道：“听说赵匡胤的武艺天下无敌，你我都没与他交过手，请王妃娘娘早做准备。”

陶三春：“君子一言，驷马难追！我既然向赵匡胤下了战书，就与他拼个鱼死网破。如果我杀了赵匡胤，便拥立赵光义当皇帝，十万兵马归顺朝廷。如果赵匡胤杀了我，你便将围城之兵全部解散，并永不谋反。请牢记我的吩咐，千万不可造次！”

婉儿含泪道：“娘娘，我记住了！”

少顷，只见赵光义跑上城头，大声叫喊道：“嫂嫂，皇兄已答应与你交战，但须约法三章。”

陶三春道：“哪三章？”

赵光义道：“一，你必须信守自己的诺言，无论你俩谁战胜谁，这围城之兵都要归顺朝廷，不得谋反。二，皇兄从正门出来，你的兵马必须退后五百步之外。三，皇兄与你交锋只许一对一，两军各自压住阵脚，只可各自击鼓助威，不许使用暗器冷箭伤人，更不得搞阴谋诡计。”

陶三春断然道："以上三条我保证做到，如生异心天诛地灭。快叫你哥哥出来决一死战！"随后一声令下，围城之兵撤离城门，在五百步之外虎视眈眈。

赵光义赶紧跑下城楼。

陶三春抓紧调兵遣将，排列阵形，向将士们宣布注意事项。随后又令士兵抬来二十面大鼓摆在阵前，一切准备妥当。陶三春威风凛凛地坐在马上，紧握双锤，两眼紧盯城门，单等仇敌赵匡胤出来拼命。

四十

城外驿道，骄阳似火。

弯弯曲曲的山路在树木茂盛的丘陵地带延伸……

尘土飞扬中，一望无际的兵马飞驰而来。

为首一员大将生得虎背熊腰，手持长枪，威风凛凛。坐下一匹洁白的大白马四蹄生风，长鬃在风中飘拂，雕鞍丝辔闪光，一面“高”字旗迎风招展。

一骑探马迎面飞驰而来。

高怀德急忙按住马头。

探马翻身下马，单腿跪地道：“禀报高将军，陶三春眼看就要将四道城门打破，京城十万火急，慕容将军令你快速增援。”

高怀德问道：“陶三春聚集了多少人马？”

探马道：“城外刀枪林立，人山人海，少说也有二十万之众，把京城围得水泄不通。”

高怀德问道：“此地离汴京还有多远？”

探马道：“少说还有八十里！”

高怀德对身边副将道：“传令三军，跑步前进！”

副将道：“遵令！”打马而去。

高怀德仰天长叹一声道：“既有今日，何必当初！”随后一甩马鞭，雪里白飞也似的狂奔起来。

大队兵马像决堤的洪水滚滚向前。

再说皇宫城外，陶三春坐在马上紧握双锤，两眼喷火，只等赵匡胤出来厮杀。她骑的火炭马似乎也等得不耐烦了，望着高大的城门仰头长啸。

陶家军的阵势森严，男女将士人人摩拳擦掌，个个杀气腾腾。看那阵势，他们随时都可能扑上去，将赵匡胤撕得粉碎，为他们的女主人报杀夫之仇，以解心头之恨！

突然城内鼓声大作，城门徐徐打开。

赵匡胤率三千铁骑从城内奔出一字摆开，排成阵势，阵前亦是二十面大鼓助威。

陶三春放眼望去，只见黄罗伞下，赵匡胤纵骑提棍而来，狮蛮兽带，金甲银袍。赵匡胤束装非凡，人才出众，竟惹得三春身后的女兵们一片哗然。

婉儿握剑在手，怒视着女兵低声怒吼道："放肆！"

赵匡胤打马提棍奔到陶三春面前叫道："三春贤妹，朕一向待你不薄，为何逼寡人太甚？"

陶三春圆睁双目，手指赵匡胤骂道："呸！谁是你的贤妹？你这不仁不义的匹夫，我和郑恩为你大宋江山立下天大的功劳，你不知恩图报，反而干起过河拆桥、卸磨杀驴的勾当……"

赵匡胤拱手施礼道："人非圣贤，孰能无过？寡人误杀了郑贤弟悔恨不已。万望贤妹看在我们过去的交情上，以国家社稷为重，朕愿意答应你的任何要求。"

陶三春冷笑道："我只有一个要求，不知圣上可答应否？"

赵匡胤道："只要你肯撤兵，不再为难寡人，别说一个条件，就是三百个条件，朕也答应于你。"

陶三春道："我只要你一样东西！"

赵匡胤道："什么东西，请贤妹快快道来！"

陶三春咬牙切齿道："人头！我只要你的人头来祭奠我那屈死的丈夫！"她的话音未落便拍马提锤，直取赵匡胤。

赵匡胤勃然大怒，亦提棍出马。

两马相交，锤棍并举，两员战将转灯笼般的在阵前厮杀，棍来锤往，铜锤铁棍舞得旋风一般，已分不清哪是锤棍，哪是人马。两军阵前鼓声大作，呐喊之声震天动地，岳撼山摧。

陶三春与赵匡胤大战了三百回合仍不分胜负，那边赵光义怕皇帝有闪失忙鸣金收兵，这边婉儿也怕三春受挫，也鸣金休战。

陶三春、赵匡胤各策马回阵。

陶三春稍息片刻，索性卸去盔甲，着一身素装，纵身跃上马背，跑到阵前挑战赵匡胤道：“昏君，还敢与我大战三百回合否?”

赵匡胤亦脱了盔甲，也不搭话，拖棍上马，直奔陶三春而来。

二人又大战在一起，棍锤相碰，铿锵有声。那边赵匡胤犹如蛟龙出海，一条重八十斤的熟铁棍舞得八面生风；这边陶三春好比猛虎下山，一对八十斤的大铜锤，如雨点般的向赵匡胤浑身上下砸去。

两军人马看得痴呆了，鼓手忘记了擂鼓，士兵忘记了呐喊，生死战场变成了看戏的剧场。

二人又斗了百余回合，赵匡胤的棍法开始出现混乱，而陶三春却愈战愈勇，上一锤、下一锤，左一锤、右一锤，锤锤都朝着赵匡胤的致命处打去，赵匡胤渐渐地只有招架之功，没有还手之力，两军士兵又开始擂鼓呐喊，各为其主。

赵匡胤一边招架，一边求饶道：“三春妹妹放我一马，寡人愿让你半壁江山。”

陶三春杀气腾腾道：“放心，你死之后由光义兄弟当皇帝，陶三春将隐居山中，绝不要你赵家一寸土地!”

赵匡胤还想说什么，只见陶三春双锤直面砸来，想躲也来不及了，“哎呀”一声往后便倒。

陶三春双锤抡空，由于用力过猛，身子失去平衡，猛地扑倒在赵匡胤的马背上，二人一同滚下马来，兵器都已丢失，便又赤手空拳地格斗起来。

两军阵前一片惊慌，但又不敢轻举妄动，一是双方有约在先；二是害怕反误伤其主，只好眼睁睁地看着二人在地上扑来扑去，拳来脚往。

二人都是学的少林功夫，赵匡胤擅长用腿，陶三春则擅长用拳，加上她又练就一身轻功，身轻如燕，飞檐走壁，面对赵匡胤的致命腿功，她左劈右挡，纵跳腾跃，博得两军阵前士兵阵阵喝彩。

好一场恶斗，双方都有皮肉之伤。陶三春将赵匡胤的鼻子打歪，而她的嘴也吃了赵匡胤一脚，鲜血直流。

二人你来我往，赵匡胤转身又一脚朝陶三春胸口踢去。

陶三春纵身跃起，在空中使出她的看家本领——双拳灌耳，以迅雷不及掩耳之势将赵匡胤打倒在地。

两军阵前一片惊呼。

正当陶三春要向赵匡胤打出致命的黑虎掏心拳时，只听见脑后传来一声大吼："陶三春休得无礼！"

这一声吼叫如同天上滚过一声炸雷，两军阵前一片哗然。

陶三春猛地回头一看，原来是高怀德赶到。

高怀德滚鞍下马，双手将赵匡胤扶起，自己站在二人中间，从中调停。

高怀德道："圣上、嫂子，你们交手多时，双方都受了伤，今日先各自回去，明日再战如何？"

陶三春杀得性起，哪肯就此罢休？她跳着双腿叫道："高兄弟，我今天若不杀了这个昏君，誓不收兵！"

高怀德脸色一沉，厉声道："三春嫂子，你知道小弟是说一不二的性子，我今天的劝告你听也得听，不听也得听。我从归德带回来的十万人马驻扎在十里以外暂不进城，你的围城兵马也可以先不撤退。皇上先回宫休息，我到三春嫂子府上去做客，咱们痛痛快快儿地喝他几杯。我想，这个面子嫂嫂不会不给吧？"

高怀德不由陶三春再分说什么，挥手朝宋军阵前一招，大声叫道："光义兄弟，还不快把皇上接进城去更待何时？"

赵匡胤也趁此难堪地往本阵快步走去，由赵光义、范质等人扶着进城去了。

高怀德松了一口气，微笑着对陶三春道：“嫂子，我们也走吧！”

陶三春瞪了高怀德一眼，无可奈何地摇摇头，转身向身边将士作了继续围城的吩咐，然后叫上婉儿，跟着高怀德打道回府。

四十一

一盏盏宫灯把内苑照得如同白昼。

赵匡胤脸上贴着一块膏药，神情沮丧，烦躁不安地在后殿里踱步。

宫女、内侍恭立一旁。

李太监跨进殿门，禀报道：“归德刺史高怀德求见。”

赵匡胤眼前一亮，大声道：“快宣他进殿！”

高怀德走进殿来行完跪拜礼，赵匡胤令他上前坐在身边说话。

赵匡胤道：“陶三春这个可恶的女人，要不是高爱卿及时救驾，寡人险遭她的毒手。今日栽在一个女人手里，毁朕一世英名。此妇不除，朕日后何以治天下？”

高怀德道：“皇上应以天下为重，古人云：小不忍则乱大谋。陶三春乃当今盖世女杰，不仅武艺出众，还才华超群，是一位不可多得的人才。人非草木，孰能无情？陶三春与她丈夫郑恩何等恩爱，却不幸被皇上错杀，你叫她如何不恨，如何不恼？然而陶三春却是一位通情达理、顶天立地的女丈夫，我对她一番开导，并晓以利害，她的火气基本上平息下来。依臣之见，只要皇上主动前往陶三春府上赔礼道歉，我想完全可以化干戈为玉帛，使这场危及国家安全的汴京之乱和解平息下来。”

赵匡胤道：“你要朕怎样？”

高怀德道：“明天上午皇上亲去郑恩灵前祭奠一番，并当众向陶三春谢罪，臣敢保证她断然撤兵，不再反复。”

赵匡胤犹豫不决道："陶三春一家老小恨不得生吞了寡人，高爱卿此番要我进北平王府，这不等于让我入虎穴吗?"

高怀德道："不入虎穴，焉得虎子！皇上勿虑，臣将亲自保驾前往，如有半点差错，臣愿以脑袋担保!"

赵匡胤道："如此说来，你已与陶三春谈妥?"

高怀德道："皇上英明！只要皇上依了陶三春四个条件，她便马上撤出围城之兵，保证不再纠缠皇上。"

赵匡胤见到高怀德回城，心想他定有办法解决今日难题，心中便安定下来，听到陶三春要提出四个条件，忙问道："哪四个条件，请高爱卿快快讲来!"

高怀德道："第一件，北平王王爵由郑家后裔世代承袭，以后郑家子孙如有犯罪当斩，一律不得处死。"

赵匡胤道："可以，可以，朕可以发下丹书铁券为证。"

高怀德道："第二件，必须依王礼厚葬北平王，皇上要亲自戴孝到场拜祭，并在灵前认错。"

赵匡胤道："可以，可以，朕不仅要亲自拜祭，还要让满朝文武官员，一律前往拜祭。"

高怀德道："第三件，陶三春要你脱下龙袍，让我送过去她要斩为两段，以解皇上错杀郑恩之怨气。"

赵匡胤沉吟一下，说道："这个，这个……"赵匡胤为难地自语道："朕就受这一次污辱，化解这段冤仇，也算是郑恩最后一次胡闹吧！好，朕也答应于她！她还有一件什么要求?"

高怀德："皇上必须大赦围城之兵无罪，陶三春方敢撤兵。"

赵匡胤道："这很简单，朕下旨便是。"赵匡胤解下身上绣龙黄袍，递给高怀德。

高怀德双手接过龙袍，以手加额道："皇上能有如此胸怀，这也是我大宋国民之洪福！我马上再去北平王府把圣意转告陶三春。"说完快步走出后殿。

高怀德前脚刚走，一太监又匆忙跑来禀报道："禀报万岁，韩妃娘娘悬梁自尽了。”

赵匡胤听了，有如高楼失足，匆匆跟随太监向桃花宫跑去。

赵匡胤匆匆赶到桃花宫，抱着韩素梅的尸体痛哭。

一宫女捧给赵匡胤一封韩妃的遗书。

赵匡胤接过遗书，耳边仿佛响起韩素梅的声音：“臣妾得知郑恩、吴龙的死讯后，内心十分不安。吴龙庸碌市侩死不足惜，但那郑恩却是一个纯真朴实的好人，又是跟随你出生入死的结拜兄弟，为你建立大宋王朝立下汗马功劳，却因臣妾表兄吴龙来京闹出天大事来，以致身首异处。陶三春与我是儿时至交，她的夫君却死于臣妾之手，臣妾有何面目再见陶三春？再说皇上准备立臣妾为皇后，遭到满朝文武反对，臣妾也思考再三，像我这样出身低贱的人，一旦立之为后，岂不被世人传为笑柄，有损天子尊严……”

赵匡胤泪眼汪汪地长叹一声道：“韩爱妃，假若还有来世，寡人与你再续世缘！”

四十二

暗淡的夜空，一缕清冷的月光从后花园的葡萄架枝叶缝隙中斑斑驳驳地洒落在地上，也洒落在陶三春的身上。

依然全身挂孝的陶三春坐在葡萄架下，怀抱琵琶，泪流满面。琵琶以它那沉重的色彩渲染了整个夜空，饱含着深沉的悲愤和揪心的哀怨……

高怀德悄悄出现在陶三春身后，他不忍心打断她的愁绪，倚靠在一棵树上，紧蹙双眉，仰望夜空，凝神思索。如诉如泣的“阳关三叠”琵琶乐曲飞向夜空，飘得很远很远……

哀怨凄婉的琵琶声，从陶三春的脑海里呼唤出当年的童年往事……

村头浓烟滚滚，火光冲天；

如狼似虎的北汉兵在疯狂地烧杀抢掠；

村子里响起一片哭喊声：“契丹来了！”

举着火把的契丹兵，在一具具男女百姓尸体上踏过；

一匹匹战马驮着抢来的年轻妇女和各类财物在瓦砾上奔跑，嘶叫；

一群士兵冲进陶三春的家，光天化日之下强暴母亲黄巧儿；

八岁的陶三春与十几个士兵展开搏斗，终因寡不敌众被打昏在地。

哀怨凄婉的琵琶声戛然而止。

陶三春抬起泪眼，仰天长叹道：“穷苦百姓饱经五代十国历时二百七十年的战乱，需要安宁，国家不能再乱下去了。”

静候多时的高怀德一步跨进去，接住陶三春的话头说道："嫂嫂说得对，我们打了多少年仗，死了多少弟兄才统一了天下，取得了今天国泰民安的太平局面啊！"

陶三春连忙起身施礼。

高怀德道："皇上已答应了你提出的四个条件，赐你尚方宝剑一把，可上斩天子，下斩百姓。我认为赵匡胤还算是一位开明皇帝，他既已认错让步，你也就此罢休。等皇上明天祭奠完毕，你就解除心头之恨，好好教导印儿，早早继承北平王位。"

陶三春低头不语。

高怀德道："大宋初建，亟待树立新朝威风，所以赏罚必须分明，才能服众。郑兄这次在闹市上，公然撕碎诰命，踩烂官帽子，这都是轻视朝廷，对皇权犯下了大不敬之罪。当时那事已传得满城风雨，人人皆知，如不加严处，国家根基岂不动摇了？"

陶三春道："可是郑恩不同于别人，他是个大字不识的浑人，不懂朝廷礼节，应当情有可原。再说他是开国元勋，于国家有大功，即使治罪，也应考虑到他功大，从轻处罚，不应砍头呀！何况他又是赵匡胤最要好的患难兄弟，更应留情。"

高怀德叹口气道："我早已料到，必有这一天到来，却不料来得这么快。别人可以将功折罪，从轻处罚，唯郑兄不能从轻。讲私情，万岁是不愿处罚郑兄的。于国法，又不能不处罚。"

陶三春不解道："这又是为何？"

高怀德道："试问郑兄在万岁登基的那天，在下面为柴宗训打抱不平，喊着皇上名字叫骂，成何体统？万岁强忍下来，把他迁出城外养起来。如果这次不严处，以后说不定又会闹出别的更严重的事来，使皇上毫无威严，大宋江山也会因此断送。所以从公上讲，实难以顾全私谊，万岁也只好忍痛斩他。"

陶三春经高怀德这么一说，才省悟过来。她又说道："公与私冲突，为了国家，自然只好牺牲私谊。但让与郑恩是多年在刀丛枪林中滚爬出来的兄弟们上一保本，也略尽情谊。即使明知不准，从心里来说，也总算尽到了人情，心安一点了。”

高怀德频频摇头道：“要说情谊，对郑兄尽最大情谊的，还是万岁，若允许那帮兄弟上本，便帮了倒忙，坏了大事。”

陶三春愕然道：“上本保奏，这怎么能说成是帮倒忙？”

高怀德道：“万岁下旨紧闭宫门，称醉不见任何人，是怕有人去上本保奏。万岁已下决心斩掉郑恩，才能避免国家法令不行，皇权遭到亵渎，但内心上是不愿给郑兄加上罪名。如有人上保，万岁看后不准，那等于承认郑兄确实有罪当斩。一旦定为有罪，王位自然也要取消。而称醉不醒，不见任何人，不看任何保本，待斩了郑兄以后再露面，那这可以推说是酒醉错斩，这才是最聪明的做法。既是错斩，郑兄就可不承担任何罪名，他的北平王爵就可保留下来，传给子孙。嫂嫂，你想万岁给郑兄留下多深的私谊。如果不是讲私谊，只需一声令下，郑兄犯了欺君大罪，简单得很，何必费这么大的周折去装醉。但那样一做，郑兄一切都完了。”

陶三春听了，惊得话都说不出来了，向高怀德深深一揖，落下两行泪来。

高怀德道：“刚才小弟与皇上咨询错斩北平王的经过时，皇上亲口给我讲了他的心里话。这件事乃是万岁聪明睿智的表现，不是有胆有识的大能人，绝做不出来。当然这件事的罪魁祸首，乃是那个吴龙。若不是他跳出来煽风点火，郑兄也不至于落得如此下场。”

陶三春被高怀德点透，便心服口服道：“一切听从怀德兄弟安排。”

高怀德道：“还有，你明天必须保证皇上及文武百官的安全，这可是小弟用脑袋担保了的啊！”

陶三春长叹一声，默默地点了点头。

高怀德道：“皇上已将他身上龙袍脱下让我带给你，走，咱们到郑兄灵前斩龙袍以了你的心愿。”

高怀德跟着陶三春来到郑恩的灵堂，只见石守信、王审琦、张令铎、赵颜微等人正在郑恩灵前祭奠。阴森森，凄惨惨，烛光闪闪，香烟袅袅，纸钱黑灰满屋飘散。

陶三春用悲痛的眼神一一与众人打过招呼。

高怀德向郑恩祭奠一番之后，从怀里掏出龙袍抛向空中。

陶三春早已拔剑在手，见龙袍飘下，奋力挥去，早将龙袍斩为两段，又狠狠地在龙袍上踩了几脚，然后又用剑尖穿了十几个窟窿，仰天大笑，却带着哭声，喊道："老郑啊，我已把那昏君斩了，你放心去吧！"

陶三春随后将众人带进客厅，婉儿早已备好了茶水。

陶三春向众人施礼。

石守信道："咱们都是一帮出生入死的患难朋友，不必客气。"

陶三春道："各位请用茶！"

众人寒暄之后，少不了一番闲谈叙旧。

陶三春神色黯然道："我从小跟父亲学到了一身好武艺，与郑恩完婚后便跟着你们南征北战，谁知我们帮赵匡胤把江山打下来后……"

石守信道："嫂子，你是一位深受百姓爱戴的女中豪杰，望你节哀顺变，以国家社稷为重，以国泰民安为重。天下百姓都企盼你忍辱负重，委曲求全。郑恩和我们这帮人的功过是非，历史自有公论，就留给后人去评说吧！"

张令铎道："嫂子，你看在我们这帮老朋友的面上，就原谅了皇上这一遭吧！若你这样做了，你将留下一世英名！"

陶三春噙着眼泪道："承蒙各位兄弟教诲，明天只要赵匡胤诚心诚意到郑恩灵前谢罪并答应了我提出的那四个条件，陶三春即刻撤兵，永不再反。"

高怀德兴奋道："好，咱们就这样说定！"

四十三

第二天一早，高怀德亲率数百精兵簇拥着赵匡胤和文武百官缓缓走到北平王府门前。

赵匡胤身着孝服，挂着一口宝剑，站立门前。

李太监大叫一声道："皇上驾到，请王妃娘娘陶三春接驾！"

北平王府总管陶虎一行人慌忙跑出来跪在地上。

独不见陶三春出来接驾，众人面面相觑。

李太监又大叫一声道："陶三春接旨！"

全身孝服的陶三春从容不迫地走出来，极不情愿地跪下。

赵匡胤赶忙走过去，双手将陶三春扶起来道："贤妹免礼，就站着听旨吧！"

李太监宣旨道："奉天承运，皇帝诏曰：北平王郑恩子孙世袭王位。封郑王妃陶三春为钦差大臣，赐尚方宝剑一口，上可斩天子，下可斩百姓，先斩后奏。钦此！"

赵匡胤解下腰中宝剑，双手递给陶三春。

陶三春接过圣旨和尚方宝剑又跪地谢恩，赵匡胤再次将她扶起。

众人悬起的一颗心方才放下，高怀德紧握宝剑的手始松开，脸上露出满意的微笑。

赵匡胤道："贤妹，快带寡人前去祭奠三弟！"

陶三春一欠身道："皇上请！"

高怀德、赵光义、范质、赵普、李太监等人随同赵匡胤向郑恩灵堂走去。

李太监将祭奠之物摆放在郑恩灵前，赵匡胤亲自燃香祭酒，跪倒在地口诵祭文道：“呜呼三弟，被朕误伤，寡人糊涂，铸成大错，悔恨不已！回想当年，雄姿英发，为国为民，南征北战，功盖千秋，忠义英名，永垂百世。呜呼贤弟，生死永别，哀弟情切，断肠千结。悲呼痛呼……”

赵匡胤祭文还没诵完，便伏地放声痛哭，泪如泉涌，悲惨不已。

文武百官聚集在郑恩灵前，无不为皇帝真情所动。

一老臣叹息道：“皇上真情可表，北平王实为误杀。”

另一老臣道：“万岁爷与北平王是生死之交，你想他误杀了北平王，此时的心情是别人难以体会到的！”

又一老臣道：“皇上杀了北平王，满朝文武百官，心中都十分明白，这并不是什么错斩，而是为了维护皇帝至高无上的尊严。像北平王那样与皇帝有极深关系，触犯朝纲，仍然要斩首，其他人就更不必讲了！”

开先说话的那位老臣道：“自此以后，满朝文武，都将会小心翼翼，不敢再有一点违法乱纪的行为了。”

另一老臣道：“如此这样，皇上的绝对权威，很快就会牢牢树立起来。”

突然灵堂背后传来一片惊天动地般的呐喊声，几十个蒙面人鱼贯而入，只见寒光一闪，几十种兵器同时向赵匡胤头上砍去。

李太监一声惊呼道：“救驾！”

陶三春、高怀德等人拳脚相加，闪电般将这伙蒙面人全部打翻在地。

陶三春、高怀德撕下为首的几个蒙面人面上黑布，众人发出一片惊呼，原来却是陶三春的儿子郑印、女儿郑姣娥，高怀德的公子高虎、女儿高英和那帮被夺去兵权的老将们的子女。

陶三春一阵拳脚将郑印和郑姣娥打得满地翻滚，并拔出尚方宝剑要斩杀二人，却被赵匡胤制止。

高怀德一把揪住高虎，劈头盖脸就是几拳，当即打得头破血流，怒喝道："小畜生，如实招来，你们受何人唆使，谁是你们的主谋?"

高虎跪在地上圆睁双目，怒视着赵匡胤道："皇上做得太过分了！没有什么主谋，也无人唆使，是我们自发所为。"

赵匡胤走过去双手将跪在地上的高虎、郑印、郑姣娥一一扶了起来，哈哈大笑地对其他孩子说道："起来，大家都起来吧！朕不但不责怪你们，反而为你们的行为感到高兴。因为我从你们身上看到了国家的未来，老子英雄儿好汉，我们大宋后继有人啦！哈哈……"

高怀德朝那帮孩子一声怒吼道："大家还不跪下感谢皇上不杀之恩?"

众男女小孩一起跪倒在地，齐声高呼道："谢皇上不杀之恩!"

赵匡胤哈哈大笑道："各位贤侄快快请起，朕恕你们无罪!"

众人一起哄堂大笑起来。

赵匡胤和文武百官吊孝祭奠完毕，回宫去了。

陶三春对留下来的高怀德道："汴京已不是我们孤儿寡母久留之地。"

高怀德道："皇上已封我为兵马大元帅，有本帅保护，谅他也不敢再为难于你!"

陶三春道："我羞辱了皇上，他早晚必加害于我。经过反复思虑，还是离开这是非之地为好。"

高怀德道："嫂嫂打算前往哪里?"

陶三春道："怀德兄弟经常讲你在集州（今四川省南江县）当刺史的情景，我常常被那儿的自然风光和风土民情所动，便对那一带的历史作过调查，当年武则天把她的儿子也就是章怀太子贬到巴州，后来隐居在集州；唐朝中期大诗人李商隐到过集州，留下了千古绝唱的诗句《夜语寄北》；大诗人李太白也到过离集州不远的剑门关，留下了“蜀道难，难于上青天”的著名诗句。我打算把夫君的灵柩也带到集州，让他长眠在大巴山上。我和印儿、姣娥隐居巴山，过那种男耕女织的生活，永远不再涉及这人世红尘!”

高怀德道：“巴山虽然风景如画，然而路途遥远……”

陶三春道：“怀德兄弟，我去意已决，就不必多言了。”

高怀德长叹一声。

几天之后，汴京城郊外的大道上，几十名吹鼓手走在最前列，惊心动魄的哀乐声响彻原野。

紧随乐队之后的是全身挂孝，手提铜锤，腰悬宝剑，骑着乌骓马的陶三春。

跟在陶三春身后的是安放郑恩的棺材。

之后是十几辆车马和几百名王府亲兵和管家仆人。

长长的护丧队伍，在悲壮、肃穆的气氛中缓缓而行。

高怀德远远地骑在马背上，望着这支令人心碎的队伍，落下两行泪珠，仰天长叹道：

“既有今日，何必当初啊!”

四十四

连绵不绝的大巴山雄奇、高峻，笼罩在云雾之中，永恒地沉默着。

绵延的林带，舒缓，秀美。

山谷里，隐隐约约传来“叮咚、叮咚”的砍柴声。

两边山上如期而至的山歌，深沉、凝重……

一队车马和行人在云雾中时隐时现，人们慢慢地看清楚了，原来是陶三春的家眷队伍，在王府亲兵的护送下缓缓而行。

在通往集州的大路上，呈现出一派春末的农家景象。

春旱已久，部分田地龟裂，秧苗枯萎。

妇女们背水救秧苗，一脸愁苦。

陶三春见一个背着孩子的年轻女子给田间劳作的人送茶水，走上前去问道：“姑娘，这是你的小弟吗？”

姑娘回答道：“不，是我的男人！”年轻女子低着头，提着茶壶匆匆离去。

陶三春大惊。

一中年妇女走过来。

陶三春拦住问道：“她，她怎么嫁这么小一个男人呢？”

中年妇女回答道：“十几岁的大姑娘嫁给一个几岁的小丈夫，实际上是买来的一条牲口，孝敬公公婆婆，伺候小丈夫，煮饭喂猪，打柴割草，还要下地干农活，经常挨打挨骂，还不给饭吃。小丈夫长大了才圆房，还要等十多年。小丈夫长大了姑娘人老珠黄了看不起给休了，特别是那些被公公霸占了的姑娘，被长大的丈夫休了而上吊投井，光在我们这个村里就有十多个。”

陶三春道：“怎么会这样呢?”

中年妇女道：“你们不是本地人吧?”

陶三春点点头。

中年妇女道：“这叫童养媳，在我们这里十分普遍。”

陶三春愕然道：“怎么光你们女人下地干活，男人呢?”

中年妇女道：“我们都是孤儿寡母守着家，男人们跑的跑了，有的当了土匪，有的被官府抓去做苦役。”

陶三春感叹地对婉儿道：“这一带的妇女太苦了!”

古柏参天、阳光从大树枝叶的空隙中斑斑驳驳地洒在古道上。

远处山影绰绰、迷雾袅袅，更伴有猿啼虎啸。

陶三春和婉儿一行走进皇柏林，被如此壮观的情景吸引，三春下令队伍在此小憩。

五个士兵走到一棵大树前，用手合围都没合下来，众人一片惊叹。

陶三春对众人道：“这就是誉满天下的皇柏林，也叫张飞柏。”

婉儿道：“为何叫张飞柏?”

陶三春：“赤壁破曹后，刘备任命张飞为宜都太守、镇虏将军，封新亭侯，后转守南郡。建安十六年刘备入益州进攻刘璋，张飞与诸葛亮兵分两路，诸葛亮溯江而上，张飞经米仓道经集州攻取巴州（今四川省巴中市）的路上，命令士兵沿途大量种植柏树，后人又称之为张飞柏。”

婉儿道：“真可谓前人栽树后人乘凉！张飞活捉严颜史书中文字记载很少，好像不怎么费力便将严老头儿给擒住了。”

陶三春道：“严颜为巴州太守，乃蜀中名将，年纪虽高，精力未衰，善开硬弓，使大刀，有万夫不当之勇，还有武功超群的侍女芸香和雷铜为左臂右手，更有足智多谋的严夫人为谋士，根本不把张飞放在眼里。如果张飞轻而易举地将严颜擒了，那张飞便不是张飞，严颜也便不是严颜了！”

众人大笑。

陶三春道：“川北地区的历史典故可不少。利州（今四川省广元市）是武则天故里，武氏为篡夺皇权，武则天先后用‘毒’、‘贬’、‘废’、‘囚’等计谋除掉四个皇子，于载初元年，以六十七岁之龄在洛阳当上了‘圣神皇帝’，改国号为周。不久便命丘神勋赶到巴州，强逼李贤自尽。太子死时，年方三十一岁，遗体葬于巴州城南南龛坡下。周长安四年武则天死后，李贤被追封为章怀太子。”

老管家陶虎道：“巴州历史上还出了这么重要的几个人物！”

姣娥道：“娘，你从没到过此地，咋这么熟悉这儿的情况？”

陶三春道：“这些都是你叔叔高怀德给我讲的。他十八岁从父北征为后晋立下大功领罗州刺史，后汉时又改任集州刺史。他在此地任职时间最长，做了大量有利集州百姓的大好事，是集州最重要的历史人物。”

姣娥道：“难怪！”

陶三春道：“经常听你高叔叔介绍集州的历史文化自然景观和风土民情，我被他叙述的巴山蜀水所吸引，也是我这次执意要到集州隐居的根本原因。听你高叔叔讲，集州位于米仓山脚下有个官坝乡五郎沟村，四面环山，是一块天然的隐居场地，据传萧何月夜追韩信的故事就发生在那里，韩信帮助刘邦开创大汉王朝，如果萧何追不回韩信，那么中国历史便将由楚霸王项羽来改写了！唐代大诗人李商隐也在此地生活过一段时间，‘君问归期未有期，巴山夜雨涨秋池；何当共剪西窗烛，却话巴山夜雨时’便是他在这里留下的著名诗句。咱们就在那里安家，建造一个陶家寨，我们先在集州城中暂住一段时间，由老管家带上这些兵士前往建造，争取用不超过一年的时间来完成。待人马安顿下来之后，我亲自走一趟去查看地形选址，择日破土动工。”

陶虎道："王妃娘娘放心，我保证尽快完成任务！"

皇柏林中，传来伐木声。

陶三春大惊道："有人偷砍皇柏树！婉儿，你速带人前去查看。"

婉儿带领几个士兵飞快钻进树林，片刻押出来几个砍树人，跪在陶三春面前。

陶三春怒喝道："都起来说话吧，你们几个吃了老虎胆，这是历代皇上诰封的皇柏树，你们也敢砍？"

几个砍树人齐声诉苦道："是张刺史逼着我们为他的老母砍寿木。"

陶三春火冒三丈道："你们马上转告他，砍一棵罚他栽十棵，如果死掉一棵，我就要他的狗命！"

几个砍树人齐声道："你们只是过路的，张刺史未必听你们的话，弄不好我们还要掉脑袋。"

婉儿拔剑在手，厉声喝道："瞎了你们的狗眼，这位夫人可是威震天下的女将、北平王王妃！"

几个砍树人吓得面如土色，一齐跪倒在地，把头磕得像鸡啄米样求饶道："我等有眼不识泰山，王妃娘娘陶将军名字如雷贯耳，今日见到活菩萨尊容却当成过路人。我们该死、我们该死！"

陶三春喝令道："好啦、好啦，你等快走吧！"

几个砍树人还跪在地上不敢起来。

婉儿拔剑一声怒吼道："滚！"

几个砍树人吓得连滚带爬消失在树林深处。

陶三春下令道："我们也出发吧，直奔集州城。"

四十五

山影绰绰、迷雾袅袅，千年集州古城风景如画。

大堂坝热闹非凡，男女老少背着背篓，从四面八方云集到这里进行物资交易，讨价声、还价声不绝于耳。

陶三春一行人来到集州闹市大堂坝。

七八个衣衫褴褛的乡下人拦住去路，高声叫道："外地来的活菩萨，请给我们一点活命钱吧！"

陶三春问道："你们这伙人是怎么回事？"

一个光着膀子的汉子道："我们都是官坝乡五郎沟村的穷苦百姓，世世代代在那里耕种，本本分分地过日子。不期连续三年大旱，收成甚微，官府的租子却分文不少。更可恨的是最近从北边来了一伙土匪霸占了我们村子，男人强行拉去当土匪，女人拉去当压寨夫人。我等所幸逃了出来，可怜我们吧！"

陶三春："你们为何不去找官府？"

光膀子汉子道："找了没用，官府根本不管我们死活。"

一个年轻小伙子愤恨地道："官府不但不管，官兵还把我妹妹抢走，如此爹娘一病不起。"

陶三春愤愤道："天理不容的狗强盗！小兄弟你叫什么名字？"

年轻小伙子道："我叫刘清。"

陶三春道："好名字，留着青山在，不怕没柴烧！莫着急，我肯定帮你把妹妹从官府要出来。"

众人半信半疑地望着陶三春，齐声道："我们腰无半文，没有一粒粮食，都三天没吃饭了。”

陶三春道：“发给你们每人一两银子暂且度日，两天后给我们带路去剿灭那伙土匪，帮你们重整家园。管家，把银子发给他们。”

陶虎一一发给众人银子。

刘清道：“恩人，我等还不知道你们的来历，请问你们是从哪儿来，要到哪儿去，官府都不敢惹的土匪，就凭你们这几个外地人，何况大都是些女人，就能撵走他们？”

婉儿正色道：“你等可听好了，我们可是威震天下的陶家军，夫人便是北平王妃！”

众人大惊，一齐跪倒在地，磕头不已。

陶三春对刘清道：“小兄弟记住了，两天后到集州客栈来找我领回你的妹子，并带我们前往官坝五郎沟村。”

一伙人闻言翻身爬起来，谢恩而去。

陶三春带着婉儿、郑印、姣娥一行在街头慢步行走。

街头传来一片叫好声，陶三春抬头一看，原来是一个卖艺少女在那里摆弄枪棍，把一条长棍舞得云遮雾绕，赢得看热闹的人阵阵喝彩声。

一伙黑衣人悄然出现，领头的大汉分开众人，信步走到卖艺少女身旁，双手一抱拳道：“乖妹妹，你让我找得好苦哇！”趁机在卖艺少女胸前抓了一把。

卖艺少女以闪电般的动作连续扇了黑衣大汉几个响亮耳光。

黑衣大汉怒斥道：“臭娘们儿，竟敢在老子面前动武，看剑！”遂挺剑而前，欲擒卖艺少女！

卖艺少女举刀迎击，黑衣大汉持长剑在手，步步进逼，追刺。

姣娥见状，赶忙拔剑前去相助。

黑衣大汉大怒，使出“封喉”剑术，欲伤姣娥。

姣娥一个“鲤鱼翻身”躲开剑锋，使出“双龙出海”之剑法，直逼黑衣大汉。

郑印也挥刀围上，黑衣大汉举起双剑腾空来一个“双剑叉鱼”，左右并刺，欲置郑印和姣娥于死地！

婉儿见势不妙，飞燕展翅腾空而起，举双拳向黑衣大汉头顶袭来，大汉横举双剑，用力一推，把婉儿挡了回去。而后大汉手腕一转，剑锋直向婉儿小腹刺去。怎料婉儿轻功了得，轻轻一跃，跳到大汉身后，稳稳落地，就在落地时缓冲蹲下，拾起地上一把大刀向大汉的小腿砍去。大汉一转身，持剑由下往上一挑，挑开婉儿的大刀，剑锋忽地转而向婉儿脖颈刺去。婉儿不慌不忙，不断转动手腕，架开大汉又快又狠的双剑，并不断向后迈步。大汉察觉婉儿内功深厚，持剑的虎口被震得发麻，不由得大惊失色道：“娘们儿武功了得，看来不是等闲之辈，李某甘拜下风。弟兄们，跟我撤！”

呼哨一声，一伙黑衣人便消失在人群里。

陶三春问那卖艺少女道：“这一伙是什么人，你怎么跟他们结上了仇？”

卖艺少女道：“禀报恩人，与我们交手的这人是巴山彪子军二头目李文广。大头目叫王鼎，好几千喽啰，长期盘踞在秦巴山区打家劫舍，祸害百姓，我父母均死于他们之手。”

陶三春道：“官府为何不派兵去进剿？”

围观人群中一位长者道：“这位夫人有所不知，这个王鼎精通十八般武艺，一般人哪是他的对手。只有当年高怀德大人当集州刺史期间，这伙强人隐藏在秦巴山区不敢妄动。高大人走后新上任的刺史是个软弱的文官，上任不到一年便被一个来路不明的人撵跑并投入牢中，他便是现任刺史张天乙。王鼎趁机卷土重来，杀人放火无恶不作。张天乙与王鼎内外勾结，搭伙鱼肉集州百姓。”

陶三春恨恨道：“朝廷这笔糊涂账，一定要清算！”

卖艺少女上前给陶三春叩谢道：“多谢夫人救命之恩！彩云

我上无双亲，下无姐妹兄弟，请恩人收下彩云给您做丫鬟吧！”说完便跪在地上。

陶三春双手扶起彩云道：“你的手身不凡，是跟谁学的？”

彩云道：“我爹爹以前是高大人高刺史手下的管账先生，见高大人武艺高强，便跟他学了几手，以作防身之用。后来爹爹又传授给我。父母遇害后，我便靠学来的这点本事在街头卖艺混口饭吃。谁知又被王鼎这个魔头给盯上了。”

姣娥道：“加入我的陶家军吧，以后便没人再敢欺负你了！”

陶三春道：“婉儿，就把她交给你了。待陶家寨建好后，你就负责组建一支陶家娘子军，不仅守家护院，而且也保一方百姓平安。”

婉儿道：“王妃娘娘放心，小女保证完成任务！”

张天乙带着几个打手大摇大摆地走过来。

彩云道：“恩人，来者便是张天乙！”

陶三春道：“来得正好！”

张天乙道：“你们是什么人啦？敢在本老爷的地盘上聚众闹事！”

张天乙见陶三春和婉儿美如天仙，顿时眉开眼笑地对几个打手道：“来呀，将这几个女人给我带回府上去。”

几个打手一拥而上，企图擒拿陶三春。

婉儿大吼一声道：“来呀，来呀！”挥拳打得几个打手东倒西歪。

张天乙大吼一声扑向陶三春。

陶三春几个耳光打得张天乙鼻青脸肿，眼冒金星，撒腿就跑。

陶虎亮出尚方宝剑，吼道：“哪里跑，王妃娘娘在此，还不快快跪下请罪！”

张天乙顿时瘫软在地。

四十六

陶三春高坐在大堂上，婉儿抱着尚方宝剑立在一旁。

张天乙跪在堂下，举目四下一望，身后站立着许多围观百姓，除了堂上原先的公差，还多了几十个陶三春的兵将，身子不由得一阵哆嗦。

陶三春威严道："升堂！"

堂下陶家兵将一起喝将起来："升堂——"

陶三春道："张天乙藐视朝廷王法，胆大包天，篡夺了集州刺史一职，把朝廷任命的胡刺史打入监牢，张天乙你知罪否？"

张天乙磕头道："小人知罪！"

陶三春道："集州柏林是历代皇帝钦赐皇柏，砍树者如杀人必偿命。你却支使手下盗砍皇柏为你母亲做寿木，你知罪否？"

张天乙把头磕得山响："小人错了，小人错了！"

陶三春道："土匪王鼎祸害集州百姓，你不但不剿匪，反而与王匪打得一片火热，仅凭这一条你便是死罪！"

张天乙道："王妃娘娘饶小人一条狗命，我情愿马上离开集州。"

陶三春冷笑一声道："你恶贯满盈，还指望我放你一马，你就白日做梦吧！公差何在？"

两个公差应声而至道："王妃娘娘有何吩咐？"

陶三春威严道："令你二人即刻去大牢将原先的胡刺史带来。"

两个公差"喏"了一声，飞快跑出大堂。

陶三春喝令道："传砍皇柏的那几个人上堂！"

两个公差瞬即将四个砍皇柏树的人带上堂来，喝令跪在堂上。

陶三春喝令道："将尔等各打五十大板！"

四个公差一起上前将四个砍树人按倒在地，一顿板子打得哭爹喊娘。

行刑完毕，陶三春对这四人道："尔等要保证每人栽活100棵柏树，否则要尔等的人头赔偿。"

四个砍树人把头磕得像鸡啄米，连声称是。陶三春令公差将四人赶下堂去。

陶三春下令道："主簿何在？"

杨主簿应声而至道："小人听令！"

陶三春道："你马上去办几份公告张贴在四处城门上，以后谁要是胆敢再碰皇柏树，这四人的下场便是他的榜样！"

杨主簿"喏"了一声，赶紧跑下堂去办理。

两个公差在城门上张贴告示，若干百姓围在那里观看告示。

一秀才模样的人大声念道："奉朝廷钦差大臣、北平王妃之令，从即日起再有胆敢盗伐皇柏树者，伐树如杀人，杀人必偿命。并罚罪犯家眷砍一栽百，若栽不活者也一律治罪。特此告示！"

围观百姓一片哗然，面面相觑。

两个公差将胡刺史带上堂来，见了陶三春便一头跪在地上道："陶青天啊，你是小人的救命恩人哪，请受小人一拜！"随后把头在地上磕得山响。

陶三春赶紧走下堂来，双手扶起胡刺史，叹息道："让你这位集州刺史受苦了，朝廷负有不可开脱的责任。从现在起，你仍然是集州刺史，请上坐处理张天乙这个浑蛋积压多年的案子吧！"

胡刺史道："小人能力有限，还是请王妃娘娘上坐，以朝廷钦差身份处理重大事务，我仅给王妃娘娘打个下手而已。"

陶三春正色道：“你在其位就要谋其政，绝不能当甩手州官。我不是什么青天，只是路见不平拔刀相助而已。胡刺史还是上坐秉公办事吧！”

胡刺史道：“请问王妃娘娘，这个张天乙该如何处置？”

陶三春将手用力往下一劈，道：“杀！”

胡刺史立即壮了胆，快步走上堂去，从案台上抽出一根签来用力甩到堂下，大吼一声道：“给我拉出去斩了！”

四个公差拖起哀哭不已的张天乙走了出去。

台下百姓一片欢呼之声。

陶三春大呼道：“集州父老乡亲们，恶人已除，胡刺史已官复原职，城外已广贴告示，有冤报冤，有仇报仇。”

台下百姓欢声雷动。

陶三春转对胡刺史道：“我一路看到集州地区遭遇严重春旱，小麦、苦荞、豌豆、胡豆等粮食作物颗粒无收，天不下雨田里又插不上秧苗。马上组织集州百姓大种黄豆、小豆等秋粮，同时还多种萝卜、白菜之类的蔬菜。种子全部由集州官府提供，秋收时节百姓只还种子不交租。”

胡刺史道：“是，下官马上照办！”

衙门外人山人海，齐呼道：“王妃娘娘，陶青天啊！”

四十七

陶三春与胡刺史在客栈里交谈着。

胡刺史道："我组织人力盘点了州里仓库，能做秋粮的种子数量不多，杯水车薪，解决不了根本问题。"

陶三春道："那怎么办？现在要不抓紧种下去，老百姓今冬明春的日子就更没法过了。"

胡刺史道："只有到汉中去购买，但路途遥远，往返二三百里，沿途都有王鼎抢人谋财害命。"

陶三春道："不管怎样，这些种子一定要办的。我从身边抽调几个身手不凡的人配合你们官府士兵一起护送购粮队伍。"

胡刺史道："这——好是好，只不过——"

陶三春道："还有什么困难？有话直说！"

胡刺史："库银早被张天乙挥霍一空，府上公差都好几个月没支付俸饷了，下官实在是找不出钱去汉中购买这批种子。"

陶三春沉吟半晌，道："你计划一下，集州一共有多少土地需要改种那些秋粮，一共需要多少种子，多少钱一斤，一共需要多少银子。这份钱先由我来垫上，待你如实上报朝廷下拨之后再还给我便是。"

胡刺史欠身向陶三春作揖道："王妃娘娘真是集州百姓的救命恩人，再生父母哇！"

陶三春道："你们为官者都是父母官，一定要做个好官。当官不为民做主，那就叫昏官，用老百姓骂人的话叫狗官！"

胡刺史道："下官一定牢牢记住王妃娘娘的教诲！"

陶三春道："还有，集州地区的匪患一定要尽快清除。"

胡刺史道："王鼎盘踞在官坝一带，地势对他十分有利，官兵若大队围剿他就化整为零钻进崇山峻岭，他在暗处官兵在明处，用游击战术给官兵很大杀伤。若是小股进山围剿，他又聚零为整，捏紧拳头一口将小股官兵吃掉。他进可攻退可守，一旦失利便分路逃走。一路经光雾山逃进汉中，另一路则经米仓山逃进利州。"

陶三春道："集州现有多少兵力？"

胡刺史道："大约有千把号人，团练使是张天乙的一个亲信，闻讯张天乙出事便潜逃了，现在是群龙无首，哪里还有法子拉出去打仗？"

陶三春道："你尽快拿出剿匪方案，我带来的这几十号人可归集州官府统一调遣。"

胡刺史道："就王妃娘娘那几个女眷？"

陶三春道："你可别小看我身边的这些女孩子，她们个个神勇，能以一当百。特别是我那位义女婉儿，随我出生入死，身经百战，虽为小女子，却有万夫不当之勇！"

胡刺史道："太好了，集州百姓可把你们给盼来了！"

陶三春道："让婉儿暂且代理集州团练使，明天便在大堂坝统一演练队伍，并设下擂台公开习武招兵，谁若能赢得婉儿，谁便可担任集州团练使，你随我现场观看。"

胡刺史道："好！"

集州大堂坝，校场。

号角声由远而近。

旌旗飘扬，战旗高高挑起。

一面旗上的大字：宋。

一面旗上的大字：陶。

婉儿指挥众兵练武。

陶三春和胡刺史站在擂台上观看演练。

震天响的战鼓声中，白盔白甲的少年郑印手执长弓骑白马绕校场跑了一圈，然后背身拉开硬弓，对准靶台连放三箭，箭箭穿透红心，全场一片欢呼雀跃。

战鼓声中，从陶字旗下又冲出红盔红甲骑红马的少女郑姣娥，也打马绕校场跑了一圈，突然仰在马背上拉开硬弓三箭齐发同时命中靶心，全场发出一片山呼海啸般的喝彩。

兄妹俩在欢声雷动中跑回阵中各自取了兵器打马返回校场，顷刻厮杀起来，两马相交，郑印的长枪与姣娥的双股剑舞得旋风转，刀剑相击呼呼有声却看不见二人的人影，全场看得呆了，半晌才发出天摇地动般的叫好声。

胡刺史惊叹道："自古英雄出少年，今天让下官大开了眼界！"

陶三春微笑道："这一对便是我长子郑印、次女郑姣娥，大的十五岁，小的才十三岁。"

胡刺史道："有如此将门虎子虎女，真是集州百姓洪福也！"

郑印和姣娥一番精彩表演之后，婉儿便指挥队伍演练。

一队刀枪拼杀。

一队拉弓射箭。

骑兵队跃马举刀，"冲啊！杀呀！"

校场左侧是男人招兵站。

青壮年男子排起长队，兴高采烈地报名参军。

青年甲道："你看场上那对少男少女的武艺何等高强，参加这样的队伍真是三生有幸！"

青年乙道："北平王郑恩是当今英雄，夫人陶三春的大名如雷贯耳，今天有幸能见到她的真容，这辈子真没白活一回！"

参军的青年妇女排着长队等候着。

不少青年妇女站在远处围观，交头接耳地议论着。

妇女甲道："我们童养媳就是一头会说话的牲口，上侍候公公婆婆，下侍候小丈夫，还要下地干活，操持家务，还经常挨婆婆打骂。”

妇女乙道：“这下好了，我们参加了陶家军，以后便再也不受婆家的冤枉气了，王妃娘娘真是救苦救难的活菩萨！”

妇女丙道：“陶王妃文武双全，人称巾帼女英雄，爱民如母，爱兵如子弟，她手下全是女兵，咱们去了学一身好武艺，以后便再也不怕土匪欺侮咱们了！”

随后便又有不少女人排到了长队后面。

胡刺史向台下文武百姓发号施令道：“集州匪患严重，百姓饱受荼毒，天降陶王妃为保护神，助我集州招兵买马，壮大队伍屯粮备草，练兵习武剿灭顽匪。现在此设下擂台公开比武，有赢得陶王妃侍卫婉儿者，可担任集州团练使。比武现在开始！”

一通鼓响，一身红装素裹的婉儿飞身跃到台上，以闪电般的动作打了一路套拳，赢得了满堂彩。

一个壮汉跃上台去，与婉儿一抱拳，拉开马步便一来一往地交起手来。壮汉根本不把婉儿放在眼里，一双眼睛只在婉儿脸上和胸前瞟来瞟去。

婉儿声东击西，指南打北，十几个回合下来，那汉子已找不到东南西北，被婉儿一记重拳打下台去。

婉儿对那壮汉蔑视地一抱拳道：“得罪了！”

人群发出一片欢呼声。

一个青年小伙子腾身跃上台去，也不与婉儿搭话便交起手来。小伙子惯用黑虎掏心拳，拳拳指向婉儿要害，也是女孩子家的羞处。几个回合下来小伙子并没占到便宜，反倒是婉儿很快占到上风，一路少林拳将小伙子也打到台下。

一连二十多个形形色色的人物均被婉儿秋风扫落叶般扫到台下，半晌再也没有人敢上台去应战。

婉儿抱拳向台下连声呼叫道：“还有没有好汉愿上台来与本姑娘切磋武艺？”

一连叫了好几遍也没有回应。

婉儿走到陶三春面前请示道："王妃娘娘，下面该如何处置？"

陶三春向她耳语。

婉儿一点头返回到台中央，向台下观众道："王妃娘娘有令，有请郑印上台以武会友，有赢得十五岁小公子的亦可担任集州团练使！"

婉儿话音未落，突然从人群中腾身跃上来一个英武青年，四方大脸，剑眉，豹眼，大额头，高鼻梁，肩宽膀厚，虎背熊腰，长腿大脚。

来人威风凛凛地大吼一声道："尔等视我集州无人乎？"

陶三春和胡刺史同时大吃一惊。

婉儿向英俊青年一抱拳道："壮士报上姓名！"

英俊青年也礼节性地抱拳回礼道："集州山人高雄是也！"

婉儿一欠身子："壮士请！"

高雄还礼道："山人多有得罪了！"

高雄"嗷"的一声吼叫，如猛虎扑食向婉儿扑去。

二人拳打脚踢，好一场恶战，打斗了数十个回合亦分不出高低。

高雄跳出圈子大叫道："女英雄敢不敢与我马战？"

婉儿朗声道："这又何惧？！"

二人纵身跳下台去。

婉儿、高雄二人各执兵器，飞身上马。

高雄腰挎弓箭，手握大刀，骑青龙驹。

婉儿一身红装，胯下枣红马，手执一杆红缨枪。

一通鼓响，高雄拍马迎战，刀枪交锋。

枪挡。

刀拍。

枪挑。

刀劈。

陶三春兴奋不已地站起身来走到台边观战，对跟在他身后的胡刺史道："这高雄是什么来历?"

胡刺史道："下官初来集州有所耳闻，集州城东山里有一个武功高强的山民姓高名雄，甚至还有谣传说他是原集州刺史高怀德的后人。"

陶三春大吃一惊道："还有这等事情?我在京城这些年咋从没听高元帅说起过?"

胡刺史微笑道："这都是些捕风捉影的民间传说，说高大人与当地一个漂亮村姑相好，离开集州时说好以后再来接她，那女子竟怀上了他的孩子。这以后由于山高路远蜀道艰险，高大人再也没有来集州接那女子，那女子自然也无法带着孩子去找高大人。好在高大人送给了那女子不少银两，不至于使母子俩过得太艰难。孩子长到十多岁时，一个武功高强的云游道人听说是高怀德后人，便传授给了他这般好武艺。"

陶三春道："照你这般说来，此事还真有些蹊跷!"

胡刺史道："为了查清底细，下官曾数十次派人前去查找，但终无音讯，便以为是那些无聊百姓无事生非，从此便不再当一回事情。谁知今日他却自已跑了出来。"

陶三春道："这便是集州百姓福音，集州团练使非此人莫属也!"

校场上二人大战仍在继续。

刀光枪影，叮当击撞，几十个回合，未分胜负，各自拍马周旋。

战鼓雷鸣，马嘶萧萧，旌旗摇晃，尘土飞扬。

二马交错，又战。

陶三春大喝一声："二人住手!"

婉儿和高雄停下手来望着台上。

陶三春道："高雄听令，我陶三春是也!"

高雄翻身下马，快步向擂台走去。

高雄快步来到台前听令。

陶三春道："高雄听令，我代表朝廷命你担任集州团练使。"

高雄道："山人还没与那位女英雄决出胜负，岂敢担任此职？"

陶三春道："婉儿有万夫不当之勇，你能与她战成平手实属罕见。集州能有你这样的人才是当今皇上洪福，也是集州百姓洪福。集州团练非你高雄莫属，望你再不要推却。"

高雄朗声答道："山人愿听从王妃娘娘调遣，愿为朝廷效力！"

校场上一片欢呼声。

陶三春道："即日起你与婉儿一道训练集州兵马，尽快训练出一支能征惯战、作风过硬的队伍来。"

高雄、婉儿齐声答道："遵令！"

四十八

客栈会客厅。

陶三春一边喝茶，一边与高雄聊天，婉儿在场作陪。

陶三春道："高雄祖上是哪里人？"

高雄道："集州本地人，世世代代以打猎为生。"

陶三春道："你年方几何，可有婚配？"

高雄道："现年二十岁，单身一人。"

陶三春道："父母身体可好？"

高雄道："小人自打生下来就没见过父亲。问及母亲，她告知家父上山采药一去无返。十五岁家母又不幸病故，故此孤身一人。"

陶三春叹息道："真正的家门不幸！你母亲给你提及过原集州刺史高怀德否？"

高雄道："高大人在我们集州家喻户晓，老幼皆知。但我母亲从来没给我提及过高大人的事。"

陶三春道："哦——你这身好武艺是何方高人传授？"

高雄道："在小人十二岁时，一个云游道人自称是家父好友，便把他的一身功夫传授给了我。"

陶三春和婉儿交换了一下眼色，惊诧不已。

第二天，陶三春带着婉儿由胡刺史陪同游览断渠。

断渠三面环水，背靠龙山。长达十余里的前、中、后三条渠谷，全部掩映在一片茫茫林海之中，其间，渠谷纵横交错，渠洞相连，怪石倚叠，拟人像物，似禽如兽，鬼斧神工千姿百态，藤萝荻址。

陶三春在胡刺史陪同下，漫步在断渠沙滩上。

胡刺史的几个随从远远地跟在后面。

陶三春道："这断渠奇观乃鬼斧神工天造之物，古迹犹存，现景又生，古今风物融为一体。"

胡刺史道："根据州志记载，这里是历代集州百姓用来躲避匪患、防御侵扰，藏身隐居的地方。这里既有原始人茹毛饮血、穴居的洞穴和磨石制工具的作坊遗址，同时还出土了一大批石锄、石斧等古代的石器和陶片，更显示出断渠的时代之久远。经过世代人类的居住和改造，断渠石头城已经独具规模。在保存较完好的中渠内，处处都可以看到古人曾经聚居生活过的痕迹。岩石间、洞穴里、低洼处、石壁下……凡是可以遮风避雨，搭棚栖身的地方，到处可以看见当年古人生活居住留下的寨墙和石刻字迹。当今兵马大元帅高怀德昔日担任集州刺史时，曾在此练兵自卫，并在断渠筑墙垒寨、操练兵马、守护集州。"

陶三春道："哦，还有这等奇事!?"

陶三春转头对婉儿道："这儿既是高元帅当年的练兵场，那从今日起，你就负责在这里用最短的时间给我训练出一支能征善战的队伍来保卫集州百姓。"

婉儿道："遵令!"

婉儿转身离去。

陶三春转头对胡刺史道："走，我们再到那边山头去看看。"

胡刺史陪同陶三春信步走进渠内，几个随从远远地跟在后面。

渠内大石篷盖有如拱厅，石径四环，园中四渠纵横，亭廊多姿。

断渠八面玲珑大景规模恢宏，钟灵毓秀。

陶三春好奇地环顾左右，所到之处，无不感到新奇、神秘，围观巴人尽皆笑脸相迎。

转过山嘴，穿过一段宽宽的盘山道，但见有一块空旷的平台，被三面险山所围。平台两侧有白石雕栏，栏上陈列着巴人用的刀、剑、叉、锤。平台靠山一面悬崖间倒挂奇松一棵，凌空丫枝上吊有一口小钟，把个平台点缀得愈见幽古雄奇。

胡刺史道："据考证，当年高刺史曾在此地聚众议事和操练兵马，不啻是政治、军事与文化活动中心。这些山寨选址巧妙，寨门设计得当，充分利用了渠内的险要地形和地下洞穴，寨上宽阔险要，寨下暗洞毗连，白天在寨外活动生活，夜晚或有特殊情况时则入寨下洞安歇或隐藏。有些寨子四周皆是悬崖峭壁，只有一条险道能入寨中，俱是一夫当关，万夫莫开。中渠渠首有两道前寨门，形成了寨中有寨，层层设防，步步为营，易守难攻之势。中渠的腹心地带，有一块宽约数百平方米的大草坪，它东连主寨门，其余三方用石条垒成寨墙，并建造三座石门，通向其他山寨。"

陶三春道："高元帅选中这么重要的一块军事要塞，为什么荒废到这种程度？"

胡刺史道："上任团练使怕吃苦头，便驻防到城中去了。"

陶三春道："山雀岂知鸿雁之志！我原计划到官坝五郎沟打造陶家寨，现在改变主意了，陶家寨就放在此建吧！"

胡刺史高兴道："如此我集州便高枕无忧了，只不过苦了王妃娘娘！"

陶三春道："这儿别有洞天，何苦之有！走，我们去看婉儿演练队伍！"

此时婉儿和高雄正在断渠练武场上认真操练队伍，龙腾虎跃、杀声震天、尘土飞扬。

"嘻嘻！"姣娥领着一队青年女子跑过来，她笑逐颜开，跑到高雄跟前说道："高大哥，小妹想与你比试剑法，你敢吗？"

高雄笑了笑道："我不敢，赢了你，怕伤了你婉儿姐姐和气！"

婉儿嫣然一笑。

姣娥道："这怎么会伤和气呢？与高大哥切磋，既可察其武艺武德，又可以武会友，相互学习嘛！"

彩云拉过高雄道："高将军视我们女中无人，姣娥精于双股剑术，你若能取胜于他，方能让我们服你！"

众女子一起闹腾起来道："高将军便与我们陶小姐比试比试，让大家开开眼界吧！"

姣娥走到练武场平台上，拱手拜剑之后，左手握住剑鞘，右手一扬，"唰"的一声，抽出两支剑来，但见白光晶莹，耀若匹练；数九冰锋，寒辉熠熠，似惊天落，蓝彩地生；射日傲月，色魂惊心。众人惊叹不绝，只见姣娥轻轻将剑一收，顺手分一支向高雄施礼道："请高将军指教！"

高雄还礼道："那就得罪姑娘了！"

女队发出一声吼，替姣娥鼓劲。

一队集州军士也走过来围观，纷纷拍手雀跃为高雄助威。

高雄漫不经心地平端宝剑，摆出一副苍松待雨、后发而制人的招式，却不防姣娥将剑轻轻一挥，身子一蹲，然后顺势一扫，一个"蛟龙探海"，那雪亮的光路便向高雄伸来，其实姣娥这一招并非真刺，她有意放慢剑速，看看这个新团练使如何接招。

高雄迅速斜剑一挡，然后转腕一挥，使一路"旭照沐花"的剑术。只见流彩闪闪春风习习，直向姣娥那娇柔的腰身袭去，姣娥暗暗为高雄的剑法叫好，却不慌不忙，抖动剑尖避虚就实，如暴风骤雨，点点落在高雄刺来的剑页上，每一触及，竟使高雄指口发麻。高雄不禁暗暗吃惊，想不到这个小闺秀竟有如此之大的臂力，看样子不认真对付将要出丑了。于是，他一张鹤臂，运剑生风，风声鹤唳，千树开花；剑页闪动，色彩缤纷，剑锋弹抖，落英飘洒；一旋一盘，直向姣娥逼去，逼得姣娥节节后退，几次险些被刺中。

陶三春和胡刺史站在远处观看，围观者都专心致志地欣赏郑姣娥与高雄的精彩表演，谁也没有注意他们。

姣娥不识高雄剑法，只觉得眼花缭乱，此时她才深深感觉到高雄高超的剑艺却在她意料之外。渐渐地她感到高雄此时缓缓推来的剑花刃彩，不是真要刺她，而在激她，正如用爆竹围烧一条彩龙，不是要烧伤那条龙，而是要让龙舞得更精彩。姣娥似乎也看出了他的用意，不禁有些羞嗔。于是她一个翻身，腾空一跃，在地上滚舞起来，这是陶家剑的奇招，叫作“滚龙游云”。只见一道白光在地上盘绕，迂回曲折，飞旋着向高雄扑来！高雄初觉无奇，用剑峰一一解拨了去。但姣娥在地上越滚越快，剑路也越来越奇，力量也越来越大，大有百龙穿云之势，高雄不知所措，眼看难以招架了！

郑印在一旁高呼道：“好，好！祖传绝技陶家剑，七十二峰插云端，岂是他高雄能敌的吗？妹儿，好好教训教训他！”

婉儿急得直跺脚，她生怕姣娥正舞在兴头上，万一不能自控，或高雄防御稍有闪失，将会铸成大错，于是她不断向姣娥传眼色，示意见好就收。但是她的担心是多余的：只见姣娥猛然缩臂，虚晃一剑，一个白龙卧川，让高雄稳稳压住剑锋，接着翻身站起，自然收剑，望着高雄嫣然一笑道：“高将军剑术高超，小女子实在佩服！”

高雄深为姣娥的绝妙剑术和仁爱的品性所动，也从容地将剑收于胸前，拱手道：“陶家剑术，名不虚传。今日一试，受益匪浅！”

有人突然发现陶三春和胡刺史，一声高呼：“王妃娘娘来了！”

众人发出一片欢呼之声。

陶三春快步走过去向众人招手致意，对婉儿和高雄道：“看了你们的演练十分高兴，照这样训练下去，要不了多久，咱们便可进山剿匪了。”

众人又是一阵喝彩。

四十九

正当陶三春在集州断渠一手抓军事训练，一手抓陶家寨修建时，王鼎又闲事了。巴山惯匪王鼎一伙虽然惧怕陶三春不敢冒犯集州，却在汉中、安康、通州、阆中、巴州、利州等地大肆烧杀抢掠，骚扰得这些州县百姓昼夜不安，当地官府对这伙人也没有什么办法，只有十万火急地上报朝廷，但天高皇帝远，远水解不了近渴，几个州的州官们只好派人到集州向陶三春求救。

王鼎原是王崇景手下一员偏将，王崇景被郭威剿灭后，王鼎带着几百个亡命之徒逃到大巴山上，拉杆子成立了巴山彪子军，打出的旗号是劫富济贫，把富人的财产分给穷人共有，把富人的土地分给穷人耕种，让巴山百姓人人有饭吃，人人有衣穿。在这种口号的诱骗下，很快便聚集起了四五千人马，先是在汉中、安康、通州、巴州、利州、集州等州县攻城陷地抢劫国库，后来发展到不仅抢劫富人，就连穷人也不放过，百姓四季庄稼一旦成熟他们也要抢收，饲养的猪鸡牛羊更是他们下手的目标。被蒙骗入伙的喽啰们很快发现王鼎是一伙打家劫舍、偷鸡摸狗的土匪，但想离开却为时已晚，王鼎心狠手辣，给喽啰们规定了一条骇人听闻的纪律，谁要胆敢逃跑，逮住之后不仅要割下一只耳朵做记号，而且还有把他全家抓上山来开荒种地，十年之后方才放回。为了腐蚀那些被诱骗入伙的喽啰，王鼎让他们大碗喝酒、大块吃肉，并把从外地抢来的女人供他们淫乐。喽啰们再没有一个愿意逃跑下山的，都愿意死心塌地为王鼎效忠，为巴山彪子军卖命效力。

王鼎出身于秦巴山区一个大富人家，自幼喜欢习武，后来遇到了一个异人，传授了两口刀法，可以在万军中如入无人之境。彪子军中还有三个了不得的头目，二头目姓武名俊杰，长得牛高马大，力大无穷，而且还颇有心计，无形之中便成了王鼎的狗头军师。三头目叫李文广，长得虎背熊腰，是王鼎一员最能冲锋陷阵的猛将。四头目叫蒋成义，武艺虽然高强，却贪生怕死，王鼎多用他守家护院。这三个头目又都是王崇景的部下，王崇景覆没后不愿归降郭威，便率众跟随王鼎跑到大巴山上落草为寇了。

王鼎的彪子军盘踞巴山深处桃园，几千人马吃喝拉撒却没有军饷供给，巴山深处人烟稀少，当地百姓自身都难养家糊口，哪还有多余的钱粮支援彪子军。王鼎无奈之下只好学习当年终南山贼寇黄天霸，以桃园为中心，经常带着贼寇在集州、巴州、利州、通州、安康、汉中等地三十余州县打家劫舍，从不据地方，抢了东西就跑。彪子军到州城府县，抢掳杀戮一番便走，把些城池破坏得好长时间也恢复不起来。一时间这些州县的官员和地方百姓成天在刀尖上过日子，过了今天也不知道还有没有明天。自从集州来了陶三春，王鼎便不敢再轻易骚扰集州了，他嘴上虽说兔子不吃窝边草，实则陶三春的大名如雷贯耳，借他几个胆儿也不敢轻易招惹陶三春。

陶三春在集州城中却连连接到快报，王鼎一伙贼寇在汉中、安康、通州、阆中、巴州、利州连续抢劫财物，奸淫妇女。若遇到反抗不从者，无论州县官员还是地方百姓，一律抢光杀光烧光，其兽行令人发指。

陶三春闻报王鼎一伙的恶行十分震惊，当即与集州胡刺史商议，欲联合利州、巴州、阆中、通州、安康、汉中各州县官兵进剿恶贯满盈的王鼎团伙。然而这些州县的官兵早已被王鼎的彪子军打成一盘散沙，如同惊弓之鸟，哪里还召集得起来一兵一卒？集州虽经婉儿和高雄突击训练出了一支千把人的陶家军队伍，但又都是一些没有实战经验的新兵，打又没有太大的把握，不打则任王鼎一伙猖獗，肆意祸害川北百姓，大名鼎鼎的北平王妃便徒有虚名，将有何颜面面对川北父老？于是陶三春最终下定决心，必须给王鼎一点颜色看看，让他见识一下。

陶三春探得彪子军又在阆中打劫，回返途中难免又要骚扰巴州，当即点兵布阵，令高雄率五百壮士埋伏在彪子军返回桃园大寨的必经之道回龙亭，她则亲率婉儿等数百娘子军在巴州城里设防。刚布置停当，武俊杰便领着前队杀奔过来。到了巴州城下，望见城门大开，满以为巴州百姓惧怕彪子军逃尽是座空城，武俊杰便带领喽啰们放心大胆地一拥而入。

这伙人刚进到城里，婉儿舞动双股剑突然向喽啰们发起攻击，四五百个女兵勇猛无比。

婉儿一马当先，所向披靡，众贼寇无不畏之。

巴山彪子军自从横行汉中、安康、通州、阆中、巴州、利州以来，还没有遇到过一个敢同他们对阵的敌手，想不到巴州城中竟有人出来厮杀，而且还是一帮女人。武俊杰见她们人少便不介意，喽啰们见到花儿一样的女兵眼睛发绿，武俊杰趁机大声叫喊道："弟兄们，谁逮住这些女人，就归谁做老婆。"

喽啰们经这二头目这一刺激，精神立马倍增，愈战愈勇，女兵们眼看就要支撑不住。

正在危急时刻，陶三春率领一队人马从后面旋风般地杀将进来。

有人惊呼一声："陶三春来了！"

武俊杰见势不妙，大叫一声快撤，打马而逃，众喽啰也尾随而去。

陶三春提双锤追杀。贼寇们骑的都是快马，如飞般地奔到回龙亭，远远看见冲出一路兵马，惊魂中的武俊杰还以为是接应他的人，便放慢了速度，打算与接应的喽啰们会合后，再一起杀个回马枪。谁想到了跟前，却是高雄事先埋伏的兵马，武俊杰同众喽啰只得硬着头皮迎敌。混战中陶三春和婉儿又率队追了上来，武俊杰惊慌失措，赶忙寻找机会逃跑。婉儿一马冲到背后，一剑刺在武俊杰左肩上，他吓得魂飞魄散，差点栽下马来，忙伏在鞍上，打马而逃。

那一伙草寇被陶家军杀得呼爹唤娘、溃不成军，只剩得几百人落荒而逃。

婉儿和高雄还要去追，赶尽杀绝。陶三春道："穷寇莫追，且收兵速回集州，谨防王鼎趁我们陶家军都在巴州，带人去偷袭集州，后果不堪设想。"

婉儿大惊失色道："王妃娘娘，我们该怎么办?"

陶三春道："我已安排郑印和郑姣娥兄妹俩在集州城北马跃溪一带多挖陷阱设下埋伏，城内也给胡刺史作了一些安排。"

婉儿道："高瞻远瞩，集州百姓便安然无恙了!"

陶三春道："话还不能这样说。我心里总不踏实，郑印和姣娥毕竟还是两个孩子，万一在集州城北马跃溪堵不住那伙贼寇，集州百姓就要遭受灭顶之灾，那后果便不堪设想了。"

陶三春即令婉儿和高雄带领有马的身强力壮的小伙子，快马加鞭火速返回集州，并争取在鹿角垭一带设防阻击王鼎一伙贼寇，千万不能让王鼎把战火烧到集州城里。

婉儿和高雄见事态如此严重，率领马队飞也似的向集州方向去了。

陶三春随后吩咐巴州杨刺史着人就在路边挖坑掩埋彪子军那些喽啰们的尸体，并将战死的陶家军遗体运回集州安葬在断渠松林坡上。对贼寇们抛弃的器械和金银财宝，以及马匹粮食若干，陶三春对杨刺史道："这些伤天害理之财都是从阆中和巴州抢来的，由你负责组织人员分文不少地送还给阆中和巴州百姓。"

杨刺史道："王妃娘娘真是活菩萨，我先代表巴州和阆中百姓感谢您了!"

陶三春道："陶家军已起到了威慑王鼎一伙强盗的作用，现在一提起陶家军便闻风丧胆。你在巴州迅速组建一支地方武装，也都打起陶家军的旗号，让王鼎一伙不明真相，不辨就里，分不清哪是真的，哪是假的，真真假假，虚虚实实，令王鼎草木皆兵，成为惊弓之鸟。待你做出一个榜样之后，我便吩咐利州、汉中、安康、通州、阆中等地均按你们的办法去实施。这样一来，整个川北地区便形成全民皆兵，给王鼎一伙贼寇布下了天罗地网。”

杨刺史道：“陶王妃英明，下官立即组织落实。”

陶三春身在巴州，心中惦记着集州。待处理完巴州事务之后，立即带人匆忙赶回集州。

且说王鼎在陶三春带领陶家军离开集州不久，便通过集州城里的眼线报告了这一重大消息。王鼎一阵狂喜，当即召集三头目李文广和四头目蒋成义进帐商议道：“据探马禀报，陶三春把能派上用场的人全部拉到巴州去阻击二将军武俊杰去了，集州已是一座无人防守的空城，我决定亲自带领两千人马下山，踏平集州城，杀他个片甲不留。由三将军担任先锋，四将军把守营寨，若二将军返回时便由他把守营寨，四将军带一千人马前来接应。三将军通知队伍立即起程，有马的快马先行在集州城外占领有利地形，没马的跑步前进，黄昏时刻务必赶到集州攻城，迟误者当斩。”

李文广得令走出王鼎的大帐，迅速组织好下山的队伍，挑选了数十员武艺高强的战将，放炮起兵。队伍出发前王鼎站在队前给喽啰们鼓劲道：“弟兄们放下粮草轻装上阵，只带一点干粮即可。打破集州之后，城中有的是白米干饭和白面馒头。粮草和金银财宝更是多的去了，还有集州美女任由弟兄们淫乐。”

王鼎话音未落，喽啰们便欢欣鼓舞，个个摩拳擦掌，跟随着王鼎一路狂奔冲下山去。

五十

近年来巴山彪子军时常到汉中、安康、通州、阆中等地去打劫，眼皮下面的集州却绕道而行，就连与集州交界的利州和巴州也不敢轻举妄动，还不是因为惧怕那个北平王妃陶三春！巴山彪子军那伙贼寇久闻陶三春的美貌天下第一，而且还富甲天下，听说她的财富相当于川北三十多个州县财富的总合。还有陶家军那帮女兵们个个如花似玉，令喽啰们朝思暮想，心荡神迷。今日听见要去攻打集州，而且陶三春本人和主力部队皆不在城中，拿下集州应是板上钉钉的事了。

王鼎带领的一伙贼寇一路狂奔，在太阳离下山还有一竹竿高时到达集州城北马跃溪。一天急行军已人困马饥，离城还有七八里之遥，王鼎正要下令让队伍在此小憩一会儿，只见一队兵马从山弯里突然冲将过来。领头的是一位少年，带领百十号人冲到彪子军面前，一声呐喊，一起杀将过去，喽啰们措手不及，哪里抵挡得住，慌忙飞报王鼎。

王鼎打马来到阵前，抬眼一看，果见是一位十四五岁的小孩子，身坐白马，手持铁棍。威风凛凛，气宇轩昂，好不威武。原来这位少年不是别人，正是陶三春之子郑印，此时正与三头目李文广拼杀在一起。

王鼎正要上前助战，忽然又听得一声呐喊，只见土坡上一个十二三岁的小女孩手执双股剑，坐下一匹桃花马。她身边簇拥着几十个女兵，手执各种器械，个个英姿飒爽。

原来是郑姣娥和彩云率领的一支娘子军，让那伙贼人看得目瞪口呆，垂涎欲滴。

王鼎看着郑姣娥嘲笑道：“一个小小的黄毛丫头，不在家中好好地待着学针线，竟跑到战场上来挥枪舞棒，这是你们小孩子家来玩耍的场合吗?”

郑姣娥也不搭话，手执双股剑直取王鼎。

王鼎用大刀架住，喝道：“本王不杀无名小卒，快快报上你的姓名来。”

郑姣娥娇声嫩气地叫道：“说出俺的名和姓，吓死你个臭王鼎。”

王鼎哈哈大笑道：“一个开口还有乳臭味儿的黄毛丫头，竟敢口吐狂言。”

郑姣娥道：“小姑奶奶便是大宋开国元勋、著名大将北平王郑恩之女郑姣娥，我母亲乃周世宗钦赐女状元，大宋著名女将、北平王妃陶三春是也!”

王鼎呵呵大笑道：“本王当年还与你老汉儿（父亲）有过一面之交，郑恩是一条好汉，为赵匡胤一统大宋江山立下汗马功劳，只可恨那赵匡胤是一条白眼狼，过河拆桥，卸磨杀驴，结拜弟兄也成了无头冤鬼。把你们一门孤儿寡母撵到这兔子都不拉屎的不毛之地来受罪，你们不反还待何时?”

郑姣娥道：“你少在那里放屁！当今皇上何等英明，只不过一时糊涂将我父王错斩而已。而今已追封我父王为郑国公，世袭王位。赐我母亲尚方宝剑一口，上可斩天子，下可斩百姓，先斩后奏，何等荣耀。你们为贼的有何好处？何不归降朝廷，谋取富贵?”

王鼎大笑道：“无知的小娃娃，这是赵匡胤糊弄你们一门孤儿寡母，你们竟还蒙在鼓里。赶紧说服你母亲加入我的彪子军，做我的压寨夫人，大碗喝酒，大块吃肉，好不快活。不似神仙，胜过神仙!”

郑姣娥大怒道：“放你妈的臭狗屁，我叫你这不识时务的贼寇立刻做刀下鬼魂。”

王鼎见郑姣娥左右三四十个如花似玉的女子，向众贼道：“你们奋力上前，若擒获了这些小淫妇，不但可报仇雪耻，且赏给你们任意取乐。”

众喽啰呐喊了一声，一齐向那群女孩子冲了过去，突然一声巨响，几百人连人带马全部掉进一个大坑里。

王鼎还没有反应过来之时，郑姣娥一声呐喊，挥双剑杀奔过来，王鼎慌忙接住，二人杀在一起，顿时只见刀影不见人影。

贼寇们看得目瞪口呆，半晌才反应过来，立即上前为大王助战，将郑姣娥困在核心。此时郑印在西南角正与李文广杀得难分难解，无力过来帮忙。正在危急之时，后面突然一片喊声，高雄带着一支人马，打着陶家军旗号杀将过来。王鼎慌忙挥刀上前迎敌，二人大战了七八十回合。高雄因在巴州回龙亭与武俊杰一场恶战，又刚刚打马狂奔了一百多里的山路，已耗去了大量的体力和精力，与王鼎交战八十回合之后，体力明显不支起来。几十员贼将见大寨主占了上风，一窝蜂地围将上去，将高雄团团围住，刀枪并举。危急中婉儿如同天降，飞马冲入敌阵，挥双股剑一连刺杀十多员贼将，大声对高雄道：“快去救应小将军郑印，这边由我来对付王鼎。”随即挥双股剑直取王鼎，王鼎赶忙提大刀对阵。

高雄拍马冲出重围，提枪直奔李文广而去。

郑印虽然武艺高强，但毕竟才是一个十四五岁的孩子，与牛高马大武功高强的李文广战了数个时辰已实属不易，此时已汗流满面，气喘吁吁，只有招架之功，已无半点还手之力，危难中突然看见高雄奔了过来，便大叫一声：“高大哥快来助我！”

高雄眼见郑印危急，大吼一声，提枪纵马直取李文广。

高雄来势凶猛，李文广只好放了郑印，挥刀敌住高雄，二人大战在一起。

郑印一边歇息，一边观战。心想高雄再晚来一小会儿，他便做了李文广的刀下游魂。

婉儿力敌王鼎，双方战得难分难解。郑姣娥又被几十员贼将困在核心，她早已战得精疲力竭，喘着粗气艰难地招架。婉儿看在眼里急在心里，想去救应却又摆不脱王鼎。正危急中突见一彪人马杀奔过来，婉儿抬眼一看来者正是陶三春，便大声叫道："王妃娘娘，这王鼎交给你了，我救应姣娥去了！"她在王鼎脸上虚晃一剑，斜刺里直奔姣娥。

王鼎定眼一瞧，陶三春果然生得天姿国色，且又英勇异常。惯使一对铜锤，坐下骑一匹火炭赤兔马。单枪匹马闯入进来，锤到之处，他的那些战将们纷纷落马。王鼎惊得呆了，心中惧怕起陶三春来。正想逃跑，陶三春的铜锤已迎面砸了过来。王鼎大叫一声不好，只好硬着头皮使出全身本事应战。一时间刀来锤往，直杀得天昏地暗。当战八十回合之后，王鼎的气力已渐渐不支。他已先后与郑姣娥、高雄、婉儿三人战了数个时辰，还能力敌巾帼英雄陶三春，足以证明此人的武功非同小可。正在王鼎疲于招架之时，又见高雄杀败李文广，婉儿杀散众贼将，又打马直奔他来。

王鼎见势头不妙，便杀出一条血路逃命去了。

众喽啰见大王跑了，也一哄而散，四散而走。

陶三春率领人马回到集州城中，胡刺史早已率全城百姓夹道欢迎。文武诸官在南门口恭候，对陶三春拱手贺喜道："王妃娘娘神机妙算，陶家军大智大勇，真乃我集州百姓保护神也！"

胡刺史为陶家军备好了庆功大宴，陶三春原本打算谢绝，因为她想到的是王鼎一伙极有可能在今天晚上劫营，还不是喝庆功酒的时候。后又心生一计，满口答应下来，让那些欠缺战斗力或根本用不着上战场的人去参与宴席，并在席间饮酒作乐，其余战斗人员则一律不准喝酒，饭饱之后迅速在集州城里城外四处布置埋伏。陶三春向全城军民下达死命令，只要王鼎一伙钻进网里，务必将其一网打尽，永绝后患。

为了给王鼎在集州城里的眼线造成假象，陶三春大造声势，让那些派不上用场的人与集州城中百姓在月光下敲锣打鼓、载歌载舞，让整个集州城中乐翻了天。

彪子军在城中的眼线果然中计，偷偷出得城去给溃逃的王鼎报信去了。

王鼎一伙败寇溃逃到沙滩，与接应他的四头目蒋成义相遇，两队人马都已精疲力竭，饥肠辘辘。幸好蒋成义的人马带着炊餐用具和粮食，王鼎喜出望外，立即下令在此埋锅造饭，让弟兄们先睡上一觉，吃了饭后再出发上山。

王鼎便向蒋成义打听武俊杰的情况，蒋成义告诉他道："二将军领兵到阆中一路势如破竹，夺得金银财宝马匹粮食美人无数。路过巴州本想再捞一把，到了城下不想城门大开，还以为城内军民惧怕彪子军闻风逃走是座空城，谁知他们刚进城里便遭遇陶三春一帮女兵伏击。脱逃之后又在巴州回龙亭遭到高雄伏击，故大伤元气。所获金银财宝以及枪械马匹被陶家军尽数夺去。两千人马只剩得半数回来，二将军也负了重伤。"这就叫鸡飞蛋打一场空，姜没卖倒反让人把秤给收了。

王鼎大怒道："巴山彪子军大江大河都过来了，没想到却栽在陶三春的臭水沟里。陶三春，臭婆娘，老子与你誓不罢休！"

正在此时，眼线一路追了上来。

当王鼎接到眼线传递的这一情报之后，当即与李文广和蒋成义商议道："我等虽然有些狼狈，但并未大伤元气。也因是一日奔驰了两百余里，人困马乏，又遭到暗算才吃了大亏。陶三春满以为我们大败两阵已元气大伤，便在集州城里大摆庆功宴。我们连夜去劫寨，她必不提防。虽不敢保证定获大胜，但至少也挫挫这个女人的锐气，助长我彪子军的威风。二位将军意下如何？"

蒋成义道："陶三春是久经沙场的巾帼英雄，又足智多谋，万一眼线提供的情报是陶三春有意布下的一个陷阱呢？依我之见还是将人马拉回山寨休整一些时日再报仇不迟。"

王鼎道："四将军长陶婆娘志气，灭老子们的威风，何用意也？你若怕死仍带你的人马作后队接应，我与三将军带人去劫营便是了。"

蒋成义赶忙道："既然大王决心已下，小弟焉敢临阵脱逃？"

王鼎宽慰蒋成义道："古人云：知己知彼，百战百胜。陶三春自以为所向无敌，谁还在她的心目中？她谅我们一伙残兵败将，绝不敢去劫她的陶家寨。"

蒋成义道："大王神机妙算，小弟愿勇往直前。"

吃过夜饭，王鼎从溃军中挑选出一千精锐组成敢死队，由他亲自在前面带队，李文广、蒋成义二人在后面压阵。人尽含梅，马皆勒口，以飞快的速度向集州城里奔去。

大约半夜时分，一行人到了马跃溪，只见探事的喽啰前来禀报道："断渠陶家寨静悄悄的，大寨门口只有几个流动哨巡逻，没有设伏的丝毫迹象。城内百姓也早已安歇，没有任何动静，看不出有何异样。"

王鼎吩咐众人道："此地离断渠陶家寨还有七八里之遥，大家需放慢脚步缓缓行进，千万别弄出半点声息来。待到了大寨门口，众位弟兄可一起蜂拥而上，不依横竖，不讲章法，直扑军营，见人就杀，最后一把火将军营烧掉。各位弟兄切切牢记，千万别在陶家寨内抢东西奸淫女人，假若这样便坏了我的大事。待将陶家寨杀光烧光之后，咱们再毫无顾虑地到集州城内，本王任随你们大显身手，集州城里的财物和女人都是你们的了。"

众人一片欢呼雀跃，只盼着到集州城中去享乐一番。

五十一

却说王鼎带着敢死队悄无声息地摸到断渠陶家寨大门口，果然只有几个流动哨来回巡逻，整个营寨都处于睡梦之中。王鼎大喜，将手一挥，一千人马鱼贯而入。几个流动哨大叫一声“贼寇来啦”拔腿就跑，转眼就没了踪影。王鼎等人在寨内四处乱窜，始终没有发现陶家军的踪影。王鼎情知上当，连忙下令快撤。可是已为时晚也，只见寨内寨外同时燃起无数火把，活捉王鼎的呐喊声震耳欲聋，无数陶家军从四面八方一起杀来，有如神兵天降。王鼎一伙早已吓得魂飞魄散，哭爹叫娘四处奔逃，却被大寨四周墙头上飞下来的箭雨纷纷射中，倒在地上纵然不死也被逃命的喽啰踩死。

王鼎率先冲到大寨门口，威风凛凛的陶三春手提双锤早已等候在那里，大喝一声道：“狂徒王鼎，不下马投降还待何时?”

退路已绝，王鼎别无选择，只好舍命再与陶三春决一死战。于是也不搭话，挥刀便向陶三春砍去，陶三春举起双锤架住，二人你来我往，就在寨门口大战起来。

高雄和婉儿手举两般兵器冲进寨内，李文广和蒋成义分头接住大杀起来，一场近距离的兵对兵将对将的残酷格斗实际上演变成了一场屠杀，黑暗中敌我双方刀光剑影，血肉横飞。各种兵器的撞击声和中了刀枪的惨叫声连成一片，真是惊天地、泣鬼神。

直杀到天明，只让王鼎和李文广二人跑脱，蒋成义逃跑途中又被郑印和郑姣娥兄妹俩打杀，王鼎的一千名敢死队无一人生还。

郑印兄妹俩斩杀了彪子军四头目众人无不称赞，但却遭到陶三春一顿训斥道："你们兄妹二人不遵令好好守城，竟擅自出城追贼，个人闪失事小，城池若有闪失如何是好？"

郑印兄妹二人不敢分辩，赶忙打马奔回集州城里。

陶三春率众回到城里，又差人打听王鼎的下落，次日回报，已连夜逃回桃园大寨去了。

胡刺史连夜向朝廷写了奏章，将陶家军征剿巴山惯匪王鼎，让川北三十多个州县百姓重新安居乐业的功绩一一奏明。

朝廷见报大喜，过去集州、利州、巴州、汉中、安康、通州、阆中屡年向朝廷申报剿匪，花费了多少钱粮，如石沉大海一般，从未见报一场大捷。今日见报陶三春大败巴山惯匪，且又不费国家一分粮饷，圣心大悦，特下旨对陶家军有功人员一一给予重赏。

胡刺史大摆三天宴席为陶家军将士庆功，为了庆祝征剿王鼎大捷，利州、巴州、通州、汉中、安康、阆中等地纷纷举行盛大宴会邀请陶三春、郑印、郑姣娥、婉儿、高雄等有功人员，陶三春也趁此机会帮助这些州县组建一支地方武装，对外一律打陶家军旗号，并由高雄和婉儿负责培训这些队伍，尽快提高部队的战斗力，陶三春吩咐二人，王鼎是一只受了重伤的猛兽，别看他暂时安分老实，不敢再轻举妄动，但一旦恢复元气，伤口愈合，肯定还会死灰复燃，变本加厉地反攻倒算，祸害川北百姓。婉儿与高雄在利州、巴州、通州、汉中、安康、阆中等三十多个州县来回行走的半年多时间里，不仅突击训练出来了一支又一支能征惯战的队伍，而且还产生了恩爱，这也许是陶三春有意为二人牵了一条红线吧。

王鼎在遭到陶三春毁灭性打击之后，安分了好长一段时间。他把彪子军总部大寨从桃园挪到了大巴山腹心地带的甘家垭，这里自古以来就是集州与汉中两地的分界线。山南属集州，山北归汉中。四周都是悬崖峭壁，只是下山才有一条弯曲狭窄、被草木掩盖着的羊肠小道。这里是一片人迹罕至的原始森林，也是兵家必争之地。王鼎效法当年诸葛亮在此地屯垦之法来解决几千喽啰的给养，加之连年四处抢劫的金银财宝和大量集屯的粮食，坐吃三五年时间也不在话下。

五十二

雄浑、绵延的大巴山，峰峦叠翠，林海莽莽。

朦胧的山野，逐渐清晰，现出了弯弯曲曲的灰白山道。太阳刚从米仓山顶露出红脸，天空瓦蓝瓦蓝。朗朗秋风，吹得漫山遍野的枫树和青杠树波澜起伏，红叶满天飞舞。

高雄带着陶三春和婉儿，在山道上忽快忽慢、时隐时现地行走着。

刘清带着一支几十人的队伍远远地跟在后面。他和妹妹经过高雄和婉儿的调教都学到了功夫，妹妹刘芸参加了陶家军娘子军，刘清在高雄身边当了一个小头目。

高雄对陶三春道："王妃娘娘，前面就是米苍道官坝五郎沟了。"

婉儿道："王妃娘娘，李商隐真的到过此地吗？"

陶三春道："的确来过此地，最有力的证据是他的《夜雨寄北》。《夜雨寄北》诗题一作'夜雨寄内'，很明显是写给他恋人懿仙的。全诗文字较李商隐其他许多诗平易，没有什么雕饰，感情却极为真切、极为动人。此诗有一个特别的句法，就是'巴山夜雨'四字前后重用。第二句'巴山夜雨'是身在巴山看雨。第四句'巴山夜雨'是想到将来回家时话巴山看雨的情怀，而身仍在巴山。'何当'二字是'什么时候能够'和上文'未有期'相呼应。全诗表达了缠绵的情致，意境曲折而极有风韵。这是一首极为广泛流传的诗。

李商隐的《夜雨寄北》巴山一词的注释中特别强调了巴山在

集州北部山区桃园、官坝一带，是集州的北大门，大小巴山盆周地带有米仓山、光雾山、香炉山等。所以李商隐写《夜雨寄北》若不身历其境、不身居巴山，是写不出‘巴山夜雨涨秋池’这样极其贴切、极其符合巴山实际情景的诗句来。

李商隐他生长在唐中叶以后，当时唐王朝一直走下坡路，出现了严重危机。皇帝昏庸、宦官专权，各地藩镇跋扈、朝臣结成宗派，互相排挤。

李商隐反对他们争权夺利，结果遭到权臣对他的攻击。他看透人世的一切，决心到最无人愿意去的地方去走走，去看看。‘巴山楚水凄凉地，二十年前弃置身。’前辈诗人不是到过巴山楚水吗？他决定到大巴山去。

李商隐经过长途跋涉的蜀道难，终于到了集州。巴山在集州城北，李商隐好不容易到了米仓山脚下的官坝。在途中他饱赏了大巴山的原始丛林，巉崖危峰。路上有零星的背哥走贩，山上是刀耕火种的棚民，与京城州郡形成了天壤之别。但民风的淳朴，自然风光的美却给商隐留下了难忘的印象。李商隐在米仓山脚下一个幺店里住下，不巧赶上了巴山秋雨季节。晚上淅淅沥沥的雨下个不停，白天稍晴，但路又太烂无法行走。晚上雨又下开了。几天后山上山下的池塘被水灌得满满的，山水纵横，四处乱流，行路难啊！李商隐只得小住。小店主人对李商隐倒很殷勤，在小店西窗的卧室里给他安排住宿，晚上还为他点了烛光。烛照西窗，李商隐觉得别有情趣。风声、雨声使李商隐睡不好觉。他怀念他的红颜知音懿仙，她是一个外秀内刚的绝色丽人，在她身上接受了多少诗歌的创作力量。他辜负了懿仙，他知道懿仙会永远等着他一直到蚕死泪尽。啊，应该写首诗寄给她。人生何处不相逢，将来见面时总该有个话题。他便染翰挥毫写下了诗题《夜雨寄内》。但李商隐又觉得不妥，幼娘已经去世了，懿仙还未与他正式成婚，改成《夜雨寄北》吧！这个北既代表了他家居河内（河北北方），而又是寄自集州城北的巴山。诗题一定，李商隐便深有感触地写下了：君问归期未有期，巴山夜雨涨秋池。何当共剪西窗烛，却话巴山夜雨时。

李商隐和懿仙的故事，是一个艳丽而凄婉的故事。这首《夜雨寄北》也是一首艳丽而凄婉的诗作。它饱含了深情、友谊、向往和期待。烛剪西窗、巴山夜话给千古多情夫妇、雅人、名士留下了高尚的和美的情操。”

婉儿被陶三春讲述的这个故事感动不已，高雄说他也多次听过这个故事，但却没有陶王妃讲得这样生动。陶三春说她也是听高怀德高元帅讲的，他当年在集州当了多年刺史，对集州的历史和文化了如指掌。

一条盘桓于悬崖峭壁、断涧丛林之间的青石板路上，传来了一阵阵节奏鲜明的打杵声。

一队背二哥背着沉重的货物隐隐出现在这条千年古道上，领头的是一位身材魁伟、体格健壮的青年汉子。他长得宽额大脸，虎背熊腰，高鼻梁、粗眉毛，一双眼睛虽然不大，却折射出两道锐利的光芒。他上身穿一件土白布短褂，下身是一条浅蓝色的短裤，脚下穿着一双粗草鞋。虽然沉重的二架子压弯了腰，但他依然一路谈笑风生，声如洪钟。

只听那汉子一声吆喝：“兄弟们，歇气啦！”

众人“哟嘿”的一声支起背架子和二架子等背二哥的运输工具，然后反手从身后取下扇子扇起凉来。

而后，随着一声吆喝，巴山背二歌的优美旋律，就像一只欢乐的百灵鸟，腾空而起，在密林中飞翔，在山谷间回旋，在溪流里激荡……

高高的大巴山，
离天只有三尺三，
要想翻越巴山顶，
只有背二哥的铁脚杆。
背上千斤翻巴山，

铁打腰杆都压弯，

打双赤脚路难走，

七十二道脚不干。

陶三春和婉儿均为眼前的情景所陶醉。

高雄向陶三春和婉儿介绍说："巴山背二哥在大巴山区大概有两千年的历史，从米仓古道、汉壁古道，就是汉中到集州到巴州的路，这些古道就是背二哥背运货物往来的必经之道。那么米仓古道有两千年历史，所以背二哥这种背运的劳动方式至少也是两千年历史，现在有准确记载历史就是唐玄奘到西天取经，他取回的经书就是背二哥用的这种平肩背夹背起回来的。所以'巴山背二歌'也应该有两千年的历史了。

巴山背二哥一代又一代翻越巴山，长途跋涉在这些古道上，背运粮草，或运输武器，或背运日常生活用品进行物资交换，为推动川陕物资交流、经济发展立下了不朽的功劳。陕西长安县兴教寺慈恩塔院内一块石碑上，有一幅宋初工匠仿原碑图刻的《玄奘取经图》，图中玄奘背经书所用的工具与今天巴山背二哥所背的背架一模一样，说明唐代以前，人们就开始使用背架这种运输工具了。

'巴山背二歌'是随着巴人从事长途背运这种生产劳动方式而产生的，人们在巴中古道上组成庞大的队伍背运货物，在劳动中创造了'巴山背二歌'。庞大的背运队伍在漫长的背运途中更唱叠合，相互学习交流，没有固定的师徒关系，属自发式传承，由于背二歌旋律优美，情趣盎然，故在民间广泛传唱。背二歌唱词以七言格律体为主，多用赋、比、兴的表现手法；衬词常用实词，调式为徵调式，曲式结构为上下两个乐句的单段体，没有构成起、承、转、合，属天高腔山歌唱腔高亢悠扬，风格粗犷豪放，结束时为长吁短叹的一声甩腔，极具地域特色，巴山背二歌的语言诙谐、风趣，均为即兴创作，多用双关语来表达人们的内心世界。'巴山背二歌'的歌词大都为二二三结构的七言格律诗，其写作手法多用赋、比、兴。如，弯弯背架像条船，情哥背铁又背盐，鸡叫三道就起身，太阳落坡才团圆。‘巴山背二歌’的衬词除了常用虚词外，还有像巴山其他民歌的衬词一样用实词作衬词，这是‘巴山背二歌’最大特色之一。如果背二哥们歌唱自己的生活，其衬词往往只有‘贤友儿’、‘情哥儿’等，这类衬词指背二哥们相互打招呼；如果唱情歌，其衬词则为‘贤妹儿’、‘情妹儿’或‘情哥儿’。‘巴山背二歌’的调式全都是民族五声调式中的徵调式；其曲式结构为上下两个乐句的单段体；其唱腔高亢悠扬，能翻山越岭、穿云钻雾，结束时都有长气短叹的一声甩腔‘耶——嘿！’

‘巴山背二歌’在曲牌上有很多种，具体上集州唱的背二歌、汉中唱的背二歌曲牌又有点不同。但它整个音乐旋律的大框架都属于大巴山的风格。它只是有些微小的差异，但是背二歌的歌词各地又是不同的，比如，这个巴山背二哥将要走累了，为了想消除疲劳，就唱情歌。比如背二哥走累了，一杵打起，看到河里有个姑娘，他要逗这个小媳妇，他马上打杵就唱：河里涨水沙浪沙，妹过跳凳眼发花，你是哪家的大小姐，要不要我来把你拉。这个女人马上就回答他：对门哥哥你没来拉，我是蜜蜂扑过的花，我已开花结过果，你莫在我身上想办法。大家就笑一会，力量就恢复了。”

陶三春笑道：“这巴山背二哥和背二歌一样博大精深、源远流长。”

高雄接着介绍道：“背二哥常年在大山里跋山涉水，辛勤地劳动，十分艰苦，什么蛇倒退、鬼见愁，走在那种路上只准前行，不准后退，只要后退就可能掉下岩去。而且因为山里的野兽很多，背夫不成群结队就可能被野兽袭击、吃掉。所以很自然地结合成一个背二哥队伍，羊肠小道难行，像米仓古道这样的栈道，它是前人用錾子打的一个脚印，只能放一只脚在里面走，加上中午肚子又饿了，太阳又热，山上只有那个懒蝉子（知了）在叫唤，什么声音都没有了，在这种情况下，筋疲力尽的背二哥杵子一打起，几句山歌一吼，大家情绪就来了。”

陶三春感叹道：“唐代大诗人李白的著名诗句‘蜀道之难，难于上青天’说的应该就是这里。”

婉儿问高雄道：“王妃娘娘经常给我们讲萧何月夜追韩信的故事，是不是也发生在这里？”

高雄用手一指道：“就是远处那座山岭，唤作孤云岭，后人又叫截贤岭。传说楚汉相争之际，淮阴布衣韩信不为西楚霸王项羽器重，常向项羽献策而不为用，韩信遂弃楚奔汉中。相国萧何荐与汉中王刘邦，刘邦仍以胯下乞儿轻视之。韩信一气之下，不辞而别，经米仓道南下巴蜀。萧何闻言，唯恐错失良将难成霸业，连夜跟踪追寻，直至孤云岭追上韩信，劝返汉中。刘邦终于被说服，筑坛拜将，委韩信以重任。从此转败为胜，以弱胜强，全歼楚军，逼死项羽，建立西汉王朝。此后，萧何追韩信处被称为‘截贤岭’，孤云山改称‘韩山’，山麓有小溪，称为‘韩溪’。唐代集州刺史杨师谋曾竖石碣于岭上，铭曰：萧何追韩信于此。

发生在这里的三国文化更是比比皆是，比如焦家河、汉平关就是一块古战场。相传汉献帝建安二十三年七月，曹操得知刘备欲夺汉中的消息，便亲率四十万大军分三路南下保汉中。刘备、孔明商定必须趁曹军未到之前先拿下汉中，作为联结荆州与西川的纽带，作为北伐中原的据点。于是亲率数万大军从葭萌关出发，分三路北上。令黄忠、严颜领兵一万攻取定军山；令张飞领兵一万攻取米仓山；令赵云随大军沿沔水东下直取汉中。张飞沿东河而上，日夜兼程很快攻占了焦家河上的城墙岩栈道和汉平关。听降兵说张郃部曹兵很快就到，张飞灵机一动，定下了于汉平关前打败张郃的妙计。将七千将士埋伏于汉平关前无名山的原始林中，令军士深挖壕堑、埋置路障，堆积柴草，备好火器，设好弓弩。然后亲领三千将士沿焦家河而上，刚到邻龙王沟的大山中，就遇到张郃领一万多将士蜂拥而来。张郃一见张飞就恨得咬牙切齿地大骂，恨不得一枪刺死张飞，以雪在巴西蒙头寨、荡石寨、瓦口寨的奇耻大辱。仇敌相见，分外眼红，张飞冷笑而不搭话，举起丈八蛇矛与张郃大战五十回合之后，张飞诈败，险些落马，喝令士兵丢盔弃甲，拼命溃逃。张郃欺张飞兵少溃败，就放心大胆地挥兵穷追，一气追了三十多里，眼看就要追上张飞。不料却陷入了张飞事先布好于汉平关上的埋伏圈。只听得四面一阵呐喊，顿时火光冲天，乱箭如雨。张郃大叫一声：‘中计！快撤！’哪知张飞突然大吼一声冲到张郃马前，举枪猛刺、死缠不放。张郃部曹军在夜色的火光中很快被烧死、射死、杀死大半。张郃被杀得心慌意乱、无心恋战，险些被乱箭射中，被张飞刺伤。张郃不愧为曹营名将，深知再战下去，不仅会全军覆没，连自己也会被张飞所擒。忽然大吼一声，纵马跳出数丈，摆脱了张飞，杀出一条血路，奔向东北方去了。少数曹兵也争先恐后地逃命，连张郃的大旗也弃落地上不管了。

张飞猛杀猛追了十多里，未追上张郃，怕夜中埋伏，只好收兵回汉平关。在犒赏军士、填饱肚皮、令人把关后，按孔明原来的部署，令刘封带少数兵马连夜取小路焚毁曹军米仓山粮草，自领大部分军马连夜前去合围定军山。此后，当地百姓为纪念张飞，便将无名山更名为落旗山至今。”

婉儿听得津津有味，对高雄赞赏道：“高兄为何把这一带记得如此清楚？”

高雄道：“当年我陪那位云游道人跑遍了这一带的山山岭岭，地形自然熟了。不信我可以一口气给你们背出一串小地名来，诸如桃园、官坝、大坝、光雾山、大小兰包、牟羊城、韩溪河、九角山、珍珠沟、石人山、龙潭沟、龙形山坝、映水溪、香炉山、米仓山、龙阳台、焦家河、寒溪峡、燕子岩、普陀村、贾郭山、香炉山、大小兰沟……”

婉儿惊叹不已道：“啊，你陪那道人到这深山里来干什么？”

高雄道："采药炼丹，同时也教我武功。"

陶三春问高雄道："这儿离王鼎彪子军的大本营还有多远?"

高雄道："大约有七八十里，山高、路陡、林密，加之王鼎已成了惊弓之鸟，我们已打草惊蛇，借给他八个胆儿也不敢来骚扰。"

陶三春道："我倒不是担心个人安危。我这次上山一是看看官坝五郎沟，因原先准备在这里建造陶家寨隐居为民。二是查看这一带地形，想亲自带兵前往巴山进剿王鼎，以绝心头之患。"

高雄道："据探子回报，王鼎已将大本营从桃园退至甘家垭和大小圆包一带，那里山更高、路更陡、林更密。当我军追得精疲力竭、气喘吁吁的时候，彪子军开始反击。贼匪在暗处，我军在明处，最容易遭受冷枪冷箭袭击。"

陶三春道："言之有理。那依你之见，我们该如何处置?"

高雄道："王鼎诡计多端，非等闲之辈，加之又屯田巴山，兴商扶农，钱粮充足，队伍也扩大到三四千人，力量也今非昔比。再加上，王匪治军极严，把部下锻炼得体强耐寒，三九天气，不用被子也可以在雪地里倒头就睡，在那绵延数百里的高山老林里，他们昼伏夜出，牵着我们鼻子转，我等兵虽多，却等于用大炮打蚊子，白费劲!"

陶三春恍然大悟道："我明白了。咱们就把住大小下山路口，将巴山团团围住，围而不攻，静观其变，除非他一辈子再不下山扰民。"

高雄赞扬道："王妃娘娘英明!"

婉儿对陶三春道："这儿地形十分复杂，咱们不能久待，还是赶紧离开为好。"

陶三春道："我倒忘了，今天晚上胡刺史将在断渠举行一年一度的火把盛会，也就是巴人节，要求我们一定要参加，与民同乐。"

婉儿道："那咱们马上下山吧!"

五十三

巴蔓子是巴人的英雄，每年在他自刎殉国之日，各地都要举行巴人火把盛会。所有的男女老少都可以放心大胆地痛饮三日三夜。其间，陶三春不但见识了巴人的能歌善舞，还被巴人部落首领拉着遍尝了巴人的美酒佳肴，留下深刻印象。男的、女的、老的、少的，全城的百姓仿佛都聚集到了一处，人们穿着年节时的盛装，围着上百个大火堆笑着、唱着、欢庆着。姑娘小伙儿更是毫不避讳当众求爱，那份直率大胆，倒让陶三春见识了一番。她的家乡也有巴人节，也曾参加过这样的火把盛会，但那规模太小，远没法跟这次相比。真没想到在此地赶上了如此盛大的火把会，让她和两个孩子大开眼界。听巴人部落首领说，自秦灭巴以来，这些部落从阆中隐居到此地，代代苦难深重。

陶三春成为当晚最受瞩目的佳客，巴人部落首领无比地敬重她，坐在篝火旁陪伴着她边享受着精美的酒食，边向她讲述巴人的历史……

此时高雄却陪着婉儿在断渠沙滩上观看“巴渝舞”，一群男女巴人后裔围着一面八仙鼓执仗而舞。“仗”是兵器，“执仗”即执干戈；伴奏则是击鼓，鼓员三十六人，舞者多达上千人。沙锣一道，鼓手随后，一面击鼓，一面呐喊，不断变换队形，浩浩荡荡，威武雄壮。高雄向婉儿介绍说，“巴渝舞”是阆中渝水土著巴族賨人所创造的民间舞蹈。賨人天性劲勇，俗喜歌舞。汉高祖刘邦伐三秦建大汉时，被募为汉军前锋。他们那种“巴师勇锐，歌舞以凌”的气势和战斗力，赢得了汉高祖的喜爱，并将賨人的战争武舞取名为“巴渝舞”，引进宫廷，历经魏、晋、南北朝，至唐代，虽曾数易其名，仍盛演不衰。唐以后，“巴渝舞”在宫廷中销声匿迹，名不见经传了。但在民间仍在世代承传，历经演变，原始的武舞演变成祭祀性舞蹈和庆典性舞蹈。

征伐战场上的“巴渝舞”，有多少人战斗，就有多少人歌舞：在阵前拼杀者，执盾挺戈，大声呼喝，后面伴奏者，则击鼓顿足，以增威势，这就是巴渝舞的特点“前歌后舞”。流传至今的八仙鼓（又名“巴象鼓”）即是历经演变的“巴渝舞”的一种表现形式。八仙鼓为长柄双面兽皮鼓，鼓面绘有八仙或图腾图案，直径约一尺二寸，鼓柄约四尺。八仙鼓舞多为十人以上的群舞，适宜广场表演。表演时，一曰矛渝，二曰安弩，三曰安台，四曰行辞。司马相如在《子虚赋》中这样描绘“巴渝舞”的壮观场面：“千人唱，万人和，山陵为之震动，山谷为之荡波。”为了“耀武观兵”，朝廷接待“四夷使者”，便常常表演“巴渝舞”。

全体巴人高呼狂舞，抬起婉儿和高雄，欢声笑语，震荡山谷……

一轮圆月升起，月华如水，把个断渠照耀得如同白昼。

高雄轻轻地牵起婉儿的裙角，把她拉进了松林坡。

松树林子里静悄悄的，绿树的枝叶有的如伞盖，有的如人的手臂舞着翠色的长袖，下面尽是平坦的草地，间或散漫地偃卧着几块大石头。从断渠河面上吹来的风分外柔和，一阵阵沁得人神清气爽——真是有情人约会的好所在啊！

婉儿和高雄来到这里，双双依石而坐，婉儿从怀中抽出一张绣得挺精致的手帕，上面绣有两只比翼鸟，在初夜月光的映衬下，那鸟儿活鲜鲜的像要比翼齐飞的样儿。

高雄恭恭敬敬地接过那手帕，用充满喜悦的目光望着婉儿。这时的婉儿不知怎么像喝醉了酒似的，感到头昏眼花，一个踉跄身不由主地向前一倾。高雄也被这突如其来的变化惊吓得不知所措，忙举起双臂扶住她，就这样她的身子毫无防范地倾倒在高雄的怀里。她的黑发散开了，绕在他的脸上。隔着一层薄薄的纱衫，他感受到她的心房在剧烈地跳动。

他低下头来，看到了她那红红的像樱桃似的娇艳动人的嘴唇，正微微地启开，用全部芬芳迎接他，他没有任何抱住她的思想准备，然而他却是那样自然地抱住了她，而且是抱得很紧很紧。

松树林里的风突然变得很轻很轻的了，月亮的光芒一下子变得很柔很柔的了，林子里静悄悄……

五十四

日月如梭、光阴似箭，陶三春来到集州转眼间便是三年。

这期间集州发生了许多变故，王鼎虽然仍盘踞在大巴山上，但却十分规矩，三年间始终没有下山扰民一次，周边三十多个州县百姓方能安居乐业，过上了一段太平日子。

高雄与婉儿喜结良缘，并育有一儿一女。

在这三年期间，陶三春做了大量有利于百姓的好事，诸如兴修水利，扶植农桑，重视教育，惩治豪强，等等。她的传奇故事，在川北地区广为流传，真可谓家喻户晓、老幼皆知。

集州市场三天赶一集，每集四面八方、南来北往的小商小贩以及各地形形色色的商品便云集到了这里，与集州接壤的巴州、利州、汉中百姓都到这里来赶集，随时都可以交流他们手中的农副产品及土特产品，这给集州大堂坝、上河街、下河街带来了空前的繁华。集州的小吃那可是天下闻名，诸如鸡蛋醪糟、醪糟汤圆、馅子面、芝麻饼、火烧馍、糍粑、凉粉、凉面、麻花、麻糖、十大碗，以及各种各样的山里野味，吸引着四面八方的食客向往。

集州集贸市场人山人海，热闹非凡。街道两旁的药材铺，杂货铺、茶叶铺、小摊贩、饭店、小吃店显得更加整齐规范，热闹非凡。男女老少背着背篼、挎着篮子，从四面八方云集到这里赶集，讨价声、还价声，还有那些汤锅烧啦的吆喝声，不绝于耳……

原来陶三春为了增加集州的财政收入，便在集州设立厘金局。方圆几十里地的范围内均设卡征税，保护商旅安全，认真执行下列具体规定：对于借经商祸害百姓的不法奸商，则一律没收货物并罚款；对于贩运大批货物的客商，则征收适当的关卡税后，就由陶家军武装护送，有了损失照价赔偿。因在当时遍地皆是王鼎彪子军土匪，随时有被洗劫危险的情况下，行商亦乐于经此运货到汉中、利州、巴州、阆中等地。对于自产自销和小本贩运者，则一律免征关卡税。对于因各种原因而蚀本的小商小贩，陶家军则借本予以扶持。陶家军还在横店子、龙神店、五颗石、响滩子、火地沟、铁炉坝、岩房坪、五里磬、高桥、周家店、东药铺、二洞桥、辛店子、关门子、八庙垭、马掌铺等道路上开设幺店子。一方面给来往客商提供食宿方便，另一方面通过这些幺店子的“眼线”，随时了解和掌握王鼎彪子军的动向。

陶家军还在上两河口、下两河口、沙河等地设立集市，号召百姓把蔬菜食品、日用百货、生产用具背到这里交易。陶家军还规定，除酒以外，凡是卖不完的食品蔬菜之类官府一律买下。陶三春说，百姓背东西来卖是对官府兴办的厘金局的支援，要爱护百姓的热情，就是背来的黄菜叶子，也要买下。据此，每逢当集的下半天，市上卖不完的菜，统统由陶家军收起来，付给上半天同样价格的钱，以解决百姓靠卖菜而买点其他用品的困难。陶家军和团练衙兵吃不完的菜，就送给附近的穷人吃。这样一来，就变成了热闹集市。从食品到百货，从生活用品到生产工具，应有尽有。生意一好，便招来了周边数十个乡镇的商贩云集于此，进行交易。缝衣服、打草鞋、刊刻修理等手工业者和行医治病、采药卖药的先生都来这里摆摊营业。

陶家军还在集州兴办了一些手工业工厂，打造锄头、镰刀、犁铧、竹木加工等各种农具和家具，以满足农业生产和群众日用品的需要。

此外，还兴办医药卫生事业。在集州城里办起了好几家药铺，药品齐全，数量也比较多。陶家军和老百姓看病吃药只登记，不给钱。看病的人很多，每天都有好几百人看病、拣药。开初，医生坚持不收诊费和药费，并向老百姓解释说："这是陶王妃娘娘说了的。"老百姓就要求见陶三春，并要坚决给钱。陶三春便出面接见了老百姓并亲切地对他们说："我们早就贴了告示的，陶家军是为老百姓的，老百姓来看病吃药，就是不要钱嘛！你们可不要见外了。"话还未讲完，在场的百姓眼里都闪着激动的泪花。陶家军与老百姓血肉相连，鱼水相依，休戚与共，团结战斗在巴山深处。

集州处于三年和平时期，军民难免产生了"刀枪入库、马放南山"的麻痹思想。这天郑印和姣娥私自进山打猎，后来兄妹俩走散迷路在大森林里，姣娥不慎掉入土匪设下的陷阱被擒上山寨。

郑印回到陶家寨报信，被陶三春痛打一顿。准备第二天亲率陶家军上山寻找。当晚土匪在陶家寨大门上插把匕首，留下字条：陶三春你给老子听着，你女儿现在山寨，限明日午时三刻在桃园镇取人，将白银一万两，布匹一百绽，粮食一万石送上山来，否则将你女儿赏给众位弟兄淫乐，老子然后开堂剖腹，挖出心肝下酒。彪子军大帅王鼎。

高雄忧心忡忡地对陶三春道："为了救姣娥妹妹，王鼎要啥给他啥，他要集州我都愿意给他。"

陶三春冷静地道："姣娥要救，但王鼎的要求一样也不能答应。"

高雄惊讶道："那怎么办？"

陶三春道："我自有主张，你快去通知陶家军全体将领前来听令。"

五十五

王鼎布置十分周密，捆绑姣娥于悬崖绝壁之处，四周埋伏了上千名弓箭手，王鼎只准陶三春一人前去。

王鼎站在姣娥身边，严密注视山下前来的陶三春。姣娥高喊着：“母亲，这是王鼎的诡计，千万不要中贼人的圈套，不要管我!”

王鼎打了姣娥一耳光，姣娥踹了王鼎一脚，飞身跳下万丈深谷。

陶三春大喊道：“娥儿——”声色凄厉。

婉儿飞起一箭射中王鼎左臂，王鼎惨叫一声，匪徒们千箭齐发。

高雄令婉儿将昏倒的陶三春背下山去。

王鼎回山寨，医治箭伤，大发雷霆：“你们这群废物，又坏了我的好事。”郎中把他的伤口触痛，他怒吼：“滚!”

陶三春卧于床上，痛不欲生。

高雄安慰道：“王妃娘娘宽心，姣娥妹妹生死未卜，我已经派人四处打听下落。”

高雄吩咐婉儿好生照顾王妃，他转身走出陶三春卧室，做出了一件惊人决定，与郑印带领全体陶家军男女将士，星夜进山围剿王鼎的彪子军。

胡刺史闻讯也带领集州全体衙兵配合行动。

全城百姓闻讯也自发组织起来，大约上万名百姓手执刀枪棍棒一同前往围山。

一万多军民将彪子军的营地团团围困，以拉网式的战术步步为营，敲锣打鼓，此起彼伏地喊叫："活捉王鼎，活捉王鼎！"

王鼎感到末日将临，下令拼死抵抗，高雄下令猛攻，双方死伤很大。

高雄下令放火烧山。一时间四面八方，浓烟滚滚，野兽狂奔。土匪钻进山洞，被熏得死去活来，有的烧得皮开肉绽，有的忍受不了疼痛飞身跳崖。王鼎父子抱成一团，痛哭不已。"天啊，我王鼎咋这么惨！"瞬间，乌云滚动，电闪雷鸣，暴雨如注，浇灭满山大火。

王鼎父子攀着葛藤滑下崖底，见到阴河流水。几人砍树扎筏，顺流漂出溶洞。

高雄仰天长叹道："老天爷，你怎么跟土匪是一家人啦！"

老百姓将半死的土匪再加一棒置于死地。

两个陶家军士兵把一个断腿土匪举起来口喊"一、二"抛下悬崖。

高雄下令烧毁彪子军山寨所有营房，并指挥上万军民拉网式地在满山遍野搜索，始终没有发现王鼎父子和姣娥的尸体。

陶家寨大门口，竹竿高挑招魂幡。

高雄走进陶府面见陶三春道："王妃娘娘，我们大获全胜，全歼了彪子军，一把火烧得土匪片甲不留，给姣娥妹妹报了仇！"

陶府门外，老管家高喊："王妃娘娘，姣娥回来了！"

陶三春惊诧，手中的茶杯坠落。

采药老人扶姣娥进屋，姣娥喊道："娘！"

陶三春抱着姣娥痛哭，道："我的女儿，你是人还是鬼哟？"

姣娥哭道："是这位老爷爷救了女儿。"

陶三春惊愕道："啊?!"

采药老人道："老夫那天采药山崖下，突见一个人落于藤葛丛中。我见是一个小女子，赶忙救下背回家中精心调理，待她神志清醒后，老夫问其缘由，方知是陶王妃的千金小姐，于是便给王妃娘娘送了回来。”

陶三春大喜道：“多谢老人家的救命之恩!”

采药老人道：“我的老伴、儿子、儿媳、女儿均被王鼎杀害，要不是你们陶家军搭救，我这把老骨头哪能活到现在。”

陶三春十分感激，便强留采药老人在陶家军中当医生。

清除了集州匪患，陶三春协助胡刺史理顺政事，陶家军由高雄和婉儿主管，过了元宵节她便决定带儿子郑印和女儿姣娥到利州参加女儿节，然后再到利州、巴州、阆中、通州、安康、汉中等地走走。

五十六

唐朝武德六年（623 年），端阳佳节时分，蜀北重镇利州城外嘉陵江一名为“江潭”之处，有一官船正荡桨于此。船上管弦悠扬、歌舞轻曼。忽然，天上乌云密布，江面波翻浪涌。只见一道电光霹雳一闪，从江心猛然腾出一条金龙来。那金龙在天上一阵狂舞后便直扑官船而来，顿时将端坐于船上的利州都督夫人杨氏吓昏过去。当这位花容月貌的都督夫人醒来后，风已停浪也静，那满天的乌云也消去无踪影，只有明媚的阳光正温暖地洒在清清的江面上。桨橹款款，风和日丽，一切是那样的宁静而又安详，好像刚才什么也没发生一样。都督夫人回去不久便有了身孕，次年正月二十三生下了一个女婴，再后来这个女婴长大成人在历经了一段艰辛后就成了中国漫长的历史长河中唯一的女皇帝，她就是中国封建社会杰出的女政治家、代唐而主天下的大周“金轮圣神皇帝”武则天。

唐时的利州为纪念在此诞生的这位杰出的女性，当地民众便在杨氏感龙交而孕生了武媚娘的利州江潭之畔的乌龙山上修建了一座祀庙“皇泽寺”，那碧波荡漾的江潭也被称为“金轮感孕所”。每年在武则天生日这天都将举行盛大的庆祝纪念活动，“正月二十三，妇女游河湾”，全城妇女身着艳丽的服装倾城而出会集嘉陵江两岸。她们移舟江潭，载歌载舞，冀求金龙再现、再感龙孕、再多生出几位为天下妇女扬眉吐气的女豪杰来。这一习俗沿袭于今，每年的正月二十三日，这便是多姿多彩、引人神往的“利州女儿节”。

"利州女儿节，妇女游河湾"，这原本就是最具魅力的一种民间文化活动，是利州女儿节的重彩浓墨描绘的篇章。这独特的民间盛会引起了周边数十个州县的浓厚兴趣，同时也引来了无数商家前来交易买卖，生意做得十分红火。就因这独一无二的"游河湾"，使"利州女儿节"在众多的民间节日中脱颖而出，很快天下尽知。

武则天名武曌，武德七年（624 年）生于利州，十四岁以前一直生活在这里。她原籍并州文水（今山西文水）。贞观十二年（638 年）被选入宫为太宗才人，太宗驾崩后入长安感业寺为尼。高宗即位后，复召入宫为昭仪，永徽六年（655 年）立为皇后，逐渐参与朝政。永淳二年（683 年）高宗死，太子李显即位，她临朝称制，废李显立李旦为帝。载初元年（690 年）自立为帝，改国号为周，成为中国有史以来的第一位女皇。在她当政期间，进一步打击门阀士族势力，镇压政敌；开创殿试和武举，破格选拔人才；劝农桑、薄赋徭，颁布"兆人本业"以示重视生产；提倡佛教，使寺院经济迅速发展；她晚年派兵收复安西四镇，屯兵边疆，对巩固祖国统一起了积极作用。神龙元年（705 年）病重，拥李显复位，尊她为则天大圣皇帝，死后谥则天皇后，立无字碑，传为千古佳话。

利州人民为纪念则天皇后的文治武功，将大量文物存放在皇泽寺，供人参观。

民间传说武则天死而为神，给她建庙命名"皇泽"，是祈望"在天之灵"能泽被乡梓，因而祀庙内一直供奉她的真容。皇泽寺建有则天殿、中心柱窟、大佛楼、小南海、吕祖阁、五佛亭、望江楼和女皇山庄。

则天殿是皇泽寺的中心大殿，殿门上悬温庭宽手书匾额"则天殿"，两侧是大气恢宏的楹联，上联是"政启开元治宏贞观"，下联为"芳流剑阁光被利州"。殿堂正中是武则天石雕像，神态安详，头戴着嵌有一小佛像的宝冠，身着璎珞彩褂，袒露胸臂，一身佛门圣母打扮。武则天石刻像以崭新的金身展现给世人。另一块石碑上则是用流畅线条阴刻的武则天宫装正面像，娇艳而慧敏，有一首古诗对其赞美道："绝代佳人绝世雄，衣冠万国冕旒崇；须眉有幸朝宸下，宰辅多才到阁中。六尺遗孤兴浩劫，千秋高视仰丰功；残山剩水留纤影，依旧倾城醉雁鸿。"殿内完好保存着后蜀广政二十二年的一块石碑，这是武则天出生利州的有力证据之一。

中心柱窟，位于则天殿之上，其实是一座造型精美的经塔，三面石壁都刻有佛像，正中是释迦牟尼，左右是文殊、普贤，围绕三尊佛像刻有飞舞蛟龙，据有关人士考证为北周时所刻。

大佛楼，位于中心石窟之上。这是一龛中国盛唐时期的摩崖石刻造像作品，正中释迦牟尼大佛庄严肃穆，气魄雄伟，左右两侧弟子和力士个个雕刻逼真，栩栩如生。大佛背后刻有"天龙八部"，在变化多端的彩云中若隐若现，十分生动。

由于王鼎彪子军的连年祸害，这一重要的节日盛事便被迫停办。自从王鼎被陶三春剿灭之后，"利州女儿节"又得以恢复。今年大规模举办"利州女儿节"的另一层含意，那就是利州人民不仅要纪念则天娘娘，而且也为活菩萨陶王妃娘娘歌功颂德。

陶三春也很崇拜则天娘娘，于是便带上儿子郑印和女儿姣娥参加了这届盛况空前的"利州女儿节"。他们看到那龙凤二舟各牵引着十余艘彩船在嘉陵江上逶迤而行，彩船上是身着民族艳丽盛装的歌舞群众，还有龙灯狮舞采莲船在舟上助兴。江面上歌声如潮，两岸笑语连天，可谓气势恢宏，流光溢彩，美不胜收，倾倒四方游客。

陶三春带着儿子郑印和女儿郑姣娥到皇泽寺祭拜了则天娘娘之后，又到巴州南龛坡祭拜三国时期的著名老将严颜。当年张飞路过巴州智擒严颜的故事在当地家喻户晓，老幼皆知。巴州百姓念张飞忠勇、仁义和爱心，便在南龛坡前建了一座捉严亭以祭祀。千百年来，到巴州捉严亭来祭祀张飞和严颜的人络绎不绝，一直香火鼎盛，既有文官又有武将，既有高人又有屠夫等寻常百姓。巴州古城几乎处处都能感受到张飞的影响，以各种方式来纪念张飞。

陶三春参观完了南龛坡，向陪同她的巴州杨刺史提出为张飞和严颜老将重新塑像，费用全部由她个人出。

陶三春一行不一日到达阆中境地，只见满山遍野的麦苗儿青、菜花儿黄……

陶三春一路拜访农家、体察民情。在盐场，发现管理混乱，采取措施处罚了一批不法盐商。随后又带着儿子郑印和女儿姣娥参观了位于阆中古城西街的张飞庙。陶三春感慨地对两个孩子道：“汉桓侯张飞在巴西当了七年太守，做了许多有利于当地百姓的大好事，也是他最辉煌的一段人生历程，却鲜为后人所知。”

陶三春一行在阆中张飞庙前祭拜完毕，又经通州去了安康郡。

安康历年洪水泛滥，陶三春同安康郡官员一道考察，建议修一道拦河大坝，充分利用水源，发展水上运输。安康郡采纳了陶三春的建议，自筹了一部分资金，陶三春号召周边数十个州县资助了十万两银子，修建了一道千秋功业的防洪大堤，让安康子孙世代受益。

陶三春一行刚到汉中府，集州胡刺史派的官差便快马追到汉中，送信给陶三春，告知皇帝驾崩，赵光义继皇位，朝廷派御史大夫专程前往集州等陶三春接圣旨。

陶三春一行便星夜经南郑返回集州。

众人为陶三春捏一把汗，新皇帝派来御史，不知是祸是福。

五十七

陶三春回到集州，御史大人亲到城外相迎。

胡刺史设大宴款待朝廷钦差御史大人，同时也为陶三春一行接风洗尘。

宴后御史大夫将新皇上御赠的大批丝绸、金银财宝送到陶家寨，讲述了新皇帝的旨意，大意是表彰了陶三春隐居集州这些年间为国为民所做出的丰功伟绩，对陶家军有功人员一一给予封赏，还把先皇小女太平公主婚配给北平王郑印，把开国元勋高怀德之子高虎婚配给郑姣娥，宣郑印和郑姣娥即日进京完婚。

陶三春当即谢绝皇上好意，并请御史转告当今皇上，她已深深爱上了集州这块神奇的土地，深深爱上了这里的百姓，她将世世代代生活在这里。

御史大人说既然王妃娘娘留意已决，那就请公子郑印和公主郑姣娥奉旨赴任完婚吧！

陶三春说儿子郑印和女儿姣娥也执意不肯进京做官，且已分别与彩云和刘清定了亲，还请御史大人回京向当今皇上和高元帅转呈我们母子三人的谢意，并宽恕我们抗旨不遵。

御史大人叹息不已，无奈回京复旨去了。

陶家军此时加上利州、巴州、阆中、通州、安康、汉中各地分支机构，总人数已达上万人之多，男兵女兵各占一半。由陶三春担任陶家军主帅，郑印为副帅，高雄为军师，婉儿为总教练，姣娥为先锋大将；彩云为女队主将，刘清为男队主将。陶家军平时学军事，学文化，农忙时参加农业生产，除了自己垦荒种地，粮食蔬菜自给自足以外，还帮助百姓春播秋收，颇受当地百姓拥护和爱戴。

这样的太平日子过了数年之后，川北地区再生战乱。

淳化四年（993 年），四川爆发王小波和李顺发动的农民起义。起义军所到之处劫富济贫，得到蜀地百姓广泛呼应。

原来是先帝赵匡胤灭了后蜀后，纵容将士在成都抢掠，把后蜀储积的财富运到汴京，激起了蜀地百姓的愤恨。当今新皇赵光义又在那里设立衙门，垄断买卖。蜀地出产的茶叶、丝帛，都被官府垄断了。一些地主、大商人趁机投机倒把、贱买贵卖，蜀地百姓的日子就更难过了。

青城县（今四川灌县西南）农民王小波和他妻弟李顺，都是靠贩卖茶叶谋生的。官府禁止私卖茶叶后，王小波断了生路，决心起义。993 年，王小波聚集了一百多个茶农和贫民，跟他们说："如今这个世道，穷人越来越穷，富人越来越富，实在太不公平了。现在，我们一起来消灭这种不平均的现象，你们说怎么样？"

这些茶农和贫民平时受够官府和富人的剥削，听了王小波的话，都热烈拥护。消息一传开，各地贫民都纷纷前来参加王小波的起义军，在很短的时间内便聚集了几万人。

王小波率领数万人马先占领了青城县，又乘胜攻下彭山县（今四川彭山县）。彭山县令齐元振是个刁钻狠毒的贪官，当朝严令禁止地方官员贪污，并派钦差到蜀地调查。齐元振听到钦差要来，先把贪污得来的财物分散藏在富商家里。钦差到了彭山县，查不出那里官员有贪污行为，回去向朝廷回报，朝廷还下令嘉奖齐元振清白能干。

齐元振骗过了朝廷，搜刮得更厉害。王小波知道彭山的百姓对齐元振怨恨最深，就带起义军攻打彭山。在彭山百姓的响应下，起义军很快占领了县城，杀了大贪官齐元振，把他平日从百姓那里搜刮得来的钱财，分给那里的贫苦百姓。王小波又带兵北上，向江原（今四川崇庆东南）进攻。驻守江原的宋将张玘发兵反击，双方在江原城外展开一场大战。

王小波的起义军打得十分英勇顽强，张玘招架不了，就放起冷箭来。王小波没防备，被冷箭射中了前额。王小波不顾满脸鲜血，继续进攻，终于打败宋军，把凶恶的张玘杀了。

起义的队伍攻占了江原，但是王小波却因为伤势太重死去。

王小波一死，起义将士推李顺做首领，继续带领大家反抗官军。

在李顺的指挥下，起义军越聚越多，连续攻下许多城池，杀死了一批贪官污吏，最后终于攻取了蜀地的中心成都。

公元994年正月，李顺在军民的拥护下，建立大蜀政权。李顺当了大蜀王，一面整顿人马，一面继续派兵四出攻占州县。从北面江油到东面的巫峡，到处是起义军的势力。川北利州、集州、巴州、阆中等地对李顺太有诱惑力，做梦都想得到这些地方，然而却始终没有敢迈过江油半步，因为他们惧怕陶家军。一提起陶三春的名字，李顺便放弃了武力攻占这些州县的念头，却派出无数说客带上厚礼前往集州说服陶家军加入他们的起义队伍，待拿下全部蜀地之后，与陶三春平分也行，或由她担任蜀王也行。陶三春对这些说客以礼相待，以理服人。她让说客们明确告诉李顺，要她同流合污那是痴心妄想，要想反当年在汴京便就反了。因考虑到李顺是农民起义军，打出的旗号是劫富济贫，代表的是广大农民利益，她才不便出手，否则早就出手了。希望李顺只反贪官不反皇帝更不要反朝廷，只要不做出伤害民族利益以及伤害川北百姓的事，她便与他井水不犯河水。她的职责是保境安民，利州、集州、巴州、阆中等州县没有贪官，川北百姓安居乐业、洞天福地，希望李顺能好自为之，不得越过江油半步。否则她必将出手，都无须朝廷派一兵一卒，只凭她的陶家军便可将其斩草除根。后来朝廷也多次下檄文令陶三春率陶家军镇压李顺的起义军，但都遭到陶三春的婉言拒绝，因她不愿意背上镇压农民起义军的骂名。

李顺的起义军迅速壮大还有一个原因，那就是社会上的一些地痞流氓和恶霸土匪趁机钻进这支队伍，趁火打劫，浑水摸鱼。这些人也打着劫富济贫的旗号攻城陷地，蒙蔽了许多不明真相的百姓参与了他们的队伍，干起了打家掠舍，偷鸡摸狗，与土匪无二的勾当，王鼎便是其中之一。

原来彪子军覆没之后，王鼎逃入夏州（今陕西靖边北）投奔了党项族其中一部反叛朝廷的李继迁，当年同在凤翔节度使王崇景手下为将的马精武也在他的手下当了一员大将，李继迁封王鼎为副将。

党项族是北方少数民族之一，属西羌族的一支，故有“党项羌”的称谓。羌族发源于“赐支”或者“析支”，汉时羌族大量内迁至河陇及关中一带。此时的党项族过着不知稼穑、草木记岁的原始游牧部落生活。他们以部落为划分单位，以姓氏作为部落名称，逐渐形成了著名的党项八部，其中以拓跋氏最为强盛。此外还有黑党项、雪山党项等部落。

隋时部分党项羌开始内附，追随中原政权。唐时经过两次内迁，党项逐渐集中到灵州、庆州、夏州、银州、绥州、延州、胜州等诸州，仍以分散的部落为主。他们与室韦、内迁的吐谷浑及汉族杂居相处。经济以畜牧业为主，“党项马”在当时名噪一时。唐在党项民族聚集地设立羁縻州进行管理，有功的党项部落酋长被任命为州刺史或其他官职。

唐末黄巢起义时，唐僖宗传檄天下勤王。党项族宥州刺史拓跋思恭出兵，联合其他力量共同击败起义军。战斗中，拓跋思恭的弟弟拓跋思忠战死。唐僖宗赐拓跋思恭为“定难军节度使”，后被封为夏国公，赐姓李。至此，党项拓跋氏部落有了领地，辖境包括夏、银（今陕西榆林东南）、绥（今绥德）、宥（今靖边东）、静（今米脂东）五州之地，握有兵权，成为名副其实的藩镇之一。到后周末年，已经形成一个以夏州为中心的地方割据势力。

宋初夏州定难军节度使李彝殷出兵助宋对北汉作战立有大功，朝廷对夏州李氏政权给予了很高的统治地位。太平兴国五年（980年）传至李继捧，发生了党项贵族内部争夺权位的斗争。太平兴国七年（982年），赵光义削藩镇的兵权，准备根除西北这一大盘踞势力。太平兴国七年，李继捧率族人投附宋朝，献夏、绥、银、宥、静五州之地。宋封李继捧为彰德军节度使，留居汴京，党项族内部由此引起了急剧的分裂。李继捧的族弟李继迁带领一部逃回夏州公开反叛，与朝廷分庭抗礼。雍熙二年（985年），李继迁在马精武和王鼎的有力协助下，占据银州，攻破会州（今甘肃靖远），又向辽国“请降”，被契丹人封为夏国王。至道二年（996年），李继迁率马精武、王鼎截夺宋军粮草四十万，又出大军包围灵武城。皇帝赵光义大怒，派五路大军围剿，李继迁的队伍被冲击得七零八落，只带着几十个人遁入茫茫草原。马精武和王鼎闻知李顺揭竿反宋，并在成都建立了大蜀国，便喜出望外地投奔了李顺。李顺见二人武艺高强，便委任马精武为征北元帅，王鼎为先锋，拨给了五千人马，若拿下利州、集州、巴州、阆中，便由二人分管这些州县。王鼎无数次向马精武哭诉他的遭遇，还在夏州时便请求马精武看在当午同事的分上，一定要帮他报仇雪恨，擒住陶三春他要生吞活剥。马精武说我好比居住在李继迁家房檐下的燕子，哪有权力带走一兵一卒到遥远的集州去帮你报仇，待日后有了机会再说。机会终于来了，可名正言顺地借李顺起义军的名义为王鼎报仇雪恨了。马精武对陶三春的美貌早有耳闻，他对王鼎说若擒住陶三春一定要归他做元帅夫人。王鼎说那也行，但陶三春的儿子郑印和女儿郑姣娥一定要归他碎尸万段……

这天陶三春得到利州官府急报，李顺的数千起义军突然袭击剑阁，直奔利州而来，军情十万火急，请陶王妃速作决策。

陶三春立即升帐，与陶家军各位将校议事。

陶三春道：“这李顺与我达成了以江油为界，互不侵犯的默契，一度相安无事，为何突然袭破剑阁，兵犯利州？难道李顺得到了什么高人相助，这领头的何许人也？”

高雄道：“我已派人查清楚了，那领头的不是别人，正是销声灭迹了五年之久的巴山惯匪王鼎。”

众人一片惊讶。

婉儿道：“王鼎在桃园一战几乎全军覆没，顶多也是只身脱逃而已，为何五年之后又钻出来五千人马来？”

高雄道：“王鼎投靠了李顺，李顺也正好借刀杀人，便拨给王鼎五千人马，王鼎是向李顺借兵前来报仇，李顺则妄图利用王鼎为他攻下利州、集州、巴州、阆中等地。”

陶三春道：“王鼎这个败类在巴山与我们较量了多年，一直是陶家军手下败将，就算他骗取了李顺的信任，拨给了他五千人马，但都是一些缺少军事素质的农民队伍，何以敢与我能征惯战的陶家军相抗衡，这其中定有其他缘故。”

高雄道：“当年王崇景手下有一位战将叫马精武，后来投靠了夏州党项族李继迁，此时他已公开反叛朝廷。马精武的武艺十分高强，为李继迁攻城略地、所向披靡，李继迁便拜他为大将。巴山彪子军覆没之后，王鼎父子逃到夏州，投靠在马精武手下当了一员偏将。李继迁被当今皇上剿灭之后，恰逢李顺在成都建立了大蜀国，马精武便带着王鼎父子投靠了李顺，打着起义军的旗号招募了众多不明真相的老百姓加入了他们的队伍，组建了一支数万之众的马家军，轻而易举地攻占了剑阁。李顺的人马自然不是我们陶家军的对手，但马精武从夏州带过来的几百人却是跟他出生入死、身经百战的亡命之徒，个个号称西北狼。”

陶三春道：“原来如此！来者不善，善者不来。这马精武要没有几分真本事，绝不敢来轻易送死。望各位细作准备，千万不可轻敌。”

陶三春话音刚落，王鼎便派人给她送来战书。战书内容是王鼎这次誓将与陶家军决一死战，擒住陶三春给马精武当元帅夫人，郑印、郑姣娥、婉儿、高雄等人则千刀万剐，碎尸万段……来使还没宣读完战书，陶三春便在案几上一巴掌，咬牙切齿道：“好了，你就别再往下读了。待老娘擒住这两个畜生，千刀万剐之后，再用磨子推碾子碾。”

高雄令斩送信之人，陶三春却制止道：“自古交兵不斩来使，割下他一只耳朵做个纪念。”

刚轰走了王鼎的送信人，利州张刺史又派人前来告急，马精武和王鼎的人马已快打破剑门关。

郑印和姣娥怒发冲冠，大声要求母亲立即发兵，兄妹二人愿领兵攻打前阵。

陶三春一面点兵遣将，一面火速禀报朝廷。

陶三春亲统陶家军兵马，令高雄为先锋，郑印为大将，率两千人马星夜起程。

陶三春领大队人马随后，婉儿为主将，姣娥为先锋，彩云为副将。

剑门关前两军对阵，王鼎出战，高雄提枪而出，大骂道：“孬种王鼎，你三番五次均为我手下败将，最后一战全军覆没只落得你父子二人成了漏网之鱼，如同惶惶丧家之犬，竟不知人间还有羞耻之事，今又认贼作父，借他人力量又来扰民，这算你什么本事？留下你的狗头！”举枪便刺。

王鼎赶忙迎战，数十回合后，王鼎佯败退阵。

高雄、郑印双双追上前去。

看看就要追上，只见监军马尚将令旗一挥，马家军齐出，将高雄、郑印困在核心，从太阳当顶一直厮杀到太阳偏西。马尚见郑印、高雄英勇，有意招安，便下令不准放箭伤了二人，故此保全了性命。高雄、郑印力气渐渐不支，正在危急之时，陶三春率大军赶到，婉儿、姣娥、彩云一声呐喊，旋风般地卷进敌阵，左冲右突，横冲直撞，指东杀西，指南打北，杀得马家军蒙头转向，尸横遍野，血流成河。

马尚对王鼎道："这帮婆娘好生厉害，难怪你不是她们的对手，快撤！"

马尚将令旗一挥，马家兵仓皇溃逃。

马尚、王鼎退回剑门关，向马精武禀报道："禀报大帅，那高雄、郑印二人马上就要被我们擒住，没想到那陶三春突然杀出，几个女人好生了得，我们一千人马差不多损失完了，难怪王鼎将军不是她们的对手。"

马精武道："几个臭娘们儿，待我去收拾她们。"随即披挂上马，直奔阵前。

两军对垒，鼓声震天。

马精武、陶三春大战百余回合，不分胜负，双方收兵。

陶三春与马精武再度出马，战到五十回合左右的时候，只见马家军士兵赤身露体，手执刀枪，喊着陶三春的名字，齐刷刷地冲将过来。陶家军女兵们十分惊诧，顿时慌了手脚，羞涩难当，纷纷转身退却。马家军乘势猛扑，砍杀女兵，陶家军大败，退回山寨。紧闭寨门，马家军士兵冲到寨前，用手擒着下体，骂声不堪入耳。性急的婉儿、彩云几次要出战，陶三春制止，待到马家军士兵饥困交加日西斜时分，婉儿等带精锐数百冲入敌阵，杀得马家军丢盔卸甲，血流成河。

双方对峙数十日，不战不和。

这一日探马前往陶三春帐中禀报道："马精武带人在潼关拦截朝廷援兵，几万官兵遭到伏击伤亡惨重，不会有一兵一卒支援咱们了。"

陶三春道："难怪马家军数十日不出战，原来却瞒着我们去潼关阻击朝廷派给我们的增拨部队去了。这下朝廷增兵便成了一纸空文，只有靠我们自己了。"

陶三春于帐中商讨对策，提出动员利州、巴州、阆中、通州、安康、汉中所辖三十多个州县的百姓参战，两丁抽一、三丁抽二，独子不抽。各县、乡、村立即行动起来，在一月以内便招募二十万兵丁，由高雄、婉儿、郑印、姣娥、彩云、刘清等人日夜操练。

陶三春令各州官县官亲自组织粮草、衣物等，后勤供应不得有误。于是各州县组织百姓日夜往前线送粮草，送猪送羊、抬担架，救护伤病员，充分体现出战前全民战争总动员的热烈气氛。

剑门关前陶家军和马家军再次对垒。

马精武在阵前耀武扬威道："陶三春听着，朝廷前来增援你的五万官兵已被我全歼在潼关，就你们陶家军这几个男女，岂敢与我二十万大军对抗？快快投降归顺大蜀国，共同推翻赵宋王朝，为你那冤死的丈夫郑恩报仇雪恨，一旦荡平天下，大蜀王李顺承诺封你为川北王……"

高雄不等马精武说完，便愤然出阵，马精武身边大将马彪接住拼杀起来。

陶三春提双锤冲出阵来，马精武执八十斤重的青龙偃月刀对阵，四员战将厮杀在一起。只见马军营中一披发老者口中念念有词，无数兵马从天而降，顿时飞沙走石，天昏地暗。陶家军将士顿时乱了阵脚，打马奔走。马精武趁机追杀，陶家军死伤无数，后退五十里下寨。

陶三春沮丧不已，惊叹道："我一生经历大战恶战无数，还第一次遇到这种鬼名堂，闻所未闻。"

遂下令紧闭寨门，不许轻易出战。

原来是马精武在潼关阻击官军时，打听到当地有一位邪教道人，便连蒙带骗地带回剑门关来对付陶家军。

郑印不信马精武的邪，背着母亲暗中组织二百敢死队，喝血酒发誓，手执短刀，乘夜摸入敌营。从东门杀到西门，再从南门杀到北门，将酣睡中的马家兵杀死上千人，敢死队无一人伤亡，凯旋。

陶三春得知郑印违令，要推出斩首。

高雄力保道："郑将军星夜突袭，杀得敌军胆寒，重振了我陶家军士气，重创了敌人的嚣张气焰，理应嘉奖才是。”

陶三春只好作罢，但却狠狠地训诫了一顿，并打了二十军棍以警示他人。

陶三春亲自前往利州千佛岩请教百岁高僧，马家军阵前摆弄的是什么妖术，可有什么办法破得。高僧问明实情，婉言称他早脱凡尘，无力以助。

陶三春晓以大义，高僧理当救民于水火之中。不然，何言普度众生？

高僧心有所动，道：“我从未见过，只听师祖言传姜子牙斗魔法。我得到阵前亲眼看一看，试一试吧！”

陶三春大喜过望，立即把高僧带到阵前。

马家军士兵见了陶三春带兵来到阵前，连忙脱衣解裤羞辱，手握下体齐声叫喊道：“陶王妃何必缩在寨中受闷，还是过来当我们元帅夫人快活！”

陶三春弯弓搭箭，一箭射中叫得最凶的那个士兵咽喉。

只见敌阵道士一拳将自己的鼻血打出，涂满一脸。披头散发，双手合十，口里念念有词。霎时列数天兵天将，凶神恶煞从空中杀来，陶家军阵前那百岁高僧忙令陶军士兵将血片、童便、狗血、大粪一齐泼去，那些兵将神煞颠颠扑扑，如秋叶坠地，纷纷落在林间、溪水之中，顿时变成了纸人纸马。陶三春令旗一挥，数千陶家军兵马一起杀出，马家军哪里还抵挡得住，一气追杀数十里，杀得马家军尸横遍野，狼狈逃窜，一鼓作气收复了剑门关以北大片失地。

马家军屯兵剑阁城中，紧闭城门，终日不出。

只因夏日炎炎，水患不绝。两军对阵数十日，陶家军缺乏粮草现象日趋严重，军心出现混乱。

这一日陶三春与高雄等人巡察营房，只听一片抱怨声：“人都快饿死了，这仗还怎么打！”

陶三春询问身边高雄道：“为什么不见利州刺史运来粮草？”

高雄回复道："只因川北遭遇五十年一遇的洪水，各县道路全部冲毁，故此粮草运送不进来。"

郑印眼见粮草不济，心急万分，经陶三春允许，带五百精兵扮成押送粮草的马军，推着数十辆运粮车大张旗鼓地来到马军粮库，对看守库房的士兵发起突然袭击，然后卸掉车上装着沙土的麻袋，换上大米、小麦，又大摇大摆地走出粮库，但在返回陶家军大寨途中却遭马家军团团围困。

高雄星夜接应，率两千人马跋山涉水，却迷失了方向。

郑印手挥浑铁棍，犹如在急流旋涡中翻腾搏杀，一片打击声、惨叫声、马嘶声，直杀到东方发白。

马精武立于山头遥视，指着山下被杀得血肉横飞的马军问身旁王鼎道："这是何人在此逞威风?"

王鼎答道："那是陶三春之子郑印，昨晚带人劫了我军粮草，后被马彪带兵围住，但不是他的对手，将他射死算了。"

马精武把手一挥道："此人不亚于当年常山赵子龙，我要捉活的。"

截粮队伍已经远去。郑印将要冲出重围。

马精武吼道："快，不要放过他。"

郑印冲到山间小拆边，立于马上，怒目圆睁。

远处黄尘飞扬，高雄赶到。

郑印大喊："高兄，快来助我!"

马精武纵马追来，怒喝道："不能让他跑了!"

高雄大吼道："高雄在此！马精武匹夫，就用你的人头来试试我的大刀快与不快!"

马家军畏惧高雄英勇转身溃逃，马精武制止不住，也只好掉转马头。

郑印、高雄赶上了运粮队伍，一行人唱着巴山民歌返回陶家军大寨。

陶三春喜出望外，弄回这么多粮食，足够两三月军粮不在话下。高雄指挥士兵搬运分发粮草，军营一片欢呼雀跃。

陶三春望着满身血污的郑印，夸赞道：“印儿浑身是胆，不减你父亲当年之勇也！”

陶三春下令士兵换防，两个月一轮换，以这种车轮战术来拖垮马家军。

坚守阵地的士兵却赖着不走，纷纷请求道：“王妃娘娘，我们要求继续战斗下去。”

陶三春坚决地道：“该换防的时间到了，你们的父母和妻子儿女已在家中想念你们，快回去吧，下回轮到你们再来呀！”

不久马精武又派人前来送战书。

陶三春念道：“你们做贼心虚，盗我粮草，欺人太甚，明日与尔等对阵，看你们有胆量乎?!”

两军对阵，旌旗猎猎，战马萧萧。

马精武立在山前高坡上，身旁还是那位白发长髯的老道，只见他闭目合十，默而无语，刹那间，鼓声大作，足音跫跫，一队队士兵头戴兽盔，手舞刀剑，变着招式地闪闪现现，炫人眼目。

郑印提枪跃马冲入敌阵，王鼎接住大杀一场。

婉儿打马出阵，马精武挥大刀迎敌，几十个回合之后，婉儿渐渐招架不住，原来她已身怀六甲。

高雄冲上去将其救下阵来，背部却中了马彪的流星锤，差点打下马来，还亏郑印正好杀败王鼎冲过来救了高雄性命。

陶三春问百岁高僧道：“这难道是马精武摆弄的迷魂阵吗?”

百岁高僧无可奈何道：“我从来没见过如此阵法。”

陶三春提双锤亲自闯阵，与马精武大战了约莫两个时辰，陶三春也眼花体软，难以招架。

危急中忽听一声高喊：“郑姣娥来也！”

只见身如闪电的郑姣娥手执双剑冲入敌阵，像天女散花样的双刀在敌群中四面开花，马家军阵势乱了，散了，垮了。

马家军中的老道一声惨叫，倒地气绝身亡。

陶三春犹如还在梦中，大惊失色地问高僧道："这又是怎么回事？"

高僧道："你女儿是否刚生过孩子？"

陶三春答："还未满月。"

高僧道："就是这个原因，邪法还用邪法治。"

陶三春向高雄耳语，高雄心领神会。

高雄下令道："陶家军全体将士听令，火速组织百姓，准备柴草，违者立斩不饶！"

五十八

陶家军大寨突然爆发出一片凄惨的哀哭声，响彻山谷。

消息传到马家军大营中，陶三春昨夜突然病故在大寨里。众人一片惊愕，谁也不敢相信这是真的。马精武立即派出无数探子四下打探消息，活要见人，死要见尸。

各路探子很快回报，陶三春果然死了，陶家军大寨设着陶三春的灵堂，全军将士披麻戴孝，悲哭之声传遍四野。探子还得到消息，高雄号令三军，明日护送陶三春遗体回集州。

马精武还是不大放心，是不是陶三春又在耍什么花招？

于是他便决定亲自前去看个究竟。

马精武于山头俯视，果见陶家军抬着陶三春的棺材缓缓行进在山谷，悲惨之声震动群山。

马精武狂喜道："这婆娘果然死了，吾无后顾之忧也！下令集合三军，全歼陶家军的时候到了！"

马家军在后面追得快，陶家军的护丧队伍也就跑得快，追得慢也就走得慢。一路追追停停，停停追追。

马精武开始疑神疑鬼起来，遂下令道："慢，再查看查看！"

马精武再一次目睹惨景，不由得哈哈大笑道："陶三春呀陶三春，难道你就这么死了吗？我还想让你做元帅夫人呢！"

陶家军的护丧队伍走走停停，纸钱、魂幡飘舞。婉儿断后，护卫灵柩队伍。

马精武的队伍进了山谷。他高叫道："弟兄们放心追啊，纵有埋伏也不怕，抓住了陶家娘子军，统统送给你们做老婆！"

“做老婆，做老婆！”马家军将士狂呼乱吼，奋勇冲进山谷。

高雄指挥军民，从狭谷两边山顶将滚木柴草推下高崖。火焰、雷管响彻山谷。风助火势，火借风燃，浓烟滚滚，光焰冲天。

王鼎夹在队伍中，婉儿冲过去，举起双股剑向他砍去。王鼎的脑袋像皮球般飞进了火团里。随着一声巨响，婉儿也葬身火海之中。

马精武在侍卫掩护下逃出山谷，跑回剑阁城中。

高雄在战场上找到婉儿尸体，痛不欲生。

陶三春下令为婉儿设祭台，为婉儿招回亡魂。

陶家军大获全胜，陶三春下令庆功三天，军民同乐。

马精武探得虚实：陶军庆功，喝得烂醉，无一人守卫警戒。从抓获的几个兵士那儿得到可靠消息：陶军涣散不堪，忘乎所以。

马精武决定偷营，亲带两千精兵，趁月夜直插陶营。

陶三春独坐军中，手把琴弦，饮酒奏乐。

马精武破门而入，挥大刀向陶三春砍去。只听一声轰隆巨响，那陶三春一歪，马精武连人带刀落入陷阱。

高雄和郑印等伏兵用钩连枪抓住马精武，所有兵士无一逃脱。

当晚，陶三春令人扮成马精武的人马逃到剑阁城下。大声叫道：“马元帅回来了，后面有追兵，赶快打开城门！”

守城士兵看到元帅果真回来了，急急开门。陶三春率兵从后面追上去蜂拥入城。

拂晓时分，陶家军未损一兵一卒便收复了剑阁城。

刘清等人将马精武押到陶三春帐下，陶三春呵呵大笑道：“马元帅，你不是口口声声要擒住我给你当元帅夫人吗，今日死到临头还有什么话说？”

马精武跪地道：“我几万人马一败涂地，只因王妃娘娘足智多谋，陶家军英勇善战，我等是以卵击石也。前因王鼎苦苦相求，我一时糊涂，不辨就里，不明是非，误入川北，冒犯了王妃娘娘天威，还望娘娘海涵恕罪。若娘娘肯放我回到成都，我一定说服大蜀国王李顺永不再犯川北。”

陶三春道：“你回不去了，李顺的末日也快到了。当今皇上已下令剿灭李顺，委任王继恩为剑南西川治安使，分兵两路向蜀地进发，一路从东面堵住巫峡的起义军，王继恩自己率领大军向剑门进发。”

马精武大惊失色。

陶三春怒吼一声道：“把马精武拉出去砍了！”

剑门关自古以来是兵家必争之地，当李顺得知马精武兵败剑阁的消息后，即派出重兵进驻江油并试图重新夺回剑阁，却连连遭到官军阻击，打了败仗。

原来王继恩率大军到达利州之后，又在陶家军的帮助下顺利地通过了剑门关，并在此设伏，重创企图攻打剑阁城的起义军。

陶家军班师回到集州，胡刺史率全城百姓远迎三十里。

陶三春率领陶家军返回集州不久，王继恩即率大军进攻成都。驻守成都的起义军还有十几万人马，但是在王继恩重兵包围之下，经过浴血奋战，战死了三万人。成都城终于被攻破，李顺也在激战中阵亡，历时两年多的大蜀国也随之灭亡。

几十天后朝廷也派御史大夫前往集州慰问陶三春和她的陶家军，并对有功人员一一给予了奖赏。

陶三春率领陶家军剿灭马精武和王鼎之后，王继恩也率官军灭了李顺的大蜀国，从此利州、集州、巴州、阆中、通州、安康、汉中等州县百姓又过上了安宁日子。

……

数年之后，陶三春无疾而终。川北百姓闻知无不痛哭流涕，三十多个州县同时为其举哀。

集州百姓男女老少披麻戴孝，在集州东南西北四门跪着哭了三天三夜，其悲壮场面真是惊天地、泣鬼神！

陶三春死后埋葬在集州简家坝，下葬这天竟有十多万来自各州县的官员和百姓为其送葬。就在陶三春入土的那一瞬间，天空突然炸起一排排惊雷，震得大地抖动，暴雨倾盆而至。用老百姓的话说，这是天哭。

陶三春的死讯传到京城，皇宫内外一片悲声。据说太宗皇帝赵光义大哭不止，哭着书写了“陶三春之墓”五个大字，连夜派快马送到集州。宋朝兵马大元帅高怀德为其写了祭文，以后也就做了陶三春墓的碑文。